£ 3,00
U 1

GERT HEIDENREICH

DER
FALL

Kriminalroman

Klett-Cotta

www.klett-cotta.de
© 2014 by J. G. Cotta'sche Buchhandlung
Nachfolger GmbH, gegr. 1659, Stuttgart
Alle Rechte vorbehalten
Printed in Germany
Umschlag: Rothfos & Gabler, Hamburg
Unter Verwendung eines Fotos von
© Paul Grand/Trevillion Images
Gesetzt von Dörlemann Satz, Lemförde
Gedruckt und gebunden von Friedrich Pustet GmbH
& Co. KG, Regensburg
ISBN 978-3-608-98019-6

Niemand weiß, ob unsere Persönlichkeit nach dem Tod in einer anderen Existenz oder in einer anderen Sphäre fortlebt, aber wenn wir ein hinreichend empfindliches Gerät entwickeln können, das von unserer Persönlichkeit aus dem Jenseits beeinflusst werden kann, dann sollte ein solches Gerät in der Lage sein, etwas aufzuzeichnen.

Thomas A. Edison, 1928

Dieses Gerät gibt es. Es ist der Roman.

G. H., 2014

VERWEIGERUNG

Vom Rand der Klippen schwingen sich die Möwen ins Licht und begrüßen mit ihren Schreien den Tag.

Noch liegt der Strand von Les Petites Dalles im Schatten der Kalkfelsen. In ihren Rissen und Schrunden hängen die schwarzen Reste der Nacht.

Am Fuß der Steilwände stakst und stolpert Swoboda über die runden Steine, die dreibeinige Staffelei links geschultert, rechts die Malkartonmappe am langen Riemen, in der Hand den Tubenkoffer mit Ölfarben, Paletten und Pinseln. Er flucht vor sich hin, weil seine Lederschuhe von den buckligen Kieseln abgleiten und jeder Schritt ihm die Füße verbiegt. Sein Gewicht macht ihm zu schaffen. Der Standpunkt, an dem er heute das erste Sonnenlicht auf dem Strand malen will, ist gut zweihundert Meter entfernt.

Ein falscher Schrei.

Der Maler bleibt stehen und sieht auf. Über der Kante der Kreideküste wachsen im dunstigen Himmel erste Inseln von normannischem Blau. Die Vögel sind verstummt. Sie geben ihre Kreise auf, kippen in den Wind und lassen sich hinaustragen über die See.

Swoboda weiß, dass er einen Menschenschrei gehört hat.

Er weiß es und will es nicht wissen. Redet sich ein, er habe sich getäuscht. Die Silbermöwen, die in den weißen Felsen der Cote d'Albatre nisten, können kreischen wie Katzen und Babys und Frauen in Not.

Er entschließt sich, weiterzulaufen, blickt auf seine Schuhspitzen und versucht, zwischen den grauen Steinkugeln Halt zu finden. Er könnte es sich leicht machen und hinunter zur Dünung laufen, wo jetzt, mit fortschreitender Ebbe, ein nassbrauner Streifen Sand sichtbar wird. Doch Swoboda ist starrsinnig. Er folgt der Richtung, die er sich vorgenommen hat und die ihn zu dem hellen Fleck führt, wo das Sonnenlicht durch einen tiefen Einschnitt in den Kalkwänden eine halbe Stunde früher auf den Strand fällt.

Der Klippenrand ist jetzt eine glühende, gezackte Linie, unter der die gestaffelten Falaises über Les Grandes Dalles und Fécamp bis zum fernen Yport noch immer im Morgenschatten stehen.

Alexander Swoboda hat dieses feurige Band vor den Wolken und die dämmrigen Steilwände darunter wieder und wieder gemalt, von April bis in den September, und an keinem der Vormittage glichen sich die Farben.

Heute, am ersten Tag des Juni, war er früher als sonst aufgebrochen, nach einer schlaflosen Nacht.

Ein zweiter falscher Schrei. Der Maler blickt nach oben.

Der gebauchte Käfer, der über die Kante der Klippen rutscht, gerät ins Trudeln, fällt, die schwarzen Fühler suchen Halt, in halber Höhe schlagen die langen Hinterbeine gegen einen Vorsprung in der Wand, der Körper prallt ab, stürzt weiter, wird ein Mensch und trifft zwischen den nass schimmernden Gesteinstrümmern auf, die in Sturmfluten aus den Kalkfelsen gebrochen sind. Schwarz liegen sie in der Ebbe. Ihre Stille greift auf Swoboda über. Er spürt, dass sie in ihn eindringt.

Dann hört er wieder das Anbranden der Wellen, die sich an der weit vorgelagerten Untiefe eines Riffs brechen.

Er legt seine Utensilien ab und fixiert den Punkt, an dem der Gefallene liegen muss. Langsam hebt er den Kopf und blickt zum Rand der Felswand hinauf, wo der Sturz begonnen hatte. Nichts bewegt sich dort. Die Möwen kehren vom Meer zurück und schweben durch den Himmel, ohne zu schreien.

Selbstverständlich weiß Swoboda, was zu tun ist.

Schon beim ersten Gedanken an die Handlungen, die er sein Berufsleben lang vollzogen hat, rastet der Verweigerungsreflex ein. Er wird nicht zu dem Toten laufen. Der Maler steht still und konzentriert sich auf das, was er nicht tun wird. Nicht nachsehen. Nicht telefonieren – hier unten in der Bucht hat er ohnehin kein Netz, er müsste zum Parkplatz zurückgehen.

Er ist Pensionär, außer Dienst, er ist nicht mehr der Kriminalhauptkommissar, der er missmutig zweiunddreißig Jahre lang war, er ist nur noch und ausschließlich der Künstler Alexander Swoboda, der er seit seinem neunzehnten Lebensjahr sein wollte und endlich ungehindert sein kann.

Die Kollegen in der Mordkommission haben seine Kunst für ein Hobby gehalten. Aber sie war und ist sein Leben; dieses Leben waren nicht seine Erfolge als Ermittler, nicht die Frauen, nicht einmal seine Tochter Lena war es; sein Leben, das waren die Liebe zur Kunst und die mit ihr untrennbar verbundenen Zweifel.

Wenn er ehrlich ist, muss er zugeben, dass er seine Jahre

mit Verstellung zugebracht hat: Ein Maler, der vorgab, Kriminalhauptkommissar zu sein, und die Rolle so gut spielte, dass man ihn für echt hielt. Seine Erfolge, zweifellos gab es sie, verdankten sich der Kunst: Oft hatte er in seiner Phantasie die Gesichter *gesehen*, nach denen gesucht wurde; sie nicht selten schon aufs Papier skizziert, bevor er erkannte, wer gemeint war. So hatte sich der legendäre Spruch verbreitet, den man ihm seinerzeit im Kommissariat des bayerischen Städtchens Zungen a. d. Nelda angehängt hatte: *Der Swoboda malt sich seine Täter.*

Er atmet tief und schließt die Augen. Der Geruch der See hilft ihm, nicht in die alten Gewohnheiten zurückzufallen. Doch im Dunkel hinter den Augenlidern leuchtet die Cote d'Albatre, und von ihrem Rand stürzt ein Schatten in die Tiefe und schlägt in Swobodas Gewissen auf.

Noch immer schreien die Möwen nicht.

Was wird er tun? Sich abwenden, weil er die Schnauze voll hat vom Tod, von der Gier, von der Verzweiflung, vom Schicksal und von Gottes Ebenbild? Er hat immer bestritten, dass die Polizei eine Gesellschaft reparieren kann. Er hat das Kapitalverbrechen als die größtmögliche Unordnung zwischen den Menschen erkannt und bezweifelt, dass durch Verfolgung und Strafe die verletzte Ordnung geheilt wird.

Er öffnet die Augen und starrt auf die schwarze Landschaft, die aus der Ebbe wächst. Scharfkantige Felsen, deren Kreideeinschlüsse das Meer ausgewaschen hat. Dort, in Höhlen und Tümpeln, hausen die grauen Krabben, flitzen die gläsernen Crevetten, warten Taschenkrebse auf die nächste Flut. Dort irgendwo liegt jetzt ein zerbrochener Körper, vielleicht auf dem Bauch, vielleicht mit dem, was übrig ist von seinem Gesicht, eingetaucht in ein Wasserloch, vielleicht eine Hand in einem Nest aus angeschwemmtem Blasentang.

Langsam dreht sich Swoboda um. Er ist allein. Die Betonmole kann er von hier unten nicht überblicken, doch er weiß, dass sie leer ist. Noch sind die weißen Strandkabinen nicht aufgebaut. Die Saison beginnt in zwei Wochen. Die tapferen Schwimmerinnen vom Altenheim in Linville-en-Caux sind nach ihrem Morgenbad im Meer schon wieder zuhause.

Jetzt, da er dem Toten den Rücken zuwendet, nimmt er sich vor, ihn zu vergessen. Die nächste Flut wird den Körper hinausschwemmen und in die Strömung schleusen, die sich an der Kanalküste entlangzieht, nach St. Valéry und Dieppe. Auf dem Weg dorthin liegen zwei Atomkraftwerke in engen Buchten. Vielleicht saugen ihre Kühlwasserpumpen den willenlosen Schwimmer ans Einlassgitter.

Ihm egal.

Plötzlich erinnert er sich, dass an einem ersten Juni John Lennon und Yoko Ono bei ihrem Bed-In den Song *Give peace a chance* eingespielt haben. Das Jahr hat er vergessen.

Eine Böe fliegt durch sein graues Haar, lässt die Hosenbeine flattern und bläht die Anglerjacke auf. Er biegt den Rücken durch und genießt den Wind. Vor Jahren war er mal Einsneunundachtzig groß, das Alter hat ihm vier Zentimeter gestohlen, die Schultern sind nicht mehr ganz so breit wie früher, dafür ist sein Bauchumfang gewachsen. Aber noch immer ist seine Gestalt beeindruckend.

Er verwirft den Plan für das heutige Bild, hebt die Freiluftstaffelei von den Steinen und legt sie sich auf die linke Schulter, hängt sich die Mappe mit Malkartons über die rechte, nimmt seinen Farbenkoffer auf und schlägt den Weg zurück zum Parkplatz ein.

Etwas knallt an die Schulter, Splitter des Staffeleiholzes fliegen neben seinem linken Ohr durch die Luft. Dann hört er den Schuss und begreift: Von der Klippe will einer seinen Tod.

Er wirft die Staffelei ab und beginnt zu laufen, den Hang aus schiebenden Kieseln hinauf zum Fuß der Falaises, wo dreisprachige Schilder vor Felssturz und Steinschlag warnen. Stets hat er sich daran gehalten, doch die Schüsse peitschen jetzt in dichter Folge. Vor dem sicheren Tod flieht Swoboda in den ungewissen.

Das jaulende Singen eines Querschlägers, der einen Quarzbrocken in der Kalkwand getroffen hat. Der nächste Schuss so nah neben seinem Kopf, dass ihm der Luftstoß den Atem nimmt. *Großes Kaliber, Elefantenbüchse, das Arschloch steht oben am Rand der Klippen und feuert. Erst stößt er den anderen runter, dann muss der zufällige Zeuge dran glauben, die Dinge sind manchmal sehr einfach.*

Unter der Felsnase bleibt Swoboda stehen und giert nach Luft. Sein Atem brennt in der Brust.

Dem oben wird es zu lang. Er ballert auf den Strand, hat Spaß an der Jagd, will sein Opfer aus der Deckung treiben.

Swoboda hält still. Legt den Koffer und die Mappe ab. Sein Platz ist sicher, hinter ihm vertieft sich die ausgehöhlte Steilwand zu einem offenen, schwarzen Spalt. Ein guter Schlupfwinkel, jedenfalls bis zur Flut.

Sonnenstrahlen gleiten über die Falaises. Ocker und rostrot und weiß leuchtet der Kalk auf, schwarz glimmen die horizontalen Schichtlinien aus Feuerstein. Der Maler kennt das Erwachen der Farben, wenn das Licht die Kante der Küste überschreitet und in die Bucht fällt.

Der Scharfschütze muss begriffen haben, dass es Zeit ist, seine Taktik zu ändern. Er wird von den Wiesen oben ins Dorf herunterkommen und bald darauf hier sein. Darauf zu warten, wäre Selbstmord. Doch vielleicht kalkuliert er die Vermutung seines Opfers ein, hält die Stellung und lauert darauf, dass es die Deckung verlässt? Für so schlau hält Swoboda ihn nicht.

Er hebt den Farbenkoffer als Schutzschild neben seinen Kopf, duckt sich und springt aus dem Schatten, rennt auf die Mole zu, die Kiesel scharren und kollern unter seinen Schritten, er erreicht die Betonschräge, nimmt sie zum eigenen Erstaunen leichtfüßig, läuft über die weiß markierten Stellplätze für Kabinen und Boote, rechnet mit dem nächsten Schuss, der ihn nicht verfehlen, sondern in den Rücken treffen wird. Haken schlagen kann er nicht mehr, er keucht, seine Schritte werden kürzer. Er weiß, dass er am Ende ist.

Der Parkplatz liegt in der Sonne. Ein zweiter Wagen. Schwarzer Luxusjeep. Der Fahrer hat ihn vor Swobodas weißem Kleintransporter abgestellt. Die Beifahrertür steht offen.

Sechzig andere Positionen wären frei gewesen. Der ganze Platz stand zur Verfügung. Warum parkt einer seinen Range Rover Schnauze an Schnauze mit Swobodas Citroën Berlingo?

Er will sich nicht mit der Frage befassen, nur in sein Fahrzeug flüchten, und greift nach der Türklinke.

Der Fahrer des Rover steigt aus. Er ist etwas kleiner als Swoboda, schmal, weißblonde Haarlocken, eine fällt in die Kinderstirn, weinroter Samtanzug, rosa Hemd mit offenem Kragen, schwarze Wildlederschuhe, gelb gesteppt. Swoboda hat die Personenbeschreibung bereits gespeichert, als er den roten Lederhandschuh sieht, der den Revolver umfasst: eine sechsschüssige Mateba 6 Unica mit 5 Zoll-Lauf, Patronen 44 Magnum. Der Mann beugt sich in sein Auto, nimmt mit der Linken einen breitkrempigen schwarzen Hut vom Beifahrersitz und setzt ihn auf. Offenbar eine Geste zur Vollendung seines Auftritts.

Zweimal in seinem Leben ist Swoboda von einem Täter mit vorgehaltener Waffe bedroht worden. Beide Male hat er nicht die Hände gehoben. Jetzt tut er es. Stellt seinen Farbenkoffer ab und hält dem anderen die offenen Handflächen entgegen. Sein Atem beruhigt sich, aber sein Herz schlägt laut und schnell.

Der andere scheint zu überlegen. Greift sich mit der freien Hand an den Hals, holt hinter dem Hemdkragen ein kleines Kreuz an einer Silberkette hervor und spielt damit.

Swoboda stellt fest, dass er einen Mann vor sich hat, der nicht spontan handelt. Intelligenter Ausdruck, etwas Feines, jedenfalls keine Schlägervisage und keine Spur von Lebensabgrund. Runde blaue Augen und eine niedliche Nase. Der Kopf etwas zu groß für den Körper. Kein Humor. Keine Naivität. Eher eine Art gepflegter Müdigkeit, vielleicht Enttäuschung, vielleicht Resignation.

Swoboda arbeitet unaufhörlich am Profil seines Gegenübers, er kann nicht anders, seine berufliche Deformation hat jetzt, da er bedroht wird, freies Spiel. Er schätzt den anderen als Melancholiker ein. Wie sich selbst. Schon entwirft er das Bild: *Roter Mann vor den Falaises im ersten Licht des Morgens.*

Hinter der Gestalt spannt sich der Küstenhimmel wolkenlos zum Horizont, gemischt aus wenig *Kobaltblau*, viel *Kremserweiß* und einem Hundertstel *Ultramarin dunkel*, ein Himmel mit jener durchlässigen, kalten Strahlkraft, die seit jeher Maler an die normannische Küste gezogen hat. Swoboda will an seine Gemälde denken. Das luzide Blau hatte er durch mehrere Lasuren auf einem harten, glatten Malgrund erreicht: Kreide, Eiweiß, Leinöl, schnelles Malmittel, *Titanweiß*. Über der durchgetrockneten Grundierung dann die Farbaufträge in der Arbeitsweise von Caspar David Friedrich. Delacroix hat in seinen Bildern dieser Bucht mit extremer Verdünnung gearbeitet, Monet mit Valeurs, Turner hat dem blauen Himmel misstraut.

Aber seine Gedanken halten sich nicht in der Kunst, rutschen ab in den Augenblick. Geht es um sein Leben? Er weiß: Zu fragen, wäre verhängnisvoll. Gar zu behaupten, er habe nichts gesehen, käme einem Geständnis mit unvermeidlich folgender Hinrichtung gleich.

Langsam legt der andere die linke Hand über die rechte auf die Pistole, und der Bulle im Maler weiß, dass diese Bewegung seine Lebenszeit schließt.

Wie in einem dunklen Spiegel ziehen sich die Reflexe des Morgenlichts über den Lauf der Waffe, der auf ihn gerichtet ist. Er betrachtet die karmesinroten Lederhandschuhe am schwarzen Stahl der Mateba, hat plötzlich das Wort *Renaissance* im Kopf; woher kommt es? Von der Kostümierung seines Gegners? Vom Rotschwarzkontrast aus Handschuhleder und Waffenstahl? Wer hat ihm die Wiedergeburt versprochen? Für den Mann im rosafarbenen Hemd scheint die Situation alltäglich zu sein. Swobodas Hände zittern, er hätte nicht gedacht, dass es anstrengend ist, sie hochzuhalten.

Dann sieht er im Gesicht des anderen den Entschluss: Die Lippen verraten das Urteil.

Ein Schlag vor das Brustbein, die ungeheure Wucht lässt allen Atem aus der Lunge schießen, und während Swoboda sich dreht und fällt, wird ihm klar, dass er den Knall schon nicht mehr vernommen hat, nur einen inneren Donner und den explodierenden Schmerz. Sein letzter Gedanke, bevor ihn sein Bewusstsein verlässt, ist ein ausformulierter Satz: *Aber der Scharfschütze auf den Klippen hatte ein großkalibriges Gewehr.*

Den Aufschlag seines Körpers auf dem Asphalt spürt er nicht mehr.

Der andere sieht sich um. Kein Geräusch außer der Brandung. An den Ferienhäusern der Bucht sind die Fensterläden geschlossen. Langsam geht er zu seinem Opfer, das auf dem Bauch liegt; der Kopf ist seitlich gedreht, eine Gesichtshälfte sichtbar, das Auge halb geschlossen. Man weiß: In einem, der so daliegt, ist kein Funken Leben mehr.

Der Schütze beugt sich zu ihm hinunter und legt die Mateba neben das Gesicht. Zieht die Handschuhe aus und breitet sie links und rechts der Tatwaffe wie Flügel eines großen roten Schmetterlings aus. Der Revolver ist der Leib des Falters. So beschenkt der Mörder den Toten, richtet sich auf, greift nach dem kleinen Silberkreuz an seinem Hals, führt es zum Mund und küsst es, lässt es wieder in den offenen Kragen gleiten. Er lächelt zufrieden.

Bevor er in seinen Wagen steigt, wendet er sich dem Strand zu, nimmt seinen schwarzen Hut ab, hebt ihn über den Kopf und grüßt mit weiten Schwüngen das Meer. Goldene Ringe blitzen an seinen Fingern. Er wendet sich um und blickt zu den Kreidefelsen auf. Von ihrer Kante grüßt ein winziger Schattenmensch, gleichfalls einen Hut schwenkend, zurück.

Beiden entgeht, dass am nördlichen Ende der Bucht, wo am Hang der Klippen die schmale Teerstraße Chemin de Belle Vue zu den höher gelegenen Häusern ansteigt, eine junge Frau sich zwischen den Containern einer Sammelstelle für Glas und Plastik verbirgt. Entsetzt hat sie den Mord auf dem Parkplatz beobachtet und den Karton mit leeren Flaschen vorsichtig abgestellt. Es ist Berthe Bellier, die aus Dieppe stammt, vierundzwanzig Jahre alt ist und als Feriendienstmädchen bei der Familie Drouot arbeitet. Deren Villa liegt auf halber Höhe, hinter Eichen verborgen.

Der neunzehnjährige Sohn der Drouots, César, verbringt hier mit zwei Freunden ein paar Ferientage, was zur Folge hat, dass Berthe täglich mit einem Karton Flaschen zu den Containern gehen muss.

Sie hat im Windgeheul um die Sammelbehälter und unter dem Knall der eingeworfenen Bier- und Weinflaschen die Schüsse von der Klippe nicht gehört, den Sturz nicht gesehen, erst den Mann, der über den Parkplatz rannte und jetzt dort liegt.

In der Schattengasse zwischen den dunkelgrünen, rostgefleckten Blechwänden steht sie und zittert, wagt kaum zu atmen, vom Dunst aus Vergorenem wird ihr schlecht, sie schließt die Augen, reißt sie wieder auf, sieht, dass der Hutschwenker im roten Anzug sich in seinen Range Rover gesetzt hat. Sie wünscht sich, dass sie träumt. Plötzlich packt sie der Mut – liegt es daran, dass ihr Name Bellier, Widder, auch ihr Sternbild ist? –, die blasse Frau tritt einen Schritt vor, kann sich vom gelben Kennzeichen des Wagens, der über den Platz kurvt und in der Dorfstraße verschwindet, die Buchstaben MT merken und dass es sich um eine alte 75er-Nummer handelt, eine Pariser Zulassung. Berthe tastet nach dem Telefon in ihrer Schürzentasche. Aber soll sie sich mit Killern aus Paris anlegen?

Auf dem Parkplatz steht der weiße Berlingo. Sie hat den Eindruck, er sei kleiner als zuvor. Neben ihm liegt der Tote im schwarzen Spiegel seines Bluts. Sie blickt auf zu den Kreidefelsen am anderen Ende der Bucht. Die kleine Figur, die mit ihrem Hut dem Mörder geantwortet hat, ist nicht mehr zu sehen.

Die Möwen schreien wieder.

DAS

LIED

Was geschah, ist geschehen, und man fragt sich, was nun werden soll. Wird die Hauptperson am Beginn einer Geschichte umgebracht, liegt auf der Hand, dass sie keine Chance auf ein nachvollziehbares Schicksal mehr haben wird. Kein weiterer Verlauf des Geschehens kann diese Barriere rückwärts durchbrechen, denn tot ist tot ist tot, und wer hoffen sollte, dass dieser skrupellos beseitigte Maler, Exhauptkommissar Alexander Swoboda aus Zungen a. d. Nelda, halbtot oder scheintot sei oder im Koma liege und am Ende all dessen, was noch zu erzählen sein wird, die Augen aufschlagen und sich erinnern oder auch nicht erinnern, jedenfalls das Sterben noch vor sich haben werde, sei gleich enttäuscht: Derartigen Spekulationen wird nicht nachgegeben.

Uns bleibt nur, ihm in den Tod zu folgen und – gewagt, doch warum nicht – darauf zu hoffen, dass wir in jenem unentdeckten Land entgegen aller Erfahrung seine Spur nicht verlieren. Überflüssig, zu erwähnen, dass die Chance verschwindend gering ist, ja jeder belegbaren Erfahrung widerspricht. Dennoch sind – wahr oder nicht – solche oder ähnliche Fälle überliefert, zumindest beharrlich behauptet, und wir wollen, wie generell, auch hier nicht zu früh aufgeben.

War ihm nicht Sekunden vor seinem Tod sogar das Wort *Renaissance* zugerufen worden? Wer möchte entscheiden, ob es kunstgeschichtlich oder religiös gemeint war oder nur ein blitzender Irrläufer in Swobodas Gehirn?

Er ist, während wir noch abwägen und damit befasst sind, unsere Vernunft zu prüfen, längst auf dem Weg, und keiner kann sagen, ob nach oben oder nach unten.

Unvermittelt steht er, den Farbenkoffer in der Hand, an einem Fluss und wartet auf ein Boot. Woher weiß er, dass es kommen wird? Das ist ungeklärt. Ebenso der Fahrplan der Fähre.

Das andere Ufer liegt unter dünnem Nebel, er nimmt schemenhafte Gestalten wahr, die sich dort bewegen, und unterdrückt den Wunsch, übers Wasser zu rufen; wüsste auch nicht, was angemessen wäre. Für ein skandinavisches *Hej!*, wie es derzeit Mode ist, scheint der Ort nicht geschaffen. Ebenso wenig für die Erinnerung daran, auf welchem Weg Swoboda an dieses Flussufer gelangt ist. War er nicht aufgebrochen, in freier Natur zu malen, mit dem kleinen Tubenkoffer, nur zwölf Fabrikfarben, drei weiß grundierten Malkartons vierzig mal sechzig, und der Pleinair-Staffelei über der Schulter? Doch wo war das? Was wollte er malen? Gewiss nicht diese Flussregion, die etwas Trostloses hat und in der kaum Licht herrscht. War es ihm nicht um das morgendliche Aufglühen des Klippenrands gegangen? Offensichtlich hat nicht nur uns, sondern auch ihn eine beträchtliche Ratlosigkeit befallen.

Er sieht sich um. Erst jetzt wird ihm bewusst, dass er in einer fast farblosen Welt steht. Graues Licht über dem schwarzen Wasser des Flusses. Er könnte hier mit Kohle arbeiten oder Graphitstiften, lavierter Tusche, den Materialien der Melancholie. Jetzt, da seine Augen sich gewöhnen, wächst etwas Gelb in der Luft, Grün in den Schatten. Dunkelrotes Licht ohne Herkunft schüttet Spuren aufs Wasser.

Ein Nachen aus hellem Holz legt vor ihm an. Der Mann, der am Heck steht und das Stangenruder hält, kommt ihm bekannt vor. Er scheint die Farben im Schlepptau zu haben. Die Stirnglatze, das schwarze Haar kurz geschoren, der elegante nachtblaue Anzug, das hellblaue Hemd mit bordeauxroter Krawatte, die ganze Erscheinung seriös und angenehm, nun lächelt er ihm aufmunternd zu, ja, diese ragende Nase, das muss Lecouteux sein, kein Zweifel, es ist Georges Lecouteux, der Commissaire, mit dem er einst in einigen Fällen zusammengearbeitet hat.

»Hallo Georges, das ist drei Jahre her!«

»Dreieinhalb, Alexandre!«

»Wie kommst du zu diesem Boot?«, fragt Swoboda, und Georges Lecouteux von der Police Judiciaire in Paris grinst.

»Das ist meine Feierabendbeschäftigung.«

Er spricht noch immer dieses daherschlingernde Deutsch, das er seiner elsässischen Mutter abgelauscht hat.

»Du weißt ja, ich bin noch lange nicht im richtigen Alter für die Pension, aber ich sehne mich danach.«

»Wohin geht es?«

»Nur ans andre Ufer. Wohin sonst. Wollen wir das nicht immer? Komm an Bord.«

Swoboda zögert nicht, steigt ein, steht, seinen Farbenkoffer zu Füßen, in der Mitte des Kahns, den Lecouteux mit dem Heckruder langsam in Fahrt wriggt und schräg zur Strömung über den schwarzen Fluss steuert.

»Ist das Wasser giftig?«

»Nein«, sagt der Fährmann, »da wo es entspringt, ist es hell und süß. Aber es fließt an den Müttern vorbei, sie weinen am Ufer ihre Tränen in den Fluss. Von den Tränen wird er schwarz und bitter. Schade, aber man kann ja die Frauen schlecht daran hindern, um ihre Kinder zu weinen, nur, damit das Wasser süß bleibt, oder?«

Eine irritierende Frage, und Swoboda schweigt. Er versucht, seine Gedanken zu ordnen, kommt jedoch zu keinem befriedigenden Ergebnis.

Man kann das verstehen, wenn man sich in seine Lage versetzt: eben noch unter dem blendenden Himmel der Normandie und bereit zu malen – und nun dahingleitend auf einem unbekannten, schwarzgeweinten Gewässer. Natürlich gibt er sich keine Blöße, fragt Lecouteux nicht nach dem Namen des Flusses, wüsste auch nicht, ob ihm der Name weiterhelfen würde.

Der Nachen wird von der Strömung mitgenommen, eine rauschende Schaumwelle bildet sich am Bug, und Lecouteux, unsichtbarer Route folgend, stemmt sich mit der Schulter gegen das Ruder und zwingt das Gefährt mit den beiden Freunden ans andere Ufer.

Swoboda erkennt die Bäume, die bis an die Böschung stehen: Es sind Ulmen, hinter denen der Himmel hell ist. Auf Lecouteux' Ermunterung hin greift er nach seinem Malkoffer, springt aus dem Nachen in den Uferschlick, gleitet aus, fängt sich, sieht, dass sein Fährmann schon wieder abgelegt hat und ohne Abschied hinaus auf den Fluss steuert. Er würde ihm gern etwas nachrufen, bezweifelt aber, dass er ihn noch erreicht. Das Ufer, von dem sie kamen, ist im Dunst nur zu ahnen.

Als er sich umwendet, lehnt am Stamm der Ulme vor ihm ein Mann. Auch er kommt Swoboda bekannt vor, das weißblonde Haar unter dem schwarzen Hut, der dunkelrote Samtanzug, das rosafarbene Hemd, das Silberkreuz. Durch die goldberingten Finger gleiten die schwarzen Perlen eines Rosenkranzes.

»Haben Sie meine Waffe dabei?«, fragt er leise.

»Eine Waffe? Ich habe keine Waffe.«

Der andere lächelt. »Aber ich habe sie ihnen doch geliehen, meine Mateba Magnum, Sie müssen sich erinnern!«

Swoboda ärgert sich über die drängende Art des anderen und will an ihm vorbeigehen. Der Mann löst sich von der Ulme und stellt sich ihm in den Weg.

»Ich habe nichts gegen Sie, wirklich, ich will nur meine Waffe zurück, Sie tragen sie ja im Koffer mit sich herum, ich brauche sie, bitte, man hat mir alles genommen, meine Ehre, meine Selbstachtung, ich habe nur noch diese Mateba, soll ich auch sie noch verlieren? Wollen Sie das?«

Swoboda kniet sich in den Schlamm, legt seinen Malkoffer ab und öffnet ihn. Neben den Farbtuben, den von einem Gummiring gebündelten Pinseln, der kleinen Terpentinflasche und den zwei, in einen buntgefleckten Lappen eingewickelten Paletten liegt der schimmernde Revolver auf einem Paar karmesinroter Lederhandschuhe.

»Danke«, sagt der andere und nimmt sich die Waffe aus dem Koffer.

»Die Handschuhe?«, fragt Swoboda. Der andere schüttelt den Kopf.

»Was soll ich damit, sie gehören mir nicht, schenken Sie sie Ihrer Frau!«

Er klingt empört, steckt die Mateba in die Außentasche

seines Jacketts, lüftet den Hut und wendet sich ab. Als Swoboda den Deckel des Malkoffers schließt und noch einwenden will, dass er nicht mehr verheiratet sei, sieht er den Mann hinunter zum Ufer gehen.

»Wie heißen Sie?«, ruft er ihm nach.

»Sjelo, Vedran Sjelo!«, antwortet der Gerufene und läuft in den Fluss, strebt entschlossen der Mitte zu, wo das Wasser über seinem Kopf zusammenschlägt, und der mattschwarze Hut treibt auf dem glanzschwarzen Wasser davon.

Der Farbenkoffer klebt im Schlick, er schmatzt, als Swoboda ihn anhebt. Warum macht sich der Maler keine Gedanken über den vor seinen Augen offenbar ertrunkenen Mann im roten Samtanzug? Warum scheint ihn nichts zu bewegen?

Wir müssen zugeben: Bereits jetzt kann man keine zuverlässige Auskunft über Swobodas Zustand mehr erteilen. Nur so viel ist festzustellen: Er ignoriert, was geschehen ist, und entschließt sich, zwischen den Ulmen einen kleinen Abhang, hier auf moosgepolsterter Erde, zu erklimmen, weil er in der Höhe einen hellen Schimmer wahrnimmt.

Doch ehe er aus dem kleinen Uferwald hinaustritt auf eine Wiese, die ihn dort im Farbenlicht eines unvermuteten Frühlings erwartet, hört er eine Kinderstimme singen und ist sicher, dass er sich selbst hört, es müssen über sechzig Jahre sein, die zwischen der Stimme und seinem heutigen Schweigen liegen; und ebenso lang hat er nicht verstanden, was dieses Lied, das er mit seiner Mutter gesungen hat, ihm voraussagte: *Auf der Mauer, auf der Lauer, sitzt 'ne kleine Wanze, sieh dir mal die Wanze an, wie die Wanze tanzen kann, auf der Mauer, auf der Lauer sitzt 'ne kleine Wanze.*

Er hatte gelernt, der *Wanze* von Strophe zu Strophe einen

Buchstaben zu stehlen, so dass aus der *Wanze* ein *Wanz* wurde, aus dem *tanzen* ein *tanz*, dann ein *Wan* und ein *tan*, ein *Wa* und ein *ta*, ein *W* und ein *t*, ein – und ein –, ja, der Nichtbuchstabe war, was er zu lernen hatte. Das lustige Wortloch. Auf der Mauer, auf der Lauer sitzt ein kleines Nichts. Sieh dir mal das Nichts an, wie das Nichts nichts kann. Darauf lief es hinaus, man hatte es ihm rechtzeitig gesagt. Verborgen in einem Witz, einer Kuriosität, einer Weglassübung. Und wer das Nichts in seinem Mund bewahren konnte, hatte bestanden.

Erst jetzt, als er sich selbst mit der dünnen Knabenstimme singen hört, begreift er, wie die Erwachsenen ihren Kindern die Wahrheit über den Lauf des Lebens beibringen und zugleich verbergen. Also hört er sich weiter zu, während er sich zwischen den Ulmen der Stimme nähert. Und als die Wanze Buchstabe für Buchstabe verstümmelt, der Tanz seiner Bewegung beraubt und das Lied im Tonlosen verlaufen ist, sieht er den Jungen, der nun schweigt, im Moos sitzen: ein Waldkind offenbar, verdreckt, verlumpt, verschorft, das Haar ein Busch, die Augen frech, ein graues Fetzenhemd über die Knie gespannt, gekreuzt die pilzbraunen Füße. Und Swoboda weiß wieder wie damals, dass er ein solches Kind sein wollte. Er träumte davon: fortlaufen von zuhause, über die Mahrbrücke in den Wald und dort mit den Tieren leben, Beeren und Früchte essen, in einer Hütte aus Ästen wohnen, am Feuer sitzen. In die Sterne sehen. So ein Kind wollte er werden, wie es jetzt vor ihm sitzt. Der Junge ist freilich älter, als er selbst zur Zeit seiner Träume war; der kennt den Wald schon und weiß, wie man darin überlebt. Doch er hat ein fremdes Gesicht, das keiner Selbsterinnerung Swobodas ähnelt.

Die Augen erwarten einen Gruß.

Er aber steht ratlos und schlaff da, besinnt sich, richtet sich auf, streckt den Rücken durch und will aus dem Verstummungslied in die Sprache zurückfinden.

»Schön gesungen.«

Der Knabe fällt nicht darauf rein. Und Swoboda, seiner Ungeschicklichkeit bewusst, setzt nach:

»Hab ich auch mal gesungen.«

Das Kind, in dem Swoboda zu Unrecht sich selbst vermutet hat, könnte Mitleid mit dem Mann haben, der vor kurzer Zeit erschossen worden ist. Doch Kinder kennen Mitleid nicht, man muss es ihnen beibringen.

Der kleine Sänger verzieht keine Miene. Swoboda nickt mehrfach, weiß nicht, warum, nur, dass es jetzt so gekommen ist, wie seine Mutter ihm vorausgesungen hatte: Am Ende des Lebensliedes gehen uns die Buchstaben aus.

Er wendet sich um, erinnert sich an ein Gefühl seiner Kindheit, weiß auch das Wort noch dafür, *Traurigkeit*, und läuft zwischen den Ulmen zurück zum Waldweg, auf dem er die Frühlingswiese erreichen will.

Hinter ihm stimmt der Knabe das Wanzenlied von Neuem an, mit vollständigem Text und der hellen Zuversicht in der Stimme, dass das Verschwinden der Wörter für ihn noch in weiter Ferne liegt. Der Klang rührt Swoboda zu Tränen, doch er weint nicht, weiß nur von Tränen, die er nicht spürt. Als könnte er den eigenen Tod noch vermeiden, beeilt er sich, dem Kinderlied vom Verschwinden der Wanze auf der Mauer zu entkommen, bevor es im Buchstabennichts ausklingt. Er prägt sich die Botschaft ein: Am Ende hast du den Text noch im Kopf, doch dein Lied ist abgesungen.

Überhastet stolpert er den Pfad hinauf, läuft auf das Licht zu und hält inne, als am Waldrand die Sonne seine Stirn trifft. Sein Blick klärt sich, schweift über frische Wiesen, *Chromoxydgrün* mit einer Spur *Neapelgelb hell*, Apfelbäume in voller Blüte, ein Schaum aus *Zinkweiß* vor der Dächersilhouette am Horizont, Schieferglanz einer Kirchturmspitze, da liegt Varengeville vor ihm, wo er fast schon beheimatet ist, im ersten Stock des schmalen Bäckerhauses von Bernard Lecluse, der nach dem Tod seiner Frau Claire das Schlafzimmer und einen Nebenraum, beide nach Nordwesten gelegen und ohne Morgenlicht, vor zwei Jahren an Swoboda vermietet hat. Die Hitze der Backstube im Parterre wärmt den Fußboden. Lecluse hatte die um einen Germanen-Zuschlag erhöhte Miete wieder gemindert, als er erfuhr, dass Swoboda Maler war. Varengeville hat eine bedeutende Geschichte als Künstlerort, Braque und Miró waren dort, Renoir und Claude Monet, der mehrfach die Felsenküste, die Eglise Saint Valéry und das alte Zollhaus gemalt hat.

Eines Sonntagabends, vor dem freien Montag des Bäckers, hatte Lecluse seinen deutschen Mieter zum Cidre eingeladen, sie waren zum Rotwein übergegangen, hatten sich von Glas zu Glas besser verstanden, was vielleicht auch an Swobodas miserablem Französisch lag, und nannten sich, es war kurz vor Mitternacht, bei ihren Vornamen Bernard und Alexandre, umarmten einander, und Lecluse gestand leise, er habe seit dem Tod seiner Frau zum ersten Mal einen glücklichen Abend verbracht. Einen Monat später hat Alexander ihn porträtiert, einen mageren, ernst blickenden Mann mit hoher, weißer Mütze, im blau gestreiften Bäckerhemd, hellen Hosen und Mehlschürze vor den

Eisentüren des Backofens. Und Bernard wunderte sich, dass er auf dem Bild eine Würde hatte, die ihm nicht bewusst war.

Das Licht über den Wiesen, den blühenden Apfelbäumen und den Dächern von Varengeville ist von unwirklicher Klarheit und erzeugt in Swobodas Augen eine neue Lesbarkeit der Welt.

Er ist befreit von *Wanz* und *tanz* und *Nichts* und meint plötzlich, alles zu verstehen; das, was war, so wie das, was kommen wird. Hintergründe werden sich enthüllen, Schatten sich aufheben, verborgene Dinge sich offenbaren. Eine lange nicht verspürte Zuversicht kommt in ihm auf, er lächelt der Landschaft entgegen und sieht seinen Berlingo auf einem Feldweg neben der Baumreihe stehen, läuft zu ihm hin, blickt durch die Heckscheibe in den Laderaum, drinnen liegt alles in der gewohnten Ordnung, die Mappe mit den Malkartons, die dünnbeinige Pleinair-Staffelei, er öffnet die Tür und legt den Farbenkoffer dazu, steigt ein, findet den Zündschlüssel in der Außentasche seiner Anglerjacke und fährt langsam den Dächern entgegen.

Der Feldweg wird zur asphaltierten Straße, Swoboda nähert sich Varengeville aus unbestimmbarer Himmelsrichtung und hat schon ein neues Bild im Kopf: *Roter Mann vor den Falaises im ersten Licht des Morgens.*

GESELLSCHAFT

Mitten in unserer Verwirrung wenden wir uns von dem Toten ab und der diesseitigen Welt zu.

Ein Schloss an der Loire – wie viele hat man nicht schon in Filmen gesehen, in Prospekten und Reiseführern, als Hausboottourist oder Buspassagier, und dieses entspricht durchaus dem Gesamteindruck aller anderen: schiefergedeckt aus dem sechzehnten Jahrhundert mit Haupthaus und Seitenflügeln und Erkern und einer von hellem Kies bestreuten, elliptischen Auffahrt, in deren äußerem Brennpunkt ein Taubenturm, ein Colombier, steht.

Es trägt wegen der zahlreichen hohen Linden seines Parks den Namen Charme-des-Tilleuls und liegt nicht direkt an der Loire, sondern an einem winzigen Zufluss, der Aubette, die kürzer ist als jene Aubette, die im Département Val-d'Oise als linker Nebenfluss in die Epte mündet, und schmaler als die Aubette der Île-de-France, ein rechter Nebenfluss des Bras de Mézy, der wiederum ein Seitenarm der Seine ist.

Die hier gemeinte Aubette ist zierlicher als ihre Namensschwestern, doch mindestens so lieblich. Ihre Windungen und Schlingen wirken, als habe das Flüsschen auf seinem

Weg hin und wieder geträumt und dabei seine Spur verloren. Das Schloss Charme-des-Tilleuls, dessen Rückseite von einer dieser Schleifen umarmt wird, wechselte seit seiner Erbauung 1519–23 mehrfach den Besitzer und gehört, 1982 gründlich saniert, gegenwärtig einem gewissen Pascal Thierry Chevrier.

Er hat für heute seine Gesellschaft der Trinker zur Weinverkostung geladen, die er zweimal jährlich veranstaltet. Es geht dabei freilich nicht nur, nicht einmal in erster Linie, um Weine.

Chevrier ist ein kleiner Mann mittleren Alters, der versucht, durch das Hochziehen seiner Augenbrauen größer zu wirken. Über der stark gebogenen Stirn, die er für ein Zeichen seiner unabgeforderten Musikalität hält, balanciert er ein schwarzes, seitlich gescheiteltes Toupet, unter dem er seine Glatze verbirgt und das, obwohl er es alle drei Tage wäscht, einen öligen Eindruck macht. Chevrier färbt seine Augenbrauen schwarz, pflegt das auffallend blasse Gesicht mit Schweizer Herrenkosmetik und hat vielleicht darum eine so weiche Haut, dass er trotz aller Männlichkeitsbemühung feminin wirkt.

Dass seine sehr kleinen graugrünen Augen sich an die Nasenwurzel lehnen, verleiht ihm eine gewisse Undurchschaubarkeit und Suggestion, jedenfalls im Kreis jener Freunde, die er soeben mit einer weitschweifigen Geste ermuntert, seiner Einladung zum runden Tisch zu folgen.

In dessen Mitte stehen die Karaffen, in denen der Hausherr vor Stunden die Rotweine für die heutige Verkostung dekantiert hat. Die leeren Flaschen und ihre Korken hat er auf einem Beistelltisch so gruppiert, dass die Etiketten nicht zu erkennen sind. Die Karaffen unterschiedlicher Gestalt sind kreisförmig im Zentrum der Mahagoniplatte angeordnet, um die Trinkergesellschaft daran zu erinnern, wie sehr jeder hier im Raum von der Zuverlässigkeit des anderen abhängt.

Warum erzählen wir von ihm?

Pascal Thierry Chevrier ist nicht das, was sein Nachname besagt, er hütet keine Ziegen, sondern einen international operierenden Stahlbau-Konzern, kontrolliert dessen Töchter und Holdings, Subunternehmen und Beteiligungen sowie die angeschlossenen Anwaltsfirmen, die vornehmlich der politischen Einflussnahme und der Abwehr von Steuer- und Kartelluntersuchungen dienen. Doch nicht wegen seiner Funktionen, von denen diverse Vorstandsvorsitze nur die offiziellen sind, interessiert er uns, sondern als der Privatmann Chevrier, der bedeutende Teile seiner Vergütungen, Spekulationsgewinne und Prämien nicht dem französischen Staat und seiner Geldgier offeriert. Uns kann zurzeit gleich sein, wo er sein sauer verdientes Schwarzgeld ablagert – nicht in der Schweiz übrigens –, weshalb dieser Aspekt seines Charakters unsere Aufmerksamkeit noch nicht erfordert.

Doch hat er nur eine halbe Stunde, bevor die Gäste eintrafen, in der Küche seines Château mit einem Mann gesprochen, der uns bereits aus anderem Zusammenhang unangenehm vertraut ist.

Vedran Sjelo war über den hinter dem Schloss liegenden, gekiesten Parkplatz gekommen, hatte die Küche durch die Gartentür betreten, seinen schwarzen Hut auf den Tisch gelegt, sich eine Flasche Bier aus dem Getränkekühlschrank genommen, sie geöffnet und, ohne abzusetzen, geleert.

Seine goldberingten Finger am grünen Flaschenglas, die weißblonden Locken des Kroaten, das rosa Hemd, das Silberkreuz, der Anzug aus weinrotem Samt, die schwarzen, gelb gesteppten Wildlederschuhe, dieses Patchwork auffälliger Farben ist für Chevrier, der sich ausschließlich in Nuancen zwischen Nebelgrau, Anthrazit und Elfenbeinschwarz kleidet, eine provokative Orgie des schlechten Geschmacks. Seine Laune war darum miserabel, zumal Sjelo seine Anwesenheit im Schloss Charme-des-Tilleuls gegen die Regel durchgesetzt hatte.

Chevrier warf ihm den blassbraunen Geldumschlag wie einem Tier zum Fraß hin.

»Das ist noch nicht erledigt. Er wurde erpresst. Die Adresse liegt bei.«

Der Killer stellte die Bierflasche auf den Tisch, zog den Umschlag zu sich her und schob ihn in die Innentasche seines Jacketts.

Er fragte sich, warum Chevrier unzufrieden mit ihm war, und vermutete, dass die Liquidierung des zufälligen Zeugen in Les Petites Dalles seinen Auftraggeber beunruhigte; sagte ihm, er müsse sich keine Sorgen machen, auch wenn es diesmal, so was komme eben vor, einen Beobachter gegeben habe. Ein Maler bloß, niemand Wichtiges. Auf unvorhersehbare Komplikationen seien er und Dobrilo Moravac, er stupste sich dabei aus unerfindlichen Gründen mit gestrecktem Zeigefinger unters Kinn, stets gefasst. Die Waffe habe er, wie immer, nur einmal benutzt. Dobrilos Gewehr liege auf dem Grund der Seine. Er habe es von der Pont de Brotonne geworfen. Und der Erpresser werde die nächsten Tage nicht überleben. Falls die Summe im Umschlag ausreichend sei.

Der kleine Schlossherr blieb stumm und sah Sjelo nicht an. Er hielt seinen Kopf gesenkt. Seine Zweifel verdichteten sich zu Fragen. Der Mann war bedingungslos zuverlässig, seit Jahren. Konnte es sein, dass ihm jetzt die Situation entglitt, dass er übereilt handelte und nicht nur, was seine Kälte betraf, nachließ, sondern seine Kenntnis der Hintergründe nutzen und als Mündel Vormund werden wollte? Der Hausherr sprach keine seiner Fragen aus. Erst, als Sjelo sich umdrehte und durch die offene Tür im Garten verschwinden wollte, hielt er ihn mit einem leisen Befehl zurück.

»Von jetzt an nie wieder hier. Kontakt über die Cloud und das Schließfach. Oder ich sende dir eine Nachricht nach Orléans.«

Der Kroate hielt mitten im Schritt unmerklich inne, seinem Auftraggeber nicht zugewandt, setzte dann die unterbrochene Bewegung fort. Er hatte den Mund nicht geöffnet, doch Chevrier hörte ein Lachen.

Der Satzaustausch zwischen ihnen, kaum als Konversation zu bezeichnen, verlief leise und, wie üblich, englisch und bestätigte die Tatsache, dass im Schloss Charme-des-Tilleuls eine weitreichende, ja schändliche Bedenkenlosigkeit vorherrscht. Sie ist bei Menschen dieses Schlages die Geschäftsgrundlage, über die man sich nur einmal, und zwar grundsätzlich, verständigen muss. Was das Geld betrifft, um das es hier wie allerorts, bei der Trinkergesellschaft aber in besonderem Maß geht, gibt es ohnehin Einigkeit:

Die Koffer, die im Weinkeller des Château deponiert sind und von Chevriers Vertrautem, Wout de Wever, gehütet werden, enthalten einer wie der andere Euroscheine.

Wever, ein gebürtiger Belgier und zweiundsechzig Jahre alt, trägt sein weißes Haar lang bis auf die Schultern. Auffälliger ist, dass seine Augen ausdruckslos sind, schwarz, tief, auf nichts gerichtet. Er ist nicht blind, blickt nur beständig nach innen, seine Lippen bewegen sich wie in einem unaufhörlichen Selbstgespräch, von dem kein Laut nach außen dringt. Während er vernünftig und zuverlässig handelt, scheint er mit etwas anderem in sich selbst befasst zu sein, an dem er niemanden teilnehmen lässt.

Er hat, wie üblich, bei der Anreise der Trinker die Mitbringsel entgegengenommen und in einen, von Rotweinregalen halb verdeckten Stahlschrank eingeschlossen, der im Augenblick rund viereinhalb Millionen enthält. Noch fehlen zwei Koffer, weil zwei der Herrschaften sich verspäten.

Wever hört ein Geräusch und wendet sich um. Vedran Sjelo steht an dem langen Eichentisch, an dem Chevrier beim Eingang neuer Lieferungen die Weine zu verkosten pflegt.

»Na, was schätzt du, wie viel ist es diesmal.«

Wever ist ein schwerer, schweigsamer Mann, der seine früheren Erlebnisse als Söldner in afrikanischen Kriegen, die in den Weltnachrichten *Konflikte* genannt werden, in den Tiefen seiner Seele verborgen hat; nicht tief genug für seine Träume, deren Bilder ihn mit grausamer Zufälligkeit aus dem Schlaf hochjagen. Seiner nächtlichen Schreie wegen bewohnt er zwei Räume im Erdgeschoss, die weit entfernt von denen der Dienerschaft am Ende des Südflügels liegen.

»Ich öffne die Koffer nicht.«

»Chevrier hat Ärger. Diesmal geht es nicht so einfach wie in Perugia. Und nicht so glatt wie mit dem Fettsack in

Florida. Du erinnerst dich, wir haben damals schon geahnt, dass dieses Spielchen hier irgendwann ein Ende hat.«

»Ich erinnere mich nicht, und ich weiß nichts«, knurrt Wever und steckt die Schlüssel zum Geldschrank ein.

Der Kroate zieht zwei rote Lederhandschuhe aus seinen Hosentaschen, greift sich unterm Jackett hinten an seinen Gürtel und zieht eine Pistole hervor, legt die Handschuhe wie das Flügelpaar eines großen Schmetterlings auf den Tisch und platziert die Waffe dazwischen.

»Die Herrschaften werden erpresst.«

Wout de Wever nickt. »Das ist schon vorgekommen.«

»Ich erledige den Kerl«, sagt Sjelo. »Fahre heute noch los. Chevrier glaubt, das ist damit erledigt. Ich glaube das nicht. Und wenn der Laden hier auffliegt, was wird dann aus dir? Na? Was wird aus dir?«

»Keine Ahnung, es geht immer irgendwie, und wenn nicht, dann nicht.«

Sjelo beugt sich vor und stützt sich auf den Tisch.

»Du hast Jahre die Arbeit für ihn gemacht. Und er kassiert und kassiert. Hat er dir was davon abgegeben? Hat er dir ein Häuschen gekauft, irgendwo, hat er dir was aufs Konto gepackt, hast du bekommen, was du verdienst? Ich wette, du bist nicht mal krankenversichert.«

Wever tritt einen Schritt zurück, als müsse er Abstand gewinnen. Sjelo hat die Angel ausgeworfen. Der Haken sitzt, der Belgier beißt an den Fragen. Damals, als Chevrier ihn aufgenommen hatte, war er ganz unten gewesen. Dann war dieser Schlossherr gekommen und hatte ihm Sicherheit geboten, Vertrauen geschenkt. Bei Sjelo war es nicht anders gewesen.

Chevrier hat einen Blick für Menschen, die wie verhungernde Hunde gegen den kleinsten Bissen ihre ganze Treue eintauschen. Er hatte Sjelo in Orléans ein Appartement gemietet und ihn sich verpflichtet.

»Jetzt sind wir endlich an der Reihe, Wout. Ich sag ja nicht, dass du klauen sollst. Wir machen die Erpressung weiter. Einfach weiter. So als ob der Kerl in München noch einen Komplizen hätte, der das Spielchen fortsetzt. Das ist ohne Risiko, an uns denkt dabei keiner!«

Der Belgier wiegt den Kopf hin und her. Sie hatten manchmal im Spaß darüber geredet, wie es wäre, ihren Auftraggeber in die Mangel zu nehmen. Doch sie hatten nicht gewusst, wie die Geschäfte abliefen. Offenbar ist ihm jetzt einer auf die Spur gekommen und setzt ihn so unter Druck, dass er beseitigt werden muss.

»Aber wenn er merkt, dass ich es bin, Vedran? Ich? Er war immer gut zu mir.«

»Ach ja? Er war gut zu dir. Einen Dreck war er. Die paar Kröten. Wie viel Jahre hast du noch? Willst du hier krepieren und in seinem Schlossfriedhof verbuddelt werden, weil er so gut zu dir war?«

Wout de Wever ringt mit sich. Der Kroate verkürzt die Leine.

»Eine Million für dich, eine für mich. Das ist fair!«

»Ja, fair ist das. Und was kriegt dein Freund?«

»Moravac ist nicht mein Freund. Wir arbeiten zusammen. Nichts im Hirn, aber brutal wie keiner. Geht nicht mal in die Kirche. Und er weiß nichts von der Sache. Der kriegt gar nichts. Ich will ihn sowieso loswerden. Das ziehen wir beide durch, du und ich. Wie klingt das?«

»Gut. Wenn es klappt.«

»Und ob!« Sjelo klopft dem Belgier auf die Schulter.

Dann fotografiert er das Schmetterlingsbild auf dem Tisch mit seinem Telefon.

»Ich erledige erst meinen Job. Und dann, wenn er glaubt, alles wäre vorbei, kommen wir. Nur du und ich.«

»Muss nachdenken.«

Sjelo lässt sich seine Enttäuschung nicht anmerken. Er spürt, dass er die Angel nicht zu scharf anreißen darf, sonst verliert er den Fisch vom Haken.

»Denk nach. Nicht zu lange. Am Ende erzähle ich Chevrier, dass du die Idee hattest, dich an die Erpressung dranzuhängen, und dann gibt er mir den Auftrag, dich umzulegen.«

Er lacht laut auf, Wevers Gesicht zeigt, dass er an die Drohung glaubt.

»Ich kann aber den Spieß auch umdrehen und ihm sagen, du hättest mich gefragt, und so ist es ja auch, dann lässt er dich umlegen.«

»Wenn ich ihm nicht sage, dass du das bloß erfindest, um deinen Hals aus der Schlinge zu ziehen.«

»Du bist ein hinterhältiger Typ, Sjelo, ein verdammt hinterhältiger Typ.«

»Und du bist ein kluger Bursche, Wout, ich müsste mich sehr täuschen, aber das tu ich nicht, zusammen sind wir die besten.«

Während wir uns in der Küche bei der Vorgeschichte des Trinkertreffens und im Keller des Schlosses bei Chevriers ungewisser Zukunft aufhielten, ließ sich im Salon der ersten Etage Ludwig Hadinger aus Regensburg, ein schwerleibiger gelernter Metzger mit dichtem grau meliertem Haar und vorerst der einzige Deutsche unter den Gästen,

in einem der Eichfauteuils am Tisch nieder, stöhnend, wie
er es auch ohne körperlichen Anlass gern tut, wenn er Platz
nimmt.

Die cognacbraunen Lederkissen sind unter seinem Gewicht eingesunken, und Hadinger hat das Gefühl genossen,
mit seiner Masse etwas zu erdrücken. Überhaupt ist er ein
Mensch, der mit dem Volumen seines Körpers und dem
ihm entsprechenden Selbstbewusstsein Raum und Menschen verdrängt und daran seine Freude hat. Man kann sagen, dass sein eigentlicher Lebenszweck darin besteht, sich
auszudehnen. So war ihm gelungen, die ererbte Metzgerei
im niederbayerischen Straubing zu einer Kette fleischver-
arbeitender Betriebe zu erweitern, Wettbewerber auf dem
Markt der Rinder- und Schweinenutzung einen nach dem
anderen auszustechen, aufzukaufen, in den Konkurs zu treiben und, wie man in seinen Kreisen sagt, platt zu machen.
Mittels einiger Politikerfreundschaften und berufsbezo-
gener Ämterhäufung hatte er ein europäisches Wurstimpe-
rium errichtet, das auch auf andere Kontinente, vornehmlich in deutsche Botschafterresidenzen und Konsulate, den
Heimatgeschmack liefert.

Ihm gegenüber nimmt nun Silvestro Dimacio Platz,
ein mittelgescheitelter umbrischer Delikatessenmagnat aus
Castiglione del Lago, mit verwandtschaftlichen Beziehun-
gen zum Vatikan. Seine raffinierte Strategie der tonnenwei-
sen Speiseölverschickung, die hier im Einzelnen wiederzu-
geben zu viel Raum beanspruchen würde, führt dazu, dass
heiß ausgequetschtes marokkanisches Olivenöl, gemischt
mit türkischer, tunesischer und kretischer Billigware am
Ende als natives, ligurisches oder toskanisches Öl aus
definierter Lage, schonend kalt gepresst, in versiegelten

und mit Garantiezertifikaten behängten Flaschen auf den Markt kommt und Dimacio ein Vielfaches seines direkten Gewinns als Subvention der Europäischen Gemeinschaft einträgt.

Er hat trotz seiner sechzig Jahre und seines skrupellosen Charakters ein glatthäutiges, madonnenhaftes und von zwei dunkelbraunen Haarbögen umwölbtes Gesicht mit sanftem Blick, ist von Statur und Erscheinung her unauffällig wie ein Mailänder Buchhalter und in der Gesellschaft der Trinker nicht zuletzt deswegen hoch angesehen, weil man ihm das System verdankt, durch das die Teilnehmer zum eigenen Vorteil auf Gedeih und Verderb verbunden sind.

Sinclair Kerlingsson, ein graublonder, doppelkinniger Brite mit isländischen Vorfahren, dem man wegen seiner gebeugten Haltung die Körpergröße von zwei Metern nicht ansieht, setzt sich neben Hadinger an den Tisch und klatscht in die Hände, als ein Dienstmädchen die beiden Holzschalen mit weißem Brot hereinträgt und zu den Weinkaraffen stellt.

Sein Applaus für die junge Dame missfällt Hilde Zach, Holzgroßhändlerin und fünfundsiebzigprozentige Eignerin des österreichischen Bankhauses Zach&Co, und in ihrem breitesten Wiener Tonfall ruft sie ihm zu:

»Sie scheinen ja heute enorm gut gelaunt zu sein!«

Er lächelt, weil er kein Wort versteht, und lädt sie ein, auf seiner anderen Seite Platz zu nehmen. Sie zieht es vor, sich gegenüber zu setzen. Ihr Coach hat ihr geraten, bei Tisch die Fenster im Rücken zu haben.

Kerlingsson schüttelt amüsiert, niemand weiß, warum, den Kopf, lächelt noch immer und lässt seine langen Haare schwingen, die ihm von den Schläfen über die Ohren hängen und wohl von der geröteten Mittelglatze ablenken sollen. Dieser eigentümlichen Frisur wegen erinnert er an einen Cockerspaniel und wirkt, obwohl er einer der gerissensten Betreiber von Investmentfonds und hinterhältigsten Händler mit Derivaten ist, grundehrlich und ahnungslos.

Frau Zach trägt, wie stets bei den alljährlich zweimal stattfindenden Begegnungen im Schloss Charme-des-Tilleuls, ein jägergrünes, eng geschnittenes Kostüm, bei jedem Besuch allerdings ein neues, das ihre gut proportionierte Figur und den fuchsroten Ton ihrer Lockenpracht betont, die man unwillkürlich irisch nennen möchte. Doch ist sie Wienerin in der elften Generation. Ein Maler würde das Rot ihrer Haare als Mischung aus *Alizarinkrapp* und *Kadmium hell* herstellen.

Tatsächlich denkt Alexander Swoboda im selben Augenblick an diese beiden Farben. Und da wir nicht wissen, wie lange wir ihn noch beobachten können, verlassen wir die Gesellschaft der Trinker und hängen uns an seine Fersen – eine, zugegeben, fragwürdige Formulierung für die Verfolgung eines Toten.

FREIHEIT

Er hat seinen Vermieter, den Bäcker Lecluse, nicht angetroffen. Die Boulangerie ist unbeleuchtet, offenbar geschlossen, obwohl heute kein Montag ist. Doch welcher Tag ist
es? Swoboda wischt die Frage beiseite. Etwas sagt ihm, dass
er sich mit Datums- und Zeitfragen nicht länger befassen
muss. Überhaupt scheint sich eine gewisse Sorglosigkeit,
die er früher nicht kannte, seiner zu bemächtigen. Er dreht
ein paar Runden durch den Ort, sieht niemanden auf der
Straße und entschließt sich, noch einmal zurückzufahren
nach Les Petites Dalles.

Dort, bevor die Serpentinen zum Tal beginnen, biegt
er, als hätte er das selbst entschieden, in den Höhenweg
ein, fährt unter Eichen an der Kapelle aus dem neunzehnten Jahrhundert vorüber, zwischen ebenso alten Villen mit
steilen, gemusterten Dächern und an grün gestrichenen
Holztoren entlang zu einem Bauernhof, wo das Sträßchen
endet.

Hier kommt er zu Fuß weiter und genießt, wie leicht ihm
das Gehen fällt. Die Rinderweide erstreckt sich bis auf die
Kreidefelsen. Nach einem halben Kilometer erreicht er den
Klippenweg, auf dem einst Zöllner patrouillierten und den

ein undurchdringliches Geflecht aus Brombeerranken und Stechginster von der Tiefe trennt.

Die dritte Felsnase, die auf halbem Weg zur nächsten Bucht, Les Grandes Dalles, steht, ist frei von Büschen. Satter Rasen reicht bis an ihren Rand, durchzogen von einem Trampelpfad. Kein Zaun markiert das Ende des festen Grunds. Die kleine Wiese führt geradewegs in die Luft.

Dahinter taucht blauschwarz der Atlantik auf. Fast so hoch wie das Land steht der Horizont. Swoboda nimmt einen Unterschied zu seinen Meeresbildern wahr: Kein Glanz auf den Wellen, keine Bewegung, als wären die Fluten erstarrt und als habe jemand das Licht von ihnen gezogen. Rechter Hand liegt die Bucht am Fuß der Steilwand, erstreckt sich in weitem Bogen und von weißer Dünung gesäumt bis zu ihrem anderen Ende, wo sich die Kreideküste fortsetzt.

Jetzt sieht er über den Steinstrand einen Maler kommen, die Staffelei über der Schulter, über der anderen eine Riemenmappe, in der Hand einen Koffer. Der Künstler hat wohl einen schönen Vormittag mit Freiluftmalerei im Sinn.

Swoboda weiß, welche Tuben der Farbenkoffer enthält, sieben Pinsel, zwei Paletten, eingeschlagen im bunt gefleckten Mallappen. Er weiß, dass er sich selbst dort über die Steine quält oder gequält hat oder quälen wird, hört zwischen den Schreien der Möwen einen falschen Schrei, und ein beleibter Mann in dunkelgrauem Anzug, himmelblauem Hemd und violetter Fliege taumelt an ihm vorbei, angstverzerrtes Gesicht, weißes Haar, getrieben von einem hageren Kerl mit rot umbändertem grauem Filzhut, in Jeans und brauner Lederjacke. Der legt ein Gewehr auf den

Mann an, dringt auf ihn ein, der Bedrängte weicht entsetzt vor ihm zurück.

Hier wird gleich der Mord geschehen, wenn Swoboda nicht eingreift. Er sieht die Waffe, vermutet, dass es eine Remington 700 ist, die in der Hand von Scharfschützen noch auf tausend Meter präzise tötet, denkt aber nicht daran, irgendetwas zu tun.

Was ruft der mit dem Gewehr? Nicht zu verstehen, der Wind reißt die Wörter mit sich. Plötzlich sind kalte Böen über die Falaises gefallen wie aus einer anderen Welt.

Der Verängstigte läuft rückwärts durch das Gras auf der Klippe, streckt seinem Mörder die Hände abwehrend entgegen, als könnte er damit den Schuss aufhalten, fühlt im Rücken den Abgrund, schwankt, schreit um sein Leben. Jetzt heben die Möwen sich mit wenigen Flügelschlägen von den Felsen in den Himmel, weiß steigen sie ins Licht und fliehen hinaus aufs Meer.

Der mit dem Gewehr bleibt stehen, zielt. Und sein Opfer tritt hinter sich, dem Tod schon ergeben, zwei Schritte noch auf dem Pfad zum kleinen Plateau, wo an schönen Tagen abends Liebespaare sitzen, umschlungen am Abgrund, und der Sonne zusehen bei ihrem Untergang.

Von dort wird der Mann im feinen Tuch jetzt stürzen. Nichts hält ihn mehr in der Welt. Swoboda weiß, dass es geschieht, keine drei Meter steht er entfernt von dem Mörder.

Und während das Opfer die Arme hochwirft, aufschreit und abrutscht, sieht Swoboda sich unten auf dem Steinstrand stehen, sieht, wie er den Sturz verfolgt und seine Utensilien ablegt. Er weiß ja, dass er nicht zu dem Toten gehen wird, was vielleicht seine Menschenpflicht wäre. Er kann seine Gedanken hören, die alberne Hartnäckigkeit, mit der er den Maler herauskehrt und den pensionierten Kriminaler verleugnet; hören, wie er den Plan für das heutige Bild verwirft, seine Utensilien wieder aufnimmt, sich umdreht und über die Kiesel zurückläuft zur Mole.

Der im Filzhut blickt über den Klippenrand. Er steht dicht neben Swoboda, sieht ihn aber nicht hier oben, sondern unten auf dem Strand. Dort macht der Zeuge der Tat kehrt, will sich entfernen, und der Killer legt das Gewehr auf ihn an.

Das Band am Hut des Schützen ist von jenem feurigen Rot, das der Maler aus *Alizarinkrapp* und *Kadmium hell* mischen würde. Es ist das Rot der Haare von Hilde Zach, die freilich Swoboda in diesem Augenblick nicht interessiert.

Er sieht sich selbst zu, wie er in der Bucht vor den Schüssen flieht, und findet sich verblüffend beweglich. Auf die Idee, dem Täter in den Arm zu fallen, kommt er nicht. Warum auch? Die Dinge nehmen ihren Lauf, weiß er, und es stört ihn nicht, dass seine Gegenwart voller Vergangenheit ist, ja eigentlich nur aus Vergangenheit besteht. Denn eine Gegenwart, die Zukunft enthielte, ist nicht mehr vorgesehen für Swoboda. Folglich hat er kein Bedürfnis, Einfluss zu nehmen, der sich auswirken würde auf den Gang der Ereignisse. Dass die Vergangenheit sich ohne Grenze auszudehnen scheint, macht ihn zufrieden, er lächelt darüber, während er den Killer beobachtet und sich selbst über den Strand laufen sieht, auf die Mole und weiter zum Parkplatz. Wo Vedran Sjelo auf ihn in seinem Range Rover wartet und ihn töten wird.

Er kann über sein Ende hinaus zurückschauen und fragt

sich, wie weit dieser Blick reichen wird. Hinter seine Geburt? Und wird dort dann wieder sein Tod warten?

Zugleich kann er seine geübte Betrachtung des Tatorts nicht vermeiden und entdeckt den Messingglanz von Patronenhülsen, die abseits des Trampelpfads im Gras schimmern.

Noch hat niemand danach gesucht. Swobodas Kollege und Freund Georges Lecouteux von der Pariser Police Judiciaire liest erst am Nachmittag den täglichen Rapport auf seinem Computerbildschirm, der Name Swoboda wird ihm ins Auge fallen, er verliert ihn, scrollt zurück, bis die Meldung aus Rouen wieder auftaucht, dass auf dem Parkplatz der Bucht von Les Petites Dalles ein Mann erschossen aufgefunden worden sei, ein Deutscher, Alexander Swoboda, von Beruf Maler, seit zwei Jahren wohnhaft in Varengeville, 68 Jahre alt. Die Untersuchung der Mordkommission in Rouen leite ein Kommissar namens Jules Maçon.

Und Lecouteux wird tief erschrecken, eine kalte Schwäche wird schlagartig seinen Körper erfassen, er wird geistesabwesend vor sich hinstarren, mit Tränen kämpfen, dann zum Telefon greifen und sich mit Jules Maçon im Polizeipräsidium Rouen verbinden lassen. Maçon ist am Samstag zuhause und will nicht gestört werden. Lecouteux, sonst ein höflicher Mann, lässt sich die Privatnummer geben und erteilt Anweisungen.

Der Tote kann bis zum Rand der Klippe vortreten, Tiefe und Perspektive saugen an ihm, als sollte er jetzt noch ein paar Schritte wagen und ins Offene treten, in diesen ungeheuerlichsten Tag seines Nicht-Mehr-Lebens, der nur noch aus Luft und Farben zu bestehen scheint.

»Meine Freiheit«, sagt er vor sich hin.

Es ist offenbar der Blick auf den Atlantik, der aus dem Maler, der aktenkundig tot ist, jemanden macht, der sich neu erkennt.

Auf den Kreidefelsen, unter den aufziehenden Kumuluswolken, vor der See, findet Swoboda drei Bezugspunkte, aus denen er seinen Ort bestimmt: Hier steht er, als vierter Punkt der Natur zwischen Felsen, Meer und dem tröstlichen Himmelszelt. Er könnte das, wenn er Papier hätte, skizzieren. Er könnte, wären Leinwand und Farben zur Hand, dieses Bild mit dem Titel *Ich* sofort malen: Himmel, Wasser, Küste, Swoboda. Das Bild würde ihm leicht aus den Fingern wachsen, aus der Erinnerung des Arms, aus der Gewissheit des Auges. Hat er früher im Meer nur Farben und Reflexe gesehen? Jetzt breitet sich ein Vertrauen in ihm aus, das er noch nicht gekannt hat – als läge vor ihm nach einer langen Reise die wiedergefundene Heimat der Tiefe. Dort stammt er her. Die See hat auf ihn gewartet.

Könnten wir ins Innere seiner Augen sehen, wir würden jetzt nicht nur dieses Bild finden, sondern eine Reihe von fotografischen Gemälden, deren Wechsel sich beschleunigt, zu einer rasenden biographischen Strecke wird und endlich als Farbenstrom sein Leben in eine wischende Undeutlichkeit reißt. Zugleich steigt vom hellen Abendhorizont dieses letzten Tages eine breite, dunkelgraue Wolkenwand auf und frisst das Licht. Unsereiner würde sie als Bedrohung empfinden. Der Tote lacht.

Eine grenzenlose Freude erfüllt ihn. In diesem Augenblick verfügt er über seine ganze Lebenszeit und weiß, dass von nun an keiner mehr außer ihm selbst etwas über seinen seltsamen Zustand behaupten kann.

Die Wand scheint seine Welt von der vergangenen abzuschließen. Sie lässt ihn in einer Helligkeit zurück, die keine Schatten hat. Der Maler sieht, dass die Kontraste und der Raum der Dinge verschwinden und jetzt alles wie ein leichtes Relief in der Fläche existiert. Also ist die Welt doch eine Scheibe? Diese graphische Weise, zu sein, verblüfft ihn, zugleich hat er das Gefühl, dass ein Abenteuer beginnt.

Hier und jetzt nimmt er seine neue Geschichte selbst in die Hand.

Und wir überlassen es ihm, fortan von sich zu berichten.

Wir haben, offen gesagt, keine andere Wahl.

Dem Schwimmer können die Nichtschwimmer nicht folgen.

Wir wissen nichts mehr von ihm.

Er hingegen …

ICH

Ich habe hier an der Kante der Felsen nicht den geringsten Zweifel an meiner Sicherheit. Dabei war ich Zeit meines Lebens nicht schwindelfrei. Auf dem Balkon der Wohnung, in der ich in Zungen a. d. Nelda mit meiner Mutter lebte, vierter Stock, spürte ich diese juckende Schwäche, die von den Waden die Beine heraufzog, ein Sausen hinter den Augen und das Gefühl, über das Geländer kippen und mich hinunterstürzen zu müssen. Andere Kinder liebten Türme. Ich blieb unten. Berge waren mir immer verdächtig.

Jetzt stehe ich sechzig Meter über dem Meer: bröckelnde, brüchige Felsenkante unter trügerischem Gras, vor mir die schwebenden Möwen, unter ihnen nichts als Haltlosigkeit. Ich habe keine Angst mehr. Könnte den Schritt hinaus tun, jetzt, da mich der Abgrund nicht mehr runterzieht. Aber wozu?

Ich bin nie gern geflogen.

Erstaunlich, was für ein Angsthase ich gewesen bin. Nicht mal vom Dreimeterbrett im Schwimmbad an der Mühr hab ich mich zu springen getraut. Alle anderen Klassenkameraden vorgelassen an der Leiter, und als es nicht mehr zu vermeiden war, dass ich selbst aufs Brett gehen musste, ist mir an der Kante so schlecht geworden, dass ich mich setzen musste. Unten großes Gelächter. Hockt vorn am Dreimeterbrett und traut sich nicht runter. So eine Flasche. Der Sportlehrer glaubte, er könnte mich durch Demütigung mutig machen, schrie hoch: »Na, Milchbubi, Extraeinladung gefällig?« Befahl mir, den inneren Schweinehund zu überwinden, die Klasse johlte, und ich bin tatsächlich runtergehüpft. Aus Angst vor der Angst. Mit geschlossenen Augen und angezogenen Knien. Dachte, ich sterbe. Wie alt war ich da? Acht? Neun? Wieso war ich nicht schwindelfrei? Als einziger.

»Weiß ich auch nicht. Vielleicht hast du zu viel nachgedacht, dann kriegt der Kopf ein Übergewicht.«

Der Knabe mit dem Wanzenlied sitzt neben mir im Gras und sieht zu mir auf. Ist seit unserer letzten Begegnung nicht sauberer geworden. Aber diesmal singt er nicht, starrt mich an, als ob er etwas von mir erwarten würde.

Vielleicht weiß er nicht, was es heißt, nicht schwindelfrei zu sein.

»Als ich jung war, nicht so jung wie du, aber ziemlich jung, gab es einen Film, der war für Leute wie mich gemacht, die auf keinem Turm stehen können. Er hieß *Vertigo*, und wenn da die Kamera über die Dachkante in die Straßenschlucht runterkippte, hat mein Magen Saltos gemacht. Hast du schon mal von dem Film gehört?«

»Nein.«

»In Deutschland hieß er *Aus dem Reich der Toten*. Saudummer Titel.«

»Finde ich nicht.«

»Die reinste Irreführung! Da wird eine Frau umgebracht

und lebt danach angeblich weiter. Das ist natürlich eine Doppelgängerin.«

»Schade.«

Dieser Schmutzfink ist auf eine Weise altklug und wortkarg, die mir nicht gefällt.

»Wie heißt du eigentlich?«

Er blickt mich stumm an.

»Hey, ich hab dich was gefragt! Hast du keinen Namen?«

»Du kennst mich.«

Vielleicht hilft es, wenn ich mich neben ihn hocke, so dass er nicht immer nach oben sehen muss.

»Wenn ich dich kennen würde, müsste ich dich nicht nach deinem Namen fragen, oder? Also, wärst du so freundlich mir zu sagen, wie du heißt? Oder wie deine Eltern heißen. Du hast doch Eltern?«

»Je nachdem.«

»Was ist denn das für eine Antwort! Eltern hat man, oder man hatte sie.«

Er scheint das amüsant zu finden.

»Ich bin kein Waisenkind. Welchen Namen willst du hören? Alexander wie du? Wilhelm wie dein Vater? Oder Klaus? Klaus Leybundgut? So hieß doch dein Freund, der schon vor Jahren hier vorbeigekommen ist.«

»Das ist lange her.«

Er war unser Gerichtsmediziner. Und ein wunderbarer Arzt. Ein Jahr jünger als ich. Philosophierte gern und trank nur gute Weine. Ist damals seiner Frau nachgestorben, weil er sie nicht retten konnte.

Der Junge nickt. »Ich weiß. Sie war Alkoholikerin.«

»Du weißt eine Menge.«

»Alles.«

Dabei zieht er die Mundwinkel hoch, zum ersten Mal sehe ich eine Bewegung in seinem Gesicht, die darauf schließen lässt, dass etwas in ihm vorgeht. Wenn mich Verdächtige im Verhör angrinsten, waren sie unbewusst bereit, den entscheidenden Fehler zu machen. Das war der Augenblick, auf den ich wartete; Übermut kurz vor der Niederlage. Eigentlich war das Grinsen bereits das Geständnis.

»Ich habe nichts zu gestehen«, sagt der Junge, »und für dich macht es keinen Unterschied, wie ich heiße, ich bin nur da, um dich einzuweisen.«

»Du kennst anscheinend meine Gedanken.«

»Ich hab doch gesagt: Alles.«

Früher hätte ich das erschreckend gefunden. Jetzt beruhigt es mich. Ich stehe auf und spüre, wie leicht meine Knie mich tragen.

»Aber der Tod bist du nicht. Wie der aussieht, weiß ich nämlich. Was den betrifft, kannst du einen Künstler nicht hinters Licht führen. Der Tod ist der große Klappermann, mit Stundenglas und Hippe, ein apokalyptischer Reiter, so viele Maler können nicht irren! Wie in der Offenbarung steht: *Und ich sah, und siehe ein fahles Pferd; und der, der darauf saß, dessen Name war: der Tod; und die Hölle folgte ihm nach*.«

»Ja. Vermutlich. Ich weiß nicht, ob ich der Tod bin. Vielleicht sein kleiner Bruder.«

»Schlaf?«

»So was.«

Jedenfalls ist er nicht das Kind, für das seine Gestalt spricht. Er hat *einweisen* gesagt, *mich* einweisen? Wozu? Alles ist vorbei, ich bin meines Wissens hinüber, jedenfalls auf eine entschiedene Weise nicht mehr am Leben.

»So einfach ist es nicht«, sagt er. »Du hast gerade noch neben dem Täter gestanden.«

»Ein Arschloch. Hat einen Mann über die Klippe gejagt, hat auf mich geballert, sein Komplize hat mich auf dem Parkplatz erwischt. Erledigt. Aus. Perdu.«

»Kommt darauf an, was du willst.«

Wieder hat er diesen seltsam neutralen Ausdruck im Gesicht, nicht unbeteiligt, aber ohne erkennbare Meinung; dabei eigenartig schön und streng. Wen würde ich so malen? Keinen, den ich kenne. Wer hat solche Knaben gemalt? Caravaggio nicht. Picasso vielleicht. Édouard Manet.

»Ob ich will? Ich glaube nicht, dass ich noch einen Willen habe.«

»Ich habe ihn. Ich kann ihn dir geben. Wenn du ihn willst.«

Wozu um Himmelswillen soll das gut sein, die Dinge sind geschehen, ich empfinde keinerlei Bedauern, mir tun nur die leid, die jetzt vielleicht trauern, viele sind es nicht, das weiß ich, mancher wird froh sein, aber ich genieße meine Gleichgültigkeit und werde mich von diesem Kind, was oder wer immer es ist, nicht davon abbringen lassen.

»Du entscheidest«, sagt er, steht auf, er reicht mir fast bis zur Schulter, sein Fetzenhemd geht knapp über die Knie, und plötzlich möchte ich diesen Dreckspatz mit seinen verfilzten Haaren, seinen schwarzen Fingernägeln und seinen pilzbraunen Füßen als Engel bezeichnen. Ich hatte es nie mit Engeln. Nie einen gemalt. Und als sie pünktlich mit den Krisen wieder aufkamen und es in die Titelgeschichten von politischen Magazinen schafften, wusste ich, dass die Welt noch ein Stück verrückter geworden war.

»Nenn mich, wie du willst. Sag mir nur deine Entscheidung.«

»Ich habe nichts mehr zu entscheiden. Über mich hat ein anderer entschieden, ein gewisser Sjelo, Vedran Sjelo, basta.«

»Du willst also hier bleiben.«

»Wo?«

»Hier, in der Fläche. Was hast du vorhin darüber gedacht? *Relief*. Du kannst hier bleiben. Im Relief. Wenn es dir genügt.«

»Wenn ich dich richtig verstehe, behauptest du, ich hätte die Wahl zwischen hier und –?

»Dort. Mehr ist darüber nicht zu sagen. Das eine ist hier, das andere ist dort. Du hast die Wahl.«

»Und was ist – dort?«

»Kein Relief.«

»Aha. Wie komme ich hin, wo ist die Tür, wer führt mich, Vergil wird sich nicht herablassen, ich bin nicht Dante, also wer?«

»Du dich.«

Er kann einen ganz schön strapazieren, dieser Tod-Wilhelm-Schlaf-Alexander-Klaus-Engel. Aber ich spüre keinerlei Ungeduld, früher meine verlässlichste Eigenschaft.

»Und wie mache ich das?«

Die Antwort kommt sofort und präzise.

»Du erledigst deine Aufgabe.«

»Ich wusste nicht, dass ich eine habe. Eigentlich war ich froh, alle Aufgaben los zu sein.«

»Du hast die Messinghülsen gesehen, Patronen wurden abgefeuert, dein Leben wurde bedroht und ausgelöscht, ein anderer Mann ist vor deinen Augen getötet worden.«

»Damit hast du vollkommen recht, und darum wird sich die hiesige Polizei kümmern.«

»Es ist dein Leben, das sie zerstört haben. Und es ist der Tod eines anderen, den du nicht wahrnehmen wolltest. Du bist verantwortlich.«

»Bin ich nicht! Kann man denn nicht mal im Tod seine Ruhe haben?«

Ich habe diesen Kriminalerjob nie gemocht. Ich habe ihn selbstverständlich so gut ich konnte und offenbar zur Zufriedenheit meiner Vorgesetzten ausgefüllt, weil ich einer Generation angehöre, die unter der Devise erzogen wurde, man müsse *seine verdammte Pflicht und Schuldigkeit* tun. Aber nun bin ich frei. Es war ein hoher Preis: mein Leben, das vielleicht noch für ein paar Bilder gut gewesen wäre; aber ich habe ihn bezahlt.

»Und dieses, wie hast du gesagt, *Arschloch*? Es kommt davon?«

»Anzunehmen. Wir hatten in Zungen eine Aufklärungsquote von sechsundvierzig Prozent. Ich weiß nicht, wie hoch sie hier liegt.«

»Hundert. In diesem Fall sind hundert verlangt.«

Ein strenger Engel, das muss man sagen. Aber er gefällt mir, er hat diese moralische Genauigkeit, die man sich vom Jenseits wünscht. *Dort*, hat er mir versprochen, sei ein anderer Ort meines Todes. *Relief* oder *Dort*. Dafür noch mal Kommissar sein, wie auch immer das gehen soll? Ich habe überhaupt keine Lust, zwei Arschlöcher dingfest zu machen, die auf mich geschossen haben, einer davon erfolgreich. Warum auch? Die Welt ist voller Arschlöcher, und je mehr Menschen der Planet hat, um so mehr Arschlöcher laufen auf ihm herum und töten Unschuldige und andere

Arschlöcher, kriegen dafür Orden oder lebenslänglich. Sie haben nicht nur keinen Respekt vor dem Leben, sie wissen ganz einfach nicht, was es ist und was es bedeutet.

»Mörder verstehen die Gegenwart nicht«, hat mein philosophischer Freund Klaus Leybundgut einmal gesagt. »Sie denken nur daran, Zukunft zu verhindern, und glauben, sie hätten damit auch das Problem der Vergangenheit gelöst. Deshalb handeln sie in der Gegenwart falsch. Ihre Tat wird sofort Teil ihrer eigenen Vergangenheit und beeinflusst ihre Zukunft dadurch, dass sie die des Opfers löschen. Das bedenkt kein Mörder.«

Mir rauchte der Kopf, wenn er mir bei zwei, drei Flaschen Médoc das Gegenwartsproblem und den Bezug zu Vergangenheit und Zukunft zu erklären versuchte. Beruflich habe ich einige dieser Leute, die meiner Ansicht nach nicht nur ein Grammatikproblem hatten, vor Gericht gebracht.

Ein paar hätte ich lieber laufen lassen, weil ich ihre Gründe, auch wenn das zu äußern nicht opportun war, nachvollziehen konnte. Die wenigsten wollten gezielt jemanden aus dem Weg räumen, der hinderlich war: in der Liebe, im großen Geld, in der Politik. Die meisten saßen vor mir und hatten keine Ahnung mehr, warum sie getan hatten, was sie getan hatten. Demütigung. Wut. Angst. Ein paar monströse Kerle hatten getötet, um was zu erleben.

Leybundgut, der ein Verehrer von Kierkegaard war und sicher alles von ihm gelesen hatte, erklärte mir, die Menschen seien vor allem eines: *langweilig*. Klaus fand nicht die Toten langweilig, nur die Lebenden. Wie sein dänischer Philosoph. Ich sah das nicht so. Wenn man vorwiegend mit

Arschlöchern zu tun hat, findet man doch jedes auf seine Weise spannend. Krumme Lebenswege, oft vom vierten, fünften Lebensjahr an. Meistens war die Wahrheit, die ich herauszufinden hatte, nur die Letzte in einer ganzen Kette von scheußlichen Wahrheiten, die keine Sau interessiert hatten.

»Also?«, fragt mein schmutziger Engel. »Wirst du deinen letzten Fall lösen?«

»Ich bin Maler!«

»Du bist Alexander Swoboda.«

»Ich war es. Und es gibt keinen Fall.«

»Du bist erschossen worden. Wer bist du jetzt?«

Seine paradiesische Hartnäckigkeit macht mich ratlos. Er lächelt.

»Paradiesische Hartnäckigkeit, das gefällt uns.«

»Schön, kleiner Schlaf oder wie immer du heißt. Aber ich kann das nicht als meine Aufgabe sehen.«

»Darauf kommt es nicht an. Es kommt nicht darauf an, wie du es siehst. Es kommt darauf an, wie es ist.«

Er streckt den Arm aus, deutet aufs Meer, auf die Bucht, die Kreidefelsen an ihrem gegenüberliegenden Rand.

Ich sehe das Relief. Stehe in einem Fries, bin selbst ein Teil davon. Der Himmel eine Fläche. Wie aus Pappe. Der Junge dreht die Hand um, und alles erhält Tiefe, die Umrandungen werden Schatten, der Himmel wird Raum. Etwas sagt mir, dass dieser Raum erst meine endgültige Freiheit ist. Der Junge bestätigt es.

»Dort. Ich weiß, dass du dich danach sehnen wirst.«

»Wenn ich gewusst hätte, dass mein letzter Fall mein eigener ist, hätte ich mir das mit der Frühpensionierung überlegt. Jetzt ist es zu spät.«

»Zeit spielt hier keine Rolle. Hier zählt nur die Entscheidung.«

»Aber ein Toter kann keine Patronenhülsen einsammeln und keine Zeugen ausfindig machen und vernehmen. Ich sehe da ein Problem. Oder einen Widerspruch, meinst du nicht?«

»Du hast einen Fährmann.«

Ein Bild leuchtet auf: Ich sehe mich, wie ich als Kind einen Doppelknoten in meinen Schuhbändern lösen wollte, den ich am falschen Ende aufgezogen hatte. Wie ich mich verzweifelt damit abmühe und den Knoten nur noch fester zurre. Plötzlich lässt er sich leicht öffnen und entwirren. Ich weiß, wohin ich gehen muss.

»Lecouteux. Treffe ich ihn am Fluss?«

»Ja«, sagt der allwissende, vor Dreck starrende Engel neben mir. »Lecouteux, am Fluss.«

»Aber jetzt kannst du mir doch sagen, wer du wirklich bist.«

»Ich bin jeder. Und dein Freund wartet!«

Ich bin auf dem Weg.

DAS
GELD

Erstaunlich, zu welchen Abschweifungen Tote neigen. In der Gewissheit, unbegrenzt über Zeit zu verfügen, mäandern sie disziplinlos durch ihre Erinnerungen und Assoziationen, befassen sich mit abseitigen Problemen und verirren sich sogar in zurückliegende Kinoerlebnisse.

Man muss es ihnen nachsehen. Sie haben ja nichts als ihre Vergangenheit, während wir uns notgedrungen mit der Zukunft beschäftigen. An jedem Morgen mit den bedrohlichen oder günstigen Gaben des Tags. Wie viel Geld wird unser Geld uns heute bringen? Wird unser Geld Geld verdienen oder verlieren? Wird die Göttin der Multiplikation unser Konto mit ihrem Zauberstab berühren? Wird die Investition unser eingesetztes Vermögen in schwindelnde Höhen extrapolieren?

Nicht jeder stellt sich solche Fragen, manche setzen notgedrungen kleinere Beträge in Lotterien ein, andere gehen horoskopisch vor und hoffen, die Hände im Schoß, auf ein Wunder. Doch immer geht es um Geld. Wer es nicht hat, erwartet es; wer es hat, will es sichern.

Die im Schloss Charme-des-Tilleuls versammelten Trinker gehören zur Klasse derer, die es haben. Noch warten sie auf verspätete Mitglieder ihrer Gesellschaft, den zweiten Deutschen, Lukas Breitstein, und den Holländer Wilhelmus van Vollenhoven, vierundfünfzig, der mit seiner dritten Ehefrau anzureisen pflegt.

Chevrier will seinen Gästen die Zeit verkürzen und lässt, damit die Mägen nicht leer bleiben, Foie Gras entier von der Ente mit dunkel gebräuntem Toast und Feigenchutney auftragen, dazu einen 2003er Sauternes Lur Saluces vom Château d'Yquem.

»Respekt«, ruft Hadinger, »dreihundert die Flasche, was?«

Chevrier könnte den Preis des Weißweins auf dreihundertachtundvierzig korrigieren, unterlässt das aber. Er hat sich auferlegt, nur wenig zu sprechen und sich auf eine Mitteilung vorzubereiten, die keine Freude macht: dass Lukas Breitstein nicht mehr kommen wird.

Der blausilberne Sechszylinder von Wilhelmus van Vollenhoven ist auf der Landstraße, die, mal ferner, mal näher neben dem Ufer der Aubette verläuft, nicht mehr weit vom Schloss entfernt. Die Limousine, gesteuert von Vollenhovens molliger Frau Lieke, gleitet gemächlich dahin, man hat keine Eile. Lieke weiß: Wer den größten Geldbetrag mitbringt, hat jedes Recht, zu spät zu kommen. Zumal die Anreise aus Amsterdam, immerhin siebenhundert Kilometer, ohnehin nicht auf die Minute zu kalkulieren ist. Man muss ja nicht sagen, dass eine Übernachtung dazwischen lag.

Dass dem Volvo S 80 ein schwarzer, deutlich kleinerer Wagen mit deutschem Kennzeichen und einer auffälligen roten Zierlinie am Kühler folgt, hat weder die Fahrerin, noch den Beifahrer beunruhigt. Der gewichtige Vollenhoven, Diamantenhändler seines Zeichens und, um einrastenden Klischees gleich vorzubeugen, kein Jude, liebt es, sich kutschieren zu lassen, nickt regelmäßig nach den ersten Kilometern der Strecke ein, fällt in tiefen Schlaf und schnarcht leise.

Nur wenn sein Schnarchen in rasselndes Pfeifen übergeht, das sie schwer erträgt, tippt Lieke kurz und leicht auf die Bremse, damit er hochschreckt. Er fragt dann »Wo sind wir eigentlich?«, versucht Liekes Auskunft »Lille« oder »Paris haben wir hinter uns« zu verarbeiten, schläft aber sofort wieder ein, sein Kopf sinkt nach vorn, sein Doppelkinn wird zum Kehlsack, und sein Bürstenhaarschnitt zeigt zur Windschutzscheibe. Die auffällige Haartracht ähnelt einem abgeernteten Roggenfeld, nicht mehr blond freilich, sondern schon fast weiß. Auf seiner Stirn finden Schweißperlen zueinander und rinnen zur runden Nasenspitze. In langen Abständen fällt ihm ein versammelter Tropfen in den Schoß.

Lieke ist froh, dass ihr Mann, der seit Jahren unter Schlaflosigkeit leidet, auf Autofahrten sein Defizit nachholen kann. Sie ist vierunddreißig, zwanzig Jahre jünger als Wilhelmus, und empfindet für ihn eine mehr fürsorgliche als brennende Zuneigung.

Seinetwegen hat sie ihren Beruf als Empfangsdame in einem Vier-Sterne-Hotel aufgegeben. Ihretwegen hat er in Amsterdam ein Barockhaus an der Herengracht gekauft, obwohl er den größten Teil seiner Geschäfte in Antwerpen erledigt. Sie ist dankbar, genießt sein Geld und möchte, dass es ihm gutgeht. Dazu gehört, seinen Autoschlaf möglichst nicht zu stören. Sie unterhält sich ohnehin nicht gern beim Fahren, hängt lieber ihren Gedanken nach, schaltet den Tempomat ein und überlässt dem Abstandsradar, die Geschwindigkeit anzupassen, falls jemand vor ihr langsamer fährt. Das kommt selten vor, schon gar nicht auf Landstraßen wie dieser, die im weichen Licht des Juninachmittags durch die Wälder der Aubette führt. Wer hier nicht trödelt, hat keinen Sinn für die Natur.

Plötzlich zieht der schwarze Golf GTI, der seit Kilometern hinter ihr herschleicht, hupend an ihr vorbei, offenbar ist der Fahrer einem Geschwindigkeitsrausch verfallen. Sie erschrickt und tippt sich an die Stirn, beruhigt sich und ist, als der Überholer in der nächsten Doppelkurve verschwindet, in ihren Gedanken wieder bei dem Geldkoffer, der im Heck des Wagens liegt.

Eins Komma zwei Millionen. Ihr wird warm ums Herz, sie lächelt, als wäre sie frisch verliebt. Die Hälfte davon gehört ihr. In der Gesellschaft der Trinker sind sie zu gleichen Teilen als Mitglieder geachtet.

Wilhelmus hebt den Kopf. »Was war das denn?«

»Ein Idiot. Wir sind gleich da.«

Der Idiot parkt bereits in einer schattigen Bucht unter Bäumen, dem hohen Gittertor zur Auffahrt gegenüber. Es steht offen. Der Wald jenseits der Straße gehörte einst zum Schloss und hatte ihm seinen ursprünglichen Namen gegeben. Uralte Hainbuchen winden sich hier ins Licht, mächtige Stämme, aus dicken Strängen geflochten, mit ausladenden, wirren Kronen, die Äste gedrillt wie riesige Zöpfe. Der Waldboden liegt unter grüner Dämmerung.

Nach diesen in sich verdrehten Giganten, den *Charmes*, hieß das Schloss *Château-des-Charmes*, also *Hainbuchenschloss*. Zur Zeit seiner Erbauung werden die Bäume nicht höher als Heckensträucher gewesen sein. Einer der späteren Besitzer, der Komödienschreiber Bernard Granget, verkaufte Ende des neunzehnten Jahrhunderts, als seine Stücke in Paris nicht mehr gut liefen, den Hainbuchenwald an den Staat, fand nun die Linden um sein Schloss bedeutsam und vollzog den Namenswechsel zu Charme-des-*Tilleuls*, was man mit *Liebreiz der Linden* übersetzen könnte. Granget ist längst vergessen, seine Umbenennung hat sich erhalten.

Lieke van Vollenhoven sieht den deutschen Golf im Schatten der Bäume nicht, als sie links durch das Tor in die Auffahrt zum Schloss einbiegt und über den ockergelben Kies zur Freitreppe fährt. Sie lässt den Wagen ausrollen und nimmt, zufrieden mit sich, die Hände vom Steuer:

»So. Und was sagst du?«

»Danke, meine Liebste, es war wie immer sehr entspannend.«

Hätten sie gesehen, dass der Fahrer des Golf ihr Eintreffen bei Chevrier mit einem Fernglas beobachtet, wären sie vielleicht alarmiert gewesen, hätten auf der Stelle gewendet und die Rückfahrt angetreten. So aber steigen sie aus und übergeben Wout de Wever, der auf sie gewartet hat, den Aluminiumkoffer, einem Dienstmädchen ihr ledernes Reisegepäck.

Der Späher, er heißt Hans Rakowski und ist von Beruf nicht etwa Detektiv, sondern Steuerberater, hat sich ein paar Schritte abseits seines Wagens in Deckung begeben und verrät sich auch nicht durch Lichtreflexe auf den Linsen seines Feldstechers. Er benutzt einen blendfrei vergüteten Kern/Leica 8x30, den er in einem Schweizer Internet-Armyshop erworben hat.

Nun begrüßt auch Chevrier auf der geschwungenen Freitreppe seine neuen Gäste, und als alle hinaufgegangen sind, schwenkt Rakowski sein Militärglas über die leeren Steinstufen zum ersten Stock hoch. Er kann trotz Polarisationsfilter hinter den Fenstern nur Schemen ausmachen, die sich langsam bewegen.

Wout de Wever tritt durch eine Seitentür im Parterre aus dem Haus, setzt sich in Vollenhovens Wagen und fährt ihn links um das Schloss herum, wo er außer Sicht gerät.

Rakowski setzt den Feldstecher ab. Jetzt ist sein Gesicht zu sehen.

Man würde in ihm nicht den entschlossenen Planer vermuten, zu dem er sich im Verlauf der letzten Tage entwickelt hat. Unter den welligen dunkelbraunen Haaren, die hinter die Ohren gekämmt sind, an den Schläfen aber in modische lange Koteletten übergehen, steht eine hohe und seltsam steile Stirn. Das Gesicht wirkt unentschieden: Die Augen, weit auseinander, sind dunkel verträumt und neigen sich an den Außenwinkeln nach unten, die Nase ist jugendlich klein, und der Mund – was soll man zu dem Mund sagen, der ein einziges verlegenes Lächeln ist?

Verblüffend, dass diesem Hans Rakowski vermögende Leute die Ermittlung ihrer Einnahmen und Verluste anvertrauen. Neben seinem vier Jahre älteren, weißblonden Kollegen, dem Steueranwalt Dr. Axel Dunkhase – die Kanzlei trägt den würdig klingenden Namen Dunkhase & Partner – wirkt er vielleicht überzeugender als hier im Schatten der Hainbuchen.

Doch was er nun vorhat und was seinen Anfang mit einer Erpressung nahm, die unerwartet glattgegangen war, wird seine Entschlossenheit auf eine harte Probe stellen. Noch ahnt er nicht, worauf er sich einlässt. Noch glaubt er, den Leuten, die er beobachtet, gehe es nur um eine Art Gentlemengeschäft.

Während Chevrier überlegt, wie er seiner Gesellschaft die Vorgänge um den für immer abwesenden Lukas Breitstein erklären soll, werfen wir einen Blick zurück in die Zeit, in der Breitstein noch am Leben und von seinem Steuerberater Rakowski nicht fachlich, aber menschlich tief enttäuscht war.

Dunkhase & Partner kennen, man weiß das in gewissen Münchner Kreisen, sämtliche Tricks zur Steuervermeidung, die legalen und auch ein paar nicht ganz so legale.

Die Arbeitsteilung war frühzeitig festgelegt: Axel Dunkhase, geschieden, einundvierzig Jahre alt und ein aus Oldenburg zugereistes promoviertes Nordlicht, hielt sich überwiegend an die legalen Wege; Rakowski war für die riskanten Abschreibungen und Umdeutungen zuständig. Gemeinsam waren sie so erfolgreich, dass sie sich die extrem hohe Miete für die Villa in der Tizianstraße, nicht weit vom Nymphenburger Kanal, leisten und zwei weibliche Fachkräfte sowie eine Empfangsdame – sämtlich kompetent und ungemein gepflegt – entlohnen konnten. Privat wohnte jeder von ihnen vergleichsweise bescheiden, Dunkhase in Schwabing, Rakowski in der Maxvorstadt. Der Empfangsraum der Kanzlei und die beiden Besprechungszimmer im Parterre, eingerichtet mit italienischen Designermöbeln, vermittelte eintretenden Kunden das Gefühl, auf der besseren Seite des Lebens, auf der sie sämtlich standen, auch bleiben zu können.

Hans Rakowski wäre wohl nie auf die Idee gekommen, dass er aus dem Zutrauen seiner Klienten einmal Kapital schlagen könnte, hätte nicht Lukas Breitstein eine Fahrlässigkeit begangen – aus schierer Unachtsamkeit und ohne zunächst auch nur im Entferntesten die Folgen zu bedenken: Er hatte seinen Steuerberater gebeten, die Reisekosten für eine Fahrt nach Orléans im vergangenen Jahr nicht abzusetzen.

Der Unternehmer war kein großzügiger Mann, schon gar nicht gegenüber dem Finanzamt. Trotz oder vielleicht wegen seiner vielen Millionen hob er jeden Parkschein auf, jede Quittung für Autobahngebühren, jedes Ticket für öffentliche Verkehrsmittel. Und nun plötzlich sollte eine durchaus aufwendige Reise mit Hotelaufenthalt in Paris nicht in den Belastungen erscheinen?

Aus den Bilanzen seiner Firmen und Holdings waren zwar keine Geschäftsverbindungen mit dem Nachbarland zu ersehen, doch irgendeine plausible Begründung war Rakowski noch immer eingefallen, wenn es darum ging, private Aufwendungen in berufliche umzudeuten. Dass er sein Talent diesmal nicht zur Geltung bringen sollte, empfand er als Kränkung, löschte aber, wie verlangt, die bereits eingestellten Ausgaben und suchte die Belege zusammen, um sie an Breitsteins Privatbuchhalter zurückzusenden. Als er die Mappe in den Umschlag mit dem goldenen Firmenlogo von Dunkhase & Partner schieben wollte, hatte er plötzlich das Gefühl, bares Geld in Händen zu halten.

Seit 1905 hatte die Metallwarenfabrik Breitstein und Söhne in Hannover zunächst mit Industrieausstattungen, bald aber unter dem Markennamen MWBS vorwiegend mit Rüstungsgütern fürs deutsche Kaiserreich enorme Gewinne erzielt, nach der Kapitulation 1918 wieder zivile Güter, einige Jahre sogar Fahrräder, produziert, bis sie an der nationalsozialistischen Aufrüstung und nach erfolgter Streichung der *Söhne* aus dem Markennamen als MWB erneut glänzend verdiente. Damit war es nach 1945 vorbei, der alte Breitstein wurde von den Alliierten zu zehn Jahren Gefängnis verurteilt, war nach vier Monaten wieder frei, und Breitstein Junior, eben Vierzig geworden, schwor, dass ihr Unternehmen, sollte es je wieder aufgebaut werden, nur noch dem Frieden dienen werde. Haushaltsleitern, Küchenuhren, Besteck, Autofelgen – es war ein kunterbuntes Metallwarenangebot, das die Fabrik über Wasser hielt, bis man sich dann in den späten Fünfzigern wieder mit dem, was man am besten konnte, in den Dienst des Friedens stellte: Panzerketten, schwere Getriebe für Selbstfahrlafetten, Lenkungen, Achslager – die Artillerie für den Frieden brauchte alles, der Waffenexport boomte, und MWB lieferte.

Der jüngste Breitstein, Lukas, klüger als seine Vorfahren, ließ den alten Namen verschwinden, verlegte den Firmensitz nach Bayern, produzierte fortan auch Artilleriemunition und Minen und baute unter dem Namen BS eine mit anderen Konzernen verflochtene Aktiengesellschaft auf, an der er die Mehrheit hielt und deren Vorsitz im Vorstand er einnahm.

So war sein Zustand, als er, auf Empfehlung eines befreundeten Fußballmanagers, die Kanzlei Dunkhase & Partner mit seinen persönlichen Steuererklärungen beauftragte – seither stets zufrieden mit den Bescheiden des Finanzamts und Rakowskis Beratung, bis eben zu seiner unbedachten Anweisung, Reisekosten nicht abzusetzen, die doch nachweislich entstanden waren.

An jenem Abend, ein Frühlingsgewitter mit starkem Hagel zog über die Stadt, änderte sich der Charakter von Hans Rakowski: Der verlässliche, zuvorkommende und etwas scheu wirkende Mann, seiner schmächtigen Gestalt wegen in jungen Jahren oft als Hänfling bespöttelt, verwandelte sich in einen Fuchs, der auf Beute aus war. Er verbiss sich in die Akten von Breitstein, arbeitete die Steuerordner der vergangenen vier Jahre durch, trank mehrere Tassen Kaffee, zwang sich, nicht den Cognac aus Dunkhases Büroschrank zu holen, und schnürte im Internet durch alle auffindbaren Verbindungen der BS AG. Er fluchte, juchzte, klatschte in die Hände, schrie »Scheiße«, lobte sich mit einem geflüsterten »Na also«, geriet auf obskure Seiten manischer Kapitalismusfeinde, penibler Prozessbeobachter, fanatischer Hacker und Whistleblower, die Steuerparadiese durchfilzen und Briefkastenfirmen enttarnen, ließ sich auch nicht von seinem Rechner-Schutzprogramm und dessen Meldung *Achtung, diese Seite hat einen schlechten Ruf – Verlassen?* abhalten und war morgens gegen vier Uhr am Ziel.

In einer Datei, die er *Glück* nannte, hatte er an die vier Gigabyte Material versammelt. Er komprimierte und verschlüsselte sie, kopierte sie auf seinen Stick, verbarg sie auf dem Bürocomputer in einem Ordner mit den aktuellen Änderungen des Steuerrechts, holte seinen Mantel von der Garderobe, streckte sich auf der ledernen Chaiselongue im Empfangsraum aus und deckte sich zu.

Als Dunkhase um halb neun ins Büro kam, schlief Rakowski tief und fest. Sein Partner beugte sich hinunter und schnüffelte. Keine Alkoholfahne. Aber ein Lächeln, das er noch nie in Rakowskis Gesicht gesehen hatte. Er musste einen sehr glücklichen Traum haben. Dunkhase weckte ihn sanft, damit die Damen, die bald eintreffen würden, ihn nicht so fanden.

Man mag für unwahrscheinlich halten, dass ein Mensch sich innerhalb weniger Stunden derart verändern kann. Vermutlich vollzog sich diese Verwandlung schon seit einiger Zeit, ohne dass sie von Rakowski selbst bemerkt worden war. Immerhin hatte er ständig die Ziffern hoher und höchster Einkommen vor Augen und verglich sie unwillkürlich mit dem eigenen Verdienst, der ansehnlich war und doch lächerlich, gemessen an den Summen, die mancher seiner Kunden für einen Urlaub von acht Tagen ausgab. Gegen die Bilder des Luxus, die dabei aufstiegen, war Rakowski machtlos. Noch nahm er nicht wahr, dass sich in einer Kammer seiner Seele Unzufriedenheit ansammelte und sich auf tückische Weise mit seiner Hoffnung verband, sich eines Tages auf der anderen Seite der Bilanzen zu finden, gleichsam vom Leser zum Gelesenen zu werden. Zugleich muss ihm die Aussichtslosigkeit dieses Wunsches bewusst gewesen sein. Mit seinen Honoraren, selbst wenn sie mit der Höhe der zu bearbeitenden Einkommen korrelierten, würde er allenfalls ins obere Drittel der Gesellschaft aufsteigen, nie jedoch in jenes Zehntel, wo für ihn die Lebenslust begann.

Vermutlich ist die Mischung aus Unzufriedenheit, Hoffnung und Aussichtslosigkeit der Gärteig der Kriminalität. Kommen Not und Ungerechtigkeit hinzu, sehen wir Revolutionen wachsen. Doch Rakowski litt keine Not, ihm war kein Unrecht geschehen, er war nur geldgierig geworden.

»Breitstein.«

»Hans Rakowski.«

»Ja?«

»Ich dachte mir, Sie könnten mich zum Essen einladen, wie wär's mit heute Abend, da hätte ich Zeit.«

»Wie bitte?«

»Na gut, dann morgen. Nur wir beide.«

»Ich verstehe nicht –«

»Müssen Sie auch nicht. Ich erkläre es Ihnen dann schon. Ich esse übrigens keinen Fisch und diese Sachen. Auch keine Innereien. Sie haben bestimmt einen guten Caterer an der Hand. Ich schlage vor, wir beginnen mit Tagliatelle mit weißen Trüffeln und nehmen dann eine Ente, Dampfkartoffeln und Wirsing. Unbedingt Wirsing. Ich liebe Wirsing. Sie nicht?«

»Sie sind betrunken, Rakowski, und das am Vormittag. Schlafen Sie Ihren Rausch aus. Ich werde Herrn Dr. Dunkhase informieren.«

»Legen Sie nicht auf, Breitstein. Es wird nur teurer. Sie müssten dann mit mir zu den britischen Jungferninseln fliegen und mir den Briefkasten der Steel Consult Ltd. öffnen.«

Breitstein schwieg. Rakowski konnte ihn atmen hören. Dann erhielt er seine Einladung.

»Heute. Um sieben Uhr. Meine Adresse haben Sie ja.«

»Und wie gesagt. Keinen Fisch.«

Das Haus des Rüstungsproduzenten war nicht zu verfehlen. Auf einem Ufergrundstück am Ammersee hatte Breitstein von einem Berliner Architekten einen monströsen Querriegel aus Beton errichten lassen, ein Cinemascope-Bauwerk, an dem es nur schräge Kanten gab und dessen erster Stock als trapezförmige Glaskanzel auf ganzer Breite den Unterbau überragte. Die Fassade war mit goldglänzenden, rautenförmigen Platten verkleidet. Man wusste nicht, ob ein sowjetischer Supermarkt oder eine österreichische Seilbahnstation zum Vorbild gedient hatte. Es war das Haus, in dem Breitstein allein lebte, jedenfalls, wenn er sich nicht in seiner Dachterrassenwohnung im Münchener Stadtteil Schwabing aufhielt.

Der Abend, an dem Rakowski sich zum Essen eingeladen hatte, war mild und vom Restlicht des Sonnenuntergangs erfüllt, das den Messingrauten einen kupfernen Schein verlieh. Breitsteins weißer Audi Q7 auf dem Parkplatz vor der Garage schimmerte rosa und wirkte wie nacktes Fleisch.

Das glatte Edelstahltor schob sich zur Seite, als der Steuerberater sich näherte, ließ ihn eintreten und schloss sich summend hinter ihm. Zwischen geschorenem Rasen führte der Weg zum Haus hinauf: langgestreckte flache Stufen aus Schiefer überwanden die wenigen Höhenmeter bis zum Eingang, einem Portal aus rotem Tropenholz, in dem der Hausherr erstaunlich klein wirkte. Er winkte dem Gast.

Das Wasser spiegelte die letzten Strahlen der Sonne, die hinter dem Horizont hervorkamen und die Wolkenränder glühen ließen. Der Blick aus der Glasfront im ersten Stock, die den Livingroom mit dem freistehenden Küchenblock zur Seeseite hin offen ließ, bestätigte Rakowski in seinem Vorhaben, dieses Haus heute Abend als reicher Mann zu verlassen, um bald ähnlich luxuriös und mit einer mindestens so atemberaubenden Aussicht wohnen zu können.

»Was gibt es zu essen? Ich habe Hunger.«

Breitstein sah unverwandt auf den See hinaus und schwieg. Er fühlte sich alt und schwer. An seinem Gewicht lag es nicht, er hielt sich bei sechsundsiebzig Kilo, wirkte schlank, wenn auch um die Mitte sichtbar gerundet. In zwei Jahren wurde er sechzig und wollte dann noch als Fünfziger durchgehen. Dass er jetzt eine lähmende Müdigkeit spürte, hatte mit dem, was sich in Zahlen ausdrücken lässt, nichts zu tun. Es war die Entscheidung, die er treffen musste. Er hatte noch nie einen Menschen mit eigener Hand getötet und seine Kriegswaffenproduktion stets als friedenserhaltend, ja lebensrettend bezeichnet. Doch heute würde er das Leben dieses Ehrgeizlings, der seine Grenzen nicht kannte, auslöschen.

Er riss sich vom Bild des Sees los.

»Der Caterer kommt in einer halben Stunde. Soll ja alles frisch sein. Setzen wir uns, einen kleinen Aperitif?«

Rakowski ließ sich in einen der weißen Ledersessel sinken.

»Wasser. Mit Kohlensäure.«

Breitstein setzte sich gegenüber. Der Couchtisch zwischen ihnen bestand aus einem massiven Block roten Marmors mit blauen Adern.

»Das bringt auch der Caterer. Ich kann mich immer nicht entscheiden, ob ich meinen Haushalt hier oder in München haben soll. Wir können uns ja schon ein bisschen unterhalten, mich interessiert natürlich, was Sie wissen oder zu wissen glauben. In Ihrem eigenen Interesse hoffe ich, es ist nicht viel.«

»Alles. Ich weiß alles.«

»Das ist schlecht für Sie.«

»Versuchen Sie nicht, mir zu drohen.«

»Das liegt mir fern. Ich möchte nur wissen, warum Sie mit mir auf die Jungferninseln fliegen wollen und welchen Briefkasten ich dort öffnen soll.«

Rakowski lachte.

»Sie haben einen Prozess gegen die Steel Consult Ltd. gewonnen, die ihren Sitz dort hat. Das hat Ihnen 855 000 Euro eingebracht. Schadenersatz. Weil die Steel Consult die vertraglich vereinbarten drei Schiffsladungen Stahl aus China nicht liefern konnte. Ein Millionenauftrag, den Sie natürlich noch nicht einmal angezahlt hatten. Aber Ihnen ist angeblich ein Produktionsausfall entstanden, lukrative Verkäufe, ein Regierungsauftrag und so weiter, Ihre Anwälte waren überzeugend. Die Steel Consult verlor und zahlte für den Schaden. Ich nehme an, sie behielt 45 000 Euro, die fünf Prozent, die zu 900 000 fehlen. Denn genau diese 900 000 haben Sie ein dreiviertel Jahr zuvor in Ihrer Gewinnbuchung unterschlagen. Ich habe etwas Zeit und viel Phantasie gebraucht, um darauf zu kommen: Sie transferieren, ich nehme an in bar, eine knappe Million zu einer Briefkastenfirma nach Panama. Von dort ruft die Steel Consult auf den Jungferninseln das Geld ab. Sie schließen mit der Steel Consult einen Liefervertrag, die hält den Vertrag nicht ein, Sie verklagen sie dort auf 855 000 Schadenersatz. Steel Consult verliert den Prozess und überweist die Summe, die ein Gericht verfügt hat, auf Ihr Privatkonto, sagen wir, in Genf. Ihr betriebliches Schwarzgeld kommt, abzüglich fünf Prozent, juristisch einwandfrei und blütenweiß gewaschen, zu Ihnen zurück. Das hält jeder Prüfung stand. Und ob im Ausland erhaltener Schadenersatz überhaupt versteuert werden muss, ist eine Abwägung, die sich sehr lange hinziehen kann. Bis zur Verjährung.«

Breitstein hatte, gelangweilt, wie es schien, zugehört. Er stand auf, lief um den Küchenblock und entnahm dem Doppelkühlschrank eine Flasche Gosset Grand Rosé und zwei gekühlte Gläser, kam zur Sitzgruppe zurück, stellte die Gläser auf den Marmortisch, öffnete den Champagner fast lautlos, goss ein, wartete, bis der Schaum gefallen war, schenkte nach – hob sein Glas.

»Ich gratuliere. Sie sind besser als Dunkhase. Abgesehen von der Tatsache, dass ich kein Konto in Genf habe und auch keines in Panama brauche. Das wäre für unser kleines Spiel mit der Steuer zu aufwendig. Auf Ihr Wohl.«

Rakowski kniff die Augenlider zusammen, um besser nachdenken zu können. Er übersah sein Glas.

»Ich will dreihunderttausend.«

Breitstein trank langsam aus.

»Haben Sie ein Konto, wo das nicht auffällt?«

»Bar.«

»Ah ja, natürlich, wie konnte ich das vergessen. Es geht ja nichts über Bargeld. Sie sind in der Tat nicht unbegabt, junger Mann. Aus Ihnen hätte was werden können. Aber Sie kennen Ihren Ort nicht, und wenn man seinen Ort nicht kennt, weiß man nicht, wo man ist. Sie sind in Gebiete eingedrungen, in denen Sie sich nicht zurechtfinden, weil Sie dort nicht hingehören.«

»Hören Sie mit dem Quatsch auf!«, schrie Rakowski und lehnte sich im Sessel vor. »Ich gebe Ihnen zwei Tage, dann ist das Geld da.«

»Großzügig, ich hatte schon gefürchtet, ich müsste es sofort berappen. Übermorgen also?«

»Übermorgen.«

Der Steuerberater holte Luft und lehnte sich zurück. »Wo bleibt eigentlich das Essen.«

»Ich habe nichts bestellt. Ich bin geizig wie alle Reichen.«

73

Aus welcher Tasche er die zierliche, silberne Waffe gezogen hatte, hätte sein Gast nicht sagen können. Rakowski sah, dass plötzlich ein kurzer Doppellauf auf ihn gerichtet war.

»Was soll das, Breitstein. Die Recherchen sind alle gespeichert und landen in fünf Tagen im Finanzamt.«

»Dies ist ein Damenrevolver«, sagte Breitstein leise, »ein 38er Derringer. Zweischüssig. Ein Schmuckstück. Meine Frau hat sich damit umgebracht. Sie hat, schrieb sie, nicht ausgehalten, dass mit meinen Landminen in Äthiopien und anderswo Kinder umgebracht würden. Neunzehn Jahre ist das her. Sie wollte, dass ich alles hinschmeiße. Aber so eine lange Familientradition, das verstehen Sie vielleicht. Ich konnte das nicht. Ins Herz hat sie sich geschossen. Mitten in ihr schönes Herz. Und seither ist die andere Kugel noch im zweiten Lauf. Ich wollte diese Pistole immer schon mal auf jemanden richten und damit die Erinnerung an den Tod meiner Frau löschen. Ich werde Sie jetzt töten. So eine kleine Maschine, nicht wahr, und kann so viel. Meine Frau hatte recht, ich bin ein Mörder, aber ich glaube, sie würde es nicht gutheißen, obwohl sie sehr rechthaberisch war.«

Der Bedrohte verstand, dass Breitstein nicht mehr klar denken konnte. Er versuchte, ihn durch ein einziges Wort zur Vernunft zu bringen, einen Namen, seinen letzten Trumpf.

»Vollenhoven. Wilhelmus van Vollenhoven. Würde *er* das gutheißen?«

Breitstein legte den Kopf schief, als müsse er dem Klang nachhören. Das war die Haltung, in der er am besten überlegen konnte.

Langsam ließ er den Derringer sinken.

ENTSCHEIDUNG

Was hat ein niederländischer Diamantenhändler mit planmäßig ausgebliebenen Stahllieferungen aus China für einen deutschen Rüstungsfabrikanten zu tun?

Wenn wir rechtzeitig mehr wüssten, wären alle Bücher kürzer. So aber finden wir uns, in der Spur ebendieser Frage, wieder im Hainbuchenwald, wo Hans Rakowski auf Bewegungen im und um das Schloss Charme-des-Tilleuls lauert.

Er hätte sich mit den Zweihundertfünfzigtausend, die Breitstein ihm letztlich bezahlt hat, zufrieden geben können. Aber das Geld, vor allem, wenn es gebündelt und von Banderolen umschlungen vor einem liegt, hat die Eigenart, sich unter der Hand von viel in wenig zu verwandeln; nicht, weil Rakowski es ausgegeben hätte, doch ein mysteriöser Vorgang nahm dem hohen Betrag seinen Glanz: Die Menge, obwohl unverändert, weil der Besitzer sich disziplinierte und nicht den üblichen Ganovenfehler machte, wurde allein durch tägliche Betrachtung kleiner.

Rakowski hatte sich einen Safe angeschafft, den er zuvor nicht benötigte, Breitsteins Geld dort eingelagert, jeden Morgen vor seinem Weg in die Kanzlei für einige Minuten herausgenommen und Bündel für Bündel liebevoll ange-

blickt wie ein Baby. Anders als Kinder schien die Papier-
menge jedoch nicht zu wachsen, sondern zu schrumpfen,
sie wurde gewöhnlich, und Gewöhnliches verliert die Fä-
higkeit, uns zu erfreuen. Anfangs wusste er noch, dass in
dem bunten Papier ein Vorrat an Möglichkeiten enthalten
war. Das Geld meinte Unabhängigkeit, gewissen Luxus, es
regte die Phantasie an. Doch auf Dauer erging es ihm wie
einem Kind mit dem Weihnachtsspielzeug. Schon eine Woche nach dem Fest ist mit der Überraschung auch die erste
Freude verflogen, und bald wird es zum bloßen Gegen-
stand, der wie manch anderer die Zeit vertreibt. Rakowski
hatte den Eindruck, dass diese Zweihundertfünfzigtausend
nicht mehr als ein Vorgeschmack waren.

Warum hatte Breitstein nicht geschossen? Der Name
Vollenhoven musste eine weit größere Bedeutung haben
als jene, die Rakowski in der Nacht der langen Recherche
herausgefunden hatte: Vollenhoven war aus einem Laby-
rinth von Firmen hinter jener Steel Consult Ltd. aufgetaucht, von der Breitstein die Entschädigung erstritten
hatte. Selbstredend war der Diamantenhändler, von dem es
einige Fotos im Internet gab, nicht direkt im Handelsregis-
ter zu finden, doch als der Steuerberater den Holdings und
Töchtern und Töchtertöchtern gefolgt war, die jenen an-
geblichen Stahlvermittler auf den Britischen Jungferninseln
hatten eintragen lassen, war er schließlich auf Wilhelmus
van Vollenhoven in Amsterdam gestoßen, beziehungsweise
auf sein Stammhaus in Antwerpen.

Die Steel Consult Ltd. verfügte lediglich über ein Grund-
kapital von zehntausend US-Dollar. Wovon hatte sie offi-
ziell die knappe Million an Breitstein gezahlt? Und warum
hatten ihre Anwälte das Urteil bereits in der ersten Instanz

widerstandslos akzeptiert? Vollenhoven musste gewusst haben, dass damit Breitsteins Schwarzgeld gewaschen wurde. Rakowski schloss daraus: Die Antwerpener Diamantengeschäfte zu erforschen, könnte sich mehr lohnen, als Breitstein ein weiteres Mal zu erpressen.

Der Gedanke bereitete ihm Vergnügen, seine Selbstachtung wuchs, er entdeckte an sich Züge eines detektivischen Genies und probte vor dem Spiegel, wie er seinem Gesicht einen entschlossenen und intelligenten Ausdruck abgewinnen könnte.

Weitere Nächte brachte er mit Nachforschungen zu. Eines Morgens erwachte er am Schreibtisch und las auf dem Bildschirm den Bericht einer niederländischen Wirtschaftszeitung, auf den er offenbar kurz vor dem Einschlafen gestoßen war. Darin hieß es: Vollenhoven habe in einem aufsehenerregenden Schadenersatzprozess gegen eine Firma namens WestMineCommodities auf Antigua von einem dortigen Gericht wegen nicht gelieferter Diamanten aus Brasilien eins Komma drei Millionen US-Dollar Entschädigung für entgangene Geschäftsgewinne zugesprochen bekommen. Die Beklagte habe auf Revision verzichtet und sich zur Zahlung bereiterklärt.

Nach einem hastigen Frühstück setzte Rakowski sich auf die Fährte der WestMineCommodities und fand heraus, dass sie französische Gründerfirmen hatte, hinter deren verschachteltem Konsortium allgemein ein Name vermutet wurde:

Pascal Thierry Chevrier. Vorstandsvorsitzender eines französischen Stahlbaukonzerns, der von China bis Südafrika, von den arabischen Emiraten bis Kanada Brücken- und Hochhausprojekte realisierte.

Er rief im Büro an und meldete sich für den Tag krank. Dr. Axel Dunkhase bedauerte und wünschte gute Besserung.

An diesem Morgen war das Schweigegeld, das Breitstein ihm ausgehändigt hatte, zu einer lächerlichen Anzahlung geschrumpft. Rakowski sah, dass er den Zipfel eines Netzes erwischt hatte, mit dem er dessen Knüpfer einwickeln und sich gefügig machen könnte. Was er jetzt brauchte, war Zeit. Vielleicht nur ein paar Tage.

Damals begann sich der Steuerberater, als wäre er aus einer Puppe zum Schmetterling geschlüpft, von einem Sturm der Hoffnung tragen zu lassen. Er gaukelte durch Tagträume, kaufte eingebildete Wohnungen und zahlte mit barer Phantasie, sah sich auf Kreuzfahrten, wo Damen ihn ungeniert in ihre Kabine zogen, und hätte sich beinahe im Vorgriff auf den unausbleiblichen Reichtum einen Porsche 911 bestellt. Alle inneren Warnzeichen der Vernunft, die uns üblicherweise davon abhalten, an Märchen zu glauben, versagten. Durch die Aussicht auf geschenkte Millionen – und was ist erpresstes Geld anderes als Verdienst ohne Arbeit? – wurde Rakowski zu einem derart naiven Menschen, dass er glaubte, was jeglicher Erfahrung widerspricht: Das Leben sei ein Goldregen. Dabei ist doch bekannt, dass es eine Rutschbahn ist.

Vielleicht lässt sich seine Blauäugigkeit verstehen, wenn man bedenkt, dass er im Kanzleinamen Dunkhase & Partner namenlos geblieben war, will man nicht *Partner* als Nachnamen gelten lassen. Sich mittels Vermögen zur geachteten Persönlichkeit aufzuwerten, ist eine vielfach praktizierte Methode, auf die er setzen durfte. Auch wäre es falsch, ihn zu diesem Zeitpunkt noch immer geldgierig zu nennen. Er war nicht mehr mit der Seuche infiziert, die

in der Gesellschaft der Trinker wütete. Dort lebte sich die
Gier von Millionären aus, die nicht nur unersättlich waren,
sondern auch jeden moralischen Widerstand gegen ihre
Sucht aufgegeben hatten. Gier ist grenzenlos, das ist ihre
entscheidende Eigenschaft; Geldgier zumal scheint umso
stärker zu wachsen, je mehr man sie zu befriedigen sucht.
Haben ruft nach noch mehr haben.

Hans Rakowski hingegen dachte an das Geld als Gnade,
als Erlösung. Ihm spiegelte sich im Geld eine Welt grenzenloser Freiheit. Diese Welt, bereits mit den bekannten Produkten des Luxus eingerichtet, sah er zum Greifen nah vor
sich und wollte sich von dem Weg dorthin durch nichts abbringen lassen.

»Ich brauche ein Attest, zehn, vierzehn Tage.«

»Was fehlt dir?«

»Zeit.«

Sein Arzt lachte. »Das ist keine Diagnose, nach der ich
dich krank schreiben könnte.«

»Du wirst schon was finden, ich komme gegen drei.«

Rakowski legte auf.

Dr. Otto Sau fand etwas, das glaubwürdig klang und immer passte: *vegetative Dystonie.*

Ich entschuldige mich für den Namen des Mediziners,
doch er heißt nun einmal so. Otto Sau firmierte mit vollem
Namen auf dem Schild seiner Praxis in der Münchener Innenstadt, und Rakowski war seit der gemeinsam verbrach-
ten Ausbildung im Grundwehrdienst mit ihm befreundet.

Sau verschaffte seinem Patienten eine Woche Zeit, an die
sich eine weitere Woche Krankschreibung anschloss. Genug, um herauszufinden, wer Pascal Thierry Chevrier war,

dass sein Schloss Charme-des-Tilleuls hieß und knapp zwei Autostunden von Orléans lag. Genug auch, um das Haus der Vollenhovens in Amsterdam und das Geschäftshaus in Antwerpen per Google earth zu betrachten, Bilder des Diamantenhändlers zu finden und um sich Tage in den Tiefen des Internets herumzutreiben. Dann hatte Rakowski das Glück des Tüchtigen – obwohl derzeit ungewiss ist, dass zu seinem Glück sein wird, was er herausfand:

Ein winziges Lokalblatt aus Ypreville sur Aubette hatte vor sechs Jahren über ein Restaurant des Städtchens berichtet, die Auberge du Lion Rouge, weil deren junger Koch namens Henri Bonnet unvermutet mit einem Stern des Guide Michelin ausgezeichnet worden war. Zu seinen Plänen befragt, hatte der junge Meister die Hoffnung geäußert, einmal auf das nahgelegene Schloss Charme-des-Tilleuls eingeladen zu werden, wo dessen Besitzer, Monsieur Pascal Thierry Chevrier, wie er wisse, zweimal im Jahr eine Verkostung von Spitzenweinen veranstaltete – in einem erlesenen Kennerkreis, der sich selbstironisch *Club des Buveurs* nannte.

»Dort eingeladen zu sein«, soll Bonnet gesagt haben, »heißt, wirklich dazu zu gehören«, was auch immer damit gemeint sein mochte. Das Blättchen hatte neben seinem Interview ein Schwarzweißfoto veröffentlicht, das offenbar diese *Gesellschaft der Trinker* bei einem Essen in dem prämierten Restaurant zeigte. Man war seinerzeit wohl, was den gemeinsamen Auftritt in der Öffentlichkeit betraf, weniger bedenklich als heute. Die geringe Auflösung der Abbildung auf der Website der Lokalzeitung ließ es nicht zu, die Gesichter zu vergrößern, sie zerfielen zur Unkenntlichkeit in Pixel. Doch einer war wegen seiner bürstengleichen

80

hellen Frisur zweifelsfrei zu identifizieren: Wilhelmus van Vollenhoven.

Rakowski hebt das Fernglas wieder vor die Augen und sucht die Fensterfront ab. Anscheinend läuft dort niemand mehr hin und her, woraus er schließt, dass man sich gesetzt hat und mit dem Genuss der Weine beschäftigt.

Er verlässt den Schatten der Hainbuchen, überquert die Straße und folgt der mannshohen, mit scharfen Metallzähnnen gekrönten Mauer bis zum Ufer der Aubette, wo sie endet. Dahinter setzt sie sich in einem geschmiedeten Fächer aus Eisenlanzen fort, der sich halbrund bis in den Fluss hinunterzieht.

Von hier aus überblickt Rakowski den rückwärtigen Schlossplatz, auf dem die Limousinen der Gäste stehen. Er zieht sein iPhone aus der Hosentasche und filmt den Wagenpark, zoomt auf die Kennzeichen, steckt, hoch zufrieden mit der Bilderbeute, das Gerät wieder ein und schlendert den selben Weg zurück zu seinem schwarzen Golf im Waldschatten. Erst jetzt fällt ihm auf, dass er Breitsteins weißen Audi Q7 nicht gesehen hat: Ausgerechnet der Wagen, der vor den Vollenhovens hier eingetroffen sein musste, stand nicht hinter dem Schloss – oder nicht mehr?

»Setzen Sie sich auf die Rückbank und zählen Sie«, hatte Breitstein ihn am Tag der Geldübergabe aufgefordert und seinen unerwünschten Fahrgast, während der im Fond des weißen Luxusjeeps saß und die gebündelten Scheine in dem kleinen Aktenkoffer aus Aluminiumblech kontrollierte, auf der einen Seite des Nymphenburger Kanals hinauf- und auf der anderen wieder hinunterkutschiert. Der sechsundzwanzigste Mai war ein kalter Sonntag, kaum mehr als sieben Grad bei bedecktem Himmel, wenige Spaziergänger an der südlichen und an der nördlichen Auffahrtsallee. Die Stadt schien noch erschöpft zu sein von der Nacht, in der auf den Straßen der Champions-League-Sieg des FC Bayern über Borussia Dortmund im Londoner Wembley Stadion bejubelt und begossen worden war. Gemessen an der Siegprämie von rund zehn Millionen für dieses eine Spiel waren die Zweihundertfünfzigtausend Euro, die in Breitsteins Wagen den Besitzer wechselten, *Peanuts*, doch weder der Waffenfabrikant noch der Steuerberater dachten während dieser Transaktion an Fußball.

Die Summe bestand, wie vom Erpresser verlangt, aus Hunderter-Scheinen. Jeweils einhundert davon waren mit Bankschleife in Bündel gepackt. Rakowski fand fünfundzwanzig Päckchen von etwa fünfzehn Zentimetern Höhe vor und zweifelte nicht daran, dass der Betrag stimmte. Auch das Gewicht des Papiers von rund zweieinhalb Kilo entsprach seinen Berechnungen, denn der Hunderter wiegt, wenn er echt ist, wenig mehr als ein Gramm.

Während er die Menge angeblich durchzählte, gelang es ihm, ein Mobiltelefon, ein iPhone 5, in der Ritze zwischen Sitzpolster und Rücklehne des Mittelplatzes verschwinden zu lassen. Auf diese Weise verwanzte er den Wagen seines Klienten. Die Tat zeugt davon, dass er begonnen hatte, vorausschauend ein Verbrechen zu planen, von dessen Umfang und Komplexität er zu wenig wusste und von dessen Erfolg er sich möglicherweise zu viel versprach.

Überhaupt ist erstaunlich, welches kriminelle Talent in einem so durch und durch bürgerlichen und gar nicht aben-

teuerlichen Menschen wie Hans Rakowski bisher unge-
nutzt bereitgelegen hatte. Nicht, dass man von ihm auf jeden Bürger schließen dürfte: Doch nachdenklich macht es
schon, wenn ein Mann in seinen besten Jahren, der sich jederzeit als freiheitlicher Demokrat bezeichnet und entschieden gegen behördliche Lauschaktionen protestiert hätte,
ohne Not zu Maßnahmen greift, die niemand gutheißen
kann.

Wir, in solchen Dingen zumeist ungeübt, wissen nicht, wie
einfach es geworden ist, unsere Mitmenschen an der elek-
tronischen Kandare zu halten. Für die Verfolgung Breitsteins genügten zwei Mobiltelefone derselben Art. Das
iPhone, das Rakowski in dem Audi versteckt hatte, war
von ihm auf Standby geschaltet, mit einer ausreichend ge-
ladenen Prepaidkarte bestückt und, was Bild und Ton,
E-Mail, Nachrichten, Bluetooth, WiFi und andere Kom-
munikationsmöglichkeiten betraf, gesperrt worden – wodurch die Batterie mindestens zwölf Tage durchhielt. Das
Multifunktionsspielzeug war jetzt nichts als eine überteu-
erte Wanze, die ihren Ort per GPS verriet.

   Sein eigenes iPhone hatte er mittels des Cloud-Pro-
gramms *Mein iPhone finden* mit dem versteckten Gerät
verbunden. Diese Funktion, ursprünglich dazu erdacht,
verlegte oder gestohlene Smartphones mit anderen Apple-
Geräten aufzuspüren und zu sperren, diente nun der Über-
wachung von Lukas Breitstein. Rakowski konnte das zweite
Handy jederzeit orten, wenn er im eigenen die Suchfunktion aufrief und auf dem Display einer pulsierenden blauen
Perle auf der Landkarte folgte: Dort befand sich das iPhone
im weißen Audi Q7. Die Firma mit dem angebissenen Ap-

fel ermöglichte jedem, durch eine nicht allzu aufwendige Investition seine Mitmenschen weltweit zu bespitzeln.

Als Breitstein sich vier Tage später nach Frankreich aufmachte, wusste Rakowski, wohin die Fahrt ging. Bis hinter Saarbrücken funktionierte die Verfolgung, brach im französischen Netz kurzfristig ab und baute sich mit dem voreingestellten Roaming wieder auf. Wenige Stunden nach Breitstein überquerte der schwarze Golf mit Wiesbadener Kennzeichen, den der Steuerberater gemietet hatte, die unkontrollierte Grenze. In Paris fuhr Rakowski zum Hotel Raphaël nahe der Place de l'Étoile, das er aus Reisebelegen seines Klienten kannte. Er entschied sich, hier einen Vorgeschmack auf seine luxuriöse Zukunft zu genießen, nahm ein Zimmer, während Breitstein in der Suite von Hemingway übernachtete, und folgte ihm am Vormittag unerkannt nach Orléans.

Dort, hinter der Place de Loire, nahm der Bespitzelte ein Mittagessen im Le Lièvre Gourmand ein, schlenderte danach, wohl zur Verdauung, am Quai du Châtelet entlang und traf sich, zu Rakowskis Überraschung, kurz hinter dem Loire-Platz im Au Bon Marché mit einem Ehepaar, dessen mollige Frau dem Verfolger unbekannt war. Den Mann hingegen kannte er gut: Es war Wilhelmus van Vollenhoven.

Jetzt erwies sich, dass der Steuerberater zugleich mit seiner kriminellen Energie auch den Instinkt dafür entwickelt hatte, wann Planung durch Improvisation ersetzt werden muss, soll ein Projekt Erfolg haben. Er entschied sich, auf der Spur der Holländer zu bleiben, die vermutlich dasselbe Ziel wie Breitstein ansteuerten: das Château Charme-des-Tilleuls.

Doch weder er noch sie machten Anstalten, ihre Reise fortzusetzen, besuchten die Kathedrale Sainte Croix und das Wohnhaus der Jeanne d'Arc, ließen sich von den Jahrhunderten beeindrucken, die vergangen waren, obwohl doch alles nur rekonstruiert worden ist, weil die Deutschen vor der Besetzung 1940 dreizehn Hektar der Stadt durch einen Luftangriff in Schutt und Asche gelegt hatten und der Rest bei der Wiedereroberung durch die Amerikaner zerbombt worden war.

Breitstein konnte das wissen, die Vollenhovens vielleicht nicht, darüber sprechen wollte keiner von ihnen. Sie flanierten durch die Rue de la République, und das Jazzfestival, das an Ecken und Plätzen für Live-Musik sorgte, ließ sie auf ihren Wegen mehrfach innehalten und einer Band zuhören. Rakowski mochte keinen Jazz und fand es sehr anstrengend, den drei Orléans-Touristen auf Schritt und Tritt folgen zu müssen. Endlich entschlossen sie sich, ihre Autos aus dem Parkhaus Châtelet zu holen, die Stadtmitte zu verlassen und nach Sandillon zu fahren, wo sie offenbar bereits im Château de Champvallins Zimmer gebucht hatten.

Er beobachtete aus sicherer Entfernung, dass sie zwar ihr Gepäck Hotelpagen übergaben, Wilhelmus van Vollenhoven aber einen silbrig glänzenden kleineren Koffer selbst ins Haus trug. Breitstein schien nichts dergleichen mit sich zu führen.

Rakowski riskierte nicht, sich im Schloss einzuquartieren, fuhr die Route de Sandillon zurück Richtung Orléans und fand im nächsten Ort, Saint-Jean-Le-Blan, ein Zimmer in der Villa Marjane. Nach drei Bieren und einer mäßigen Pizza in einem Bistro zwei Ecken weiter war er früh auf dem Zimmer, fand kein Fernsehprogramm in deutscher Sprache und versuchte zu schlafen. Es gelang nicht. Stunden lag er wach, wälzte sich in dem weichen Bett, starrte ins Dunkel, und als sein iPhone zur eingestellten Weckzeit Harfenklänge abspielte, hatte er das Gefühl, höchstens eine Stunde geruht zu haben.

Für ein Frühstück blieb ihm keine Zeit, er kaufte sich an der Straße eine Flasche Wasser und ein Croissant, fuhr zum Château und stellte fest, dass der weiße Audi nicht mehr auf dem Parkplatz neben Vollenhovens blausilbernem Volvo stand. Er ortete den Wagen, sah auf dem Display, dass Breitstein eben das Stadtgebiet von Orléans verließ, und schaltete aus.

Die Vollenhovens ließen sich Zeit, frühstückten ausgiebig und nutzten den sonnigen Tag, um ein paar Stunden am Swimmingpool verstreichen zu lassen, ließen sich gegen Mittag ein leichtes Essen am Beckenrand servieren, bevor sie sich, nach ihrem Mittagsschlaf, von einem schlecht gelaunten und hungrigen Rakowski verfolgt, auf den Weg zum Schloss Charme-des-Tilleuls machten.

Die Luft um das Schloss hat jetzt den honiggelben Ton, der anzeigt, dass der Tag sich neigt. Die Fenster der Westfassade spiegeln das Licht der niedrig stehenden Sonne und verbergen, was hinter ihnen vorgeht.

Rakowski hat in seinem Telefon wieder die Suchfunktion aufgerufen, mit der er das zweite iPhone in Breitsteins Wagen orten kann. Sie zeigt ihm an, dass der Q7 in einem Küstenort namens Les Petites Dalles steht, knapp dreihundert Kilometer von hier entfernt. Das Navigationsprogramm schlägt ihm zwei Fahrstrecken vor, eine längere via Paris, eine kürzere mit mehr Landstraßenabschnitten via Chartre und Rouen. Für Letztere entscheidet er sich, bucht im Gasthaus Le Relais des Dalles für die Nacht ein Zimmer in Sassetot-le-Mauconduit, das auf der Satellitenkarte neben Les Petites Dalles liegt, und fährt aus der Waldbucht auf die Landstraße nach Orléans. In dreieinhalb Stunden, rechnet er, wird er Breitsteins Wagen erreichen und erfahren, was den Unternehmer an die normannische Küste gelockt hat.

»So kann auch der Kenner sich täuschen«, sagt Chevrier am Tisch seiner Gesellschaft, »wir haben es weder mit einem Malbec 1997 zu tun, wie Herr Hadinger meint, noch mit einem südafrikanischen Rupert&Rothschild Cabernet Sauvignon-Merlot, auf den Signore Dimacio getippt hat – es ist ein deutscher Wein!«

Ins ungläubige Murren der Gäste hebt Chevrier ein Etikett und liest vor: »2009 Cabernet Mitos auf Barrique vom Weingut Storr in Rheinhessen, nicht zu glauben, was? Auf die Deutschen muss man wohl aufpassen. Doch bevor wir nun zu unserem zweiten Wein kommen, muss ich Ihnen leider eine betrübliche Mitteilung machen. Ich weiß seit zwei Stunden und habe Ihnen, um unsere Wiedersehensfreude nicht zu trüben, verschwiegen, dass unser Freund Lukas Breitstein nicht mehr zu uns stoßen wird. Ihm zu Ehren gewissermaßen habe ich diesen deutschen Wein als ersten ausgewählt. Monsieur Breitstein hatte mir gestern mitgeteilt, dass er die Reise nutzen wolle, um einen Tag an der Atlantikküste der schönen Normandie auszuspannen. Er ist dort zu meinem großen Bedauern wohl bei einem Spaziergang auf den Kreideklippen ausgeglitten und abgestürzt. Erheben wir unser Glas auf einen treuen und tüchtigen Trinker unserer Gesellschaft!«

Man steht auf, schlürft, bleibt schweigend stehen, bis Sinclair Kerlingsson leise fragt:

»Was hat er falsch gemacht?«

»Falsches Schuhwerk!« Hilde Zach scheint nicht sehr betrübt über Breitsteins Ableben zu sein. Die übrigen zeigen für ihren Wiener Humor wenig Verständnis, Silvestro Dimacio hat sogar feuchte Augen, was an einem Rest christlicher Gesinnung liegen kann, den er sich für alle Fälle bewahrt hat. Er muss zuweilen auch bei der Heiligen Messe weinen, und sein römischer Vetter, Monsignore Pierferdinando Caprese von der Vatikanbank, hält das für den Beweis, dass tiefer Glaube und großes Geld durchaus zusammenpassen. Vielleicht ist Dimacio auch nur sentimental.

Wilhelmus van Vollenhovens Gesicht hat seine rosige Tönung schlagartig verloren, und während Lieke noch darüber nachdenkt, wie die konkrete Nachricht dieses Augenblicks lautet, raunzt ihr Mann:

»Wir hatten uns bei den beiden letzten Fällen geschworen, dass jede Vorkehrung getroffen wird. Ich will wissen, was passiert ist, ich bestehe darauf.«

Chevrier setzt sich, die anderen folgen, Hadinger stöhnt wohlig dabei, und Hilde Zach wirft ihm einen Blick zu, den er falsch deutet.

Der Hausherr steht wieder auf, ergreift die nächste Karaffe und schenkt neue Gläser ein.

»Unser lieber Freund Breitstein wurde erpresst. Er hat es mir, wie für diesen Fall vorgesehen, mitgeteilt. Er wollte dem Erpresser durch eine Selbstanzeige bei der Steuer zuvorkommen.«

Dimacio schluchzt auf.

»Er wollte sich opfern für uns alle!«

»Das hätte er nie durchgehalten«, belehrt ihn Hadinger, »bei der Hetzjagd, die derzeit die Presse auf unsereinen veranstaltet!«

Chevrier sieht sich bestätigt und nickt Hadinger zu.

»Er hat sich womöglich selbst hinuntergestürzt. Im Dienst der Gemeinschaft ist nun Handlung das Gebot der Stunde. Sie können sich darauf verlassen und in Ruhe unseren nächsten Wein genießen. Es ist ein Moulin-en-Médoc, der kleinsten Apellation im Médoc, ein Cru bourgeois aus dreiundsiebzig Prozent Cabernet Sauvignon, zwanzig Prozent Merlot und sieben Petit Verdot vom bekannten Weingut Chasse Spleen. Ich habe ihn gewählt wegen des Namens. Spleen, das muss ich Ihnen als Ausländern erklären, Spleen heißt in meiner Sprache nicht wie in der englischen und deutschen irgendeine Verrücktheit, eine Marotte, sondern Le Spleen meint im Französischen: Schwermut und Bedrücktheit, Depression. Uns alle, nicht wahr, bedrückt, dass Breitstein nicht mehr bei uns ist. Chasse aber heißt: Fort damit! Chasse Spleen! Vertreibe die Seelendüsternis! Das ist der Name dieses doch erstaunlichen Bordeaux', von dem wir heute einen 1996er zu uns nehmen. Er hat einen Literpreis von siebzig Euro und ist darum als Starter für heute, wie ich meine, geeignet. Also, meine lieben Freunde: Vertreiben wir die schwarzen Gedanken mit einem blutroten Chasse Spleen!«

Man schnüffelt, schlürft, kaut und lobt. Lieke Vollenhoven leert ihr Glas sofort zur Hälfte und erntet einen strafenden Blick ihres Mannes.

»Ich will Ihnen nicht verheimlichen«, fährt Chevrier

fort, »dass schon Lord Byron dieses Weingut besuchte und dass Baudelaire im Nachbargut mehrere Wochen mit Odilon Redon, dem Illustrator seiner *Fleurs du Mal*, verbrachte. Übrigens trinken Sie hier das Gewächs eines Châteaus, das von Frauen geleitet wird, seit über dreißig Jahren. Ich bilde mir ein, man schmeckt es.«

Ein Weinglas fliegt hoch, knallt gegen das weiße Stuckfries der Decke genau über der Tür, der Chasse Spleen hinterlässt blutige Flecke, die Glassplitter klirren auf den Steinfußboden.

Lieke van Vollenhoven hat es nach oben geschleudert, ohne sich ganz bewusst zu sein, was sie tut. Ein Reflex ihrer Angst, sie fürchtet plötzlich um ihre eins Komma zwei Millionen, die ihr Mann dem Faktotum Wout de Wever zu treuen Händen überließ. Seit sie begriffen hat, dass von einem Mord die Rede war, will sie sich nicht ablenken lassen durch Chasse Spleen oder Byron oder Baudelaire; zum einen, weil sie mit solchen Namen, seien sie die von Weinen oder Dichtern, nicht viel verbindet, zum anderen, weil sie zum Geld ein innigeres Verhältnis hat als die anderen hier. Die finden jede Summe in ihren Händen zu klein – sie hingegen, unter Bedingungen schmalen Einkommens aufgewachsen, kann noch staunen, wenn ein Betrag die Hunderttausend überschreitet und ärgert sich darüber, dass ihr Mann Wilhelmus alles unter drei Millionen als Spielgeld bezeichnet.

Selbst erschrocken über ihren Wurf, schreit sie, halb zur Rechtfertigung, halb aus peinlicher Not: »Aber der Erpresser! Der Erpresser! Und wenn er jetzt *uns* erpresst!«

Wilhelmus nimmt sie in den Arm und drückt sie sanft in ihr Fauteuil zurück. Während die zwei Servicedamen mit

Schaufel und Besen die Folgen der Tat beseitigen, zupft Chevrier sich einen Splitter aus dem Toupet, wirft ihn auf den Boden und richtet sich beherrscht an Lieke:

»Ich sagte ja schon: Handlung ist das Gebot der Stunde. Es ist sein Münchener Steuerberater. Sie können sicher sein, dass unser Gehilfe ihn nicht davonkommen lässt. Nach dem morgigen Sonntag sind wir ihn los. Ich sage das so drastisch, obwohl ich es nicht mag. Aber manche sind ja erst beruhigt, wenn sie die ganze unschöne Wahrheit wissen.«

Liekes Gesicht läuft rot an, sie senkt den Kopf. Der Schlossherr wendet sich den Karaffen zu.

»Italien!«

Man fährt fort mit einem toskanischen 2008er Brunello di Montalcino von La Pieve in Castelnuovo dell'Abate, den Sinclair Kerlingsson richtig als einen Sangiovese erkennt und für den besten hält, den er je getrunken habe. Chevrier muss zugeben, dass auch der Winzer von La Pieve ein Deutscher ist, und Kerlingsson teilt nun seine Ansicht, dass man auf die Deutschen aufpassen müsse.

»Die geben nie auf, erst zwingen sie uns, ihre Autos zu kaufen, jetzt überschwemmen sie uns auch noch mit Wein!«

Pyrenäenwasser und milde, frische Käse mit Trüffelkeksen aus dem Perigord in der Pause. Die Toilettenbäder werden frequentiert.

Hilde Zach kehrt in einer raumfüllenden Duftaura von Amouage zurück, gegen die kein Weinbouquet ankommt, und Lieke Vollenhoven, gestreift von der süßen Blütenwolke, rümpft die Nase. Ihrem Mann zuliebe bevorzugt sie leichte, jugendliche Parfums.

Danach, »Um wieder in Gang zu kommen!«, offeriert Chevrier einen Burgunder, Côte de Beaune, den Savigny Lavières von Tollot-Beaut, 2008, der den Gaumen wunderbar trainiert und von allen gerühmt wird. Bei dem sich anschließenden Bordeaux von 2005, dem Pomerol des Château La Conseillante, kommt man schließlich zum eigentlichen Zweck der Versammlung, dem Geld.

Auf Zuruf notiert Chevrier die eingelagerten Summen, eine Sache des Vertrauens, niemand hat bisher die Koffer geöffnet und nachgezählt. Die Geldmenge, die Wout de Wever im Keller hütet, übersteigt bei weitem den Wert der dort gelagerten, durchaus kostbaren Flaschen: Sie beläuft sich jetzt auf 5,6 Millionen Euro.

Weil kein anderer wagt, die Frage zu stellen, überwindet sich Ludwig Hadinger. In seiner Körpermasse verbirgt sich kein besonders mutiger Mensch, er agiert lieber im Hintergrund, ist es aber gewohnt, ungelöste Probleme nicht im Raum stehen zu lassen. Er räuspert sich, man bemerkt, dass er sprechen will.

»Wenn sich keiner traut, muss ich es fragen: Hat Herr Breitstein seine Einlage vorher abgegeben? Oder wurde sie bloß nicht mitgezählt?«

Pascal Thierry Chevrier überlegt kurz, ob die Frage ehrenrührig sei, zieht seine gefärbten Augenbrauen so hoch, dass sich die Stirn bis unter das Toupet in Wellen legt, und entscheidet sich für Sachlichkeit.

»Nein. Er hätte ja gestern Abend bereits aus der Normandie eintreffen sollen.«

»Wir haben mit ihm in Orléans übernachtet«, plappert Lieke los, als ob sie ihn entschuldigen müsse.

»Dann hätte er doch gleich durchfahren können«, entgegnet Chevrier, »für die zwei Stunden übernachtet man nicht.«

Wilhelmus van Vollenhoven steht auf. Offenbar fühlt er sich und seine Frau angegriffen.

»Wir schon, und Breitstein auch. Er muss heute Morgen gegen sechs, halb sieben bereits gestartet sein, er war gestern also noch nicht in der Normandie, und ich frage mich, warum er auf die Klippen dort gegangen ist, statt hierherzukommen. Sie werden das wissen, Chevrier, ich will keine Einzelheiten. Aber er hat uns anvertraut, dass in seinem Koffer für unsere Gesellschaft neunhunderttausend sind. Da fragt man sich doch: Wo sind die jetzt?«

»Ja«, setzt Lieke nach, »wo sind die?«

Und Hadinger, der die unangenehme Fragerei in Gang gebracht hat, ergänzt mit Blick in die Runde, um sich der anderen zu vergewissern:

»Das möchte man doch schon gern wissen, oder?«

Chevrier hebt Schultern und Hände gleichzeitig.

»Glauben Sie mir! Ich wüsste es selber nur zu gern!«

HABGIER

Was sind das für Menschen?

Ihre Seelen müssen schlafen, während sie manisch Geld anhäufen und glauben, dass Geld nicht nur etwas meint, sondern etwas ist. Ich habe etliche gierige Menschen erlebt, die nicht mehr wussten, dass sie einmal anders gewesen waren, Hoffnungen hatten, geliebt wurden, glücklich waren, Leute, die in einer Anhörung vor mir am Tisch saßen und sich plötzlich fragten: Was ist mit mir passiert? Ich weiß es nicht. Sagen Sie es mir! Und ich konnte ihnen nur antworten: Dafür bin ich der Falsche. Ich sehe bloß, wohin die Gier Sie geführt hat. Sie hat Ihr Gewissen außer Kraft gesetzt. Wir haben hier jetzt einen Mord. Ich habe ihn aufgeklärt. Und Sie haben ihn begangen. Warum und wieso, das müssen Sie sich schon selber sagen.

Gut, nicht alle habe ich gesiezt. Aber wenn man einen im Verhör duzt, ist die Situation noch schwieriger, denn sie glauben, sie könnten von einem, der sie duzt, eine wegweisende Auskunft bekommen wie von einem Vater.

Und jetzt sitzen diese Leute von ökonomischer Bedeutung im Château beim Wein, Breitstein und ich sind ihren Killern zum Opfer gefallen, sie planen einen weiteren

Mord, haben vermutlich schon einige hinter sich, und reden überhaupt nicht vom Tod – sondern ausschließlich vom Geld.

Sie beseitigen uns wie lästiges Ungeziefer. Aus Geldsucht haben sie eine Welt jenseits der Menschlichkeit geschaffen, halten sich aber für die Besten der Besten, für die Sieger der Zivilisation, und sind doch nichts als sehr reicher Abschaum.

Plötzlich kann ich mir Sätze sagen, die ich früher verschwiegen habe. Ich muss mich nicht länger zurückhalten. Ich könnte diese Kerle so lange links und rechts ohrfeigen, bis sie jammern und winseln und ihr Gehirn bewusstlos im Schädel schwappt, ich könnte sie in ihre Tresore einsperren, bis sie merken, dass die Luft knapp wird, und vor Angst auf ihr Geld und ihr Gold und ihre Aktien und Obligationen pissen und scheißen, ich könnte ihnen den Rachen mit Scheinen so vollstopfen, dass sie ihr Geld kotzen müssten, ich würde es ihnen ins Maul zurückstoßen, bis sie an ihren Millionen erstickt sind. Ich könnte sie –

Ach, es ist nicht wahr, alles bloß phantasiert und gelogen, ich könnte sie natürlich nicht umbringen, nie und nimmer, und jetzt als Toter schon gar nicht, aber ich verachte diese unersättlichen Typen, die glauben, dass ihnen zusteht, was sie anderen vorenthalten. Ich verachte sie, weil sie wissen, wer mit seiner Armut, seiner Not, seinem Unglück und dem schlechten Leben seiner Kinder für ihren Reichtum bezahlt. Weil sie ihre Zeitgenossen ausrauben und die Beute in den Londoner Luxusnestern für Milliardäre anlegen, wo sie sicher vor Gerechtigkeit sind. Und weil sie sich einen Dreck darum scheren, wer irgendwo auf der Welt krepiert, damit sie Geld aufhäufen und durch Spekulation vervielfachen können. Man muss ihre Börsengewinne nur weit genug zurückverfolgen zu seinen Ursprüngen, um zu erkennen, dass sie ausnahmslos Blutgeld sind. Vielleicht gibt es ja wirklich die Hölle und ihr Feuer. Ich werde es bald erfahren. Dort will ich sie jammern und schreien hören bis zum Jüngsten Tag.

Mit einer gewissen Befriedigung habe ich zugelassen, dass derselbe Typ, den ich auf den Klippen einen Mord begehen sah – ich kann seinen Namen Dobrilo Moravac mit Asche geschrieben auf seiner Stirn lesen –, morgens um sechs an die Zimmertür von Breitstein klopft und auf den Ruf von innen leise in einem gekünstelt höflichen Deutsch mit französischem Akzent antwortet, im Foyer warteten zwei Beamte der französischen Finanzpolizei auf ihn.

Moravac muss nicht lange warten, dann kommt Breitstein, angekleidet, seinen Reisekoffer in der Hand, aus dem Zimmer, fragt ängstlich, ob es einen Hinterausgang aus dem Hotel gebe und ob Moravac ihm den weißen Audi dort hinfahren könne, drückt ihm mit den Autoschlüsseln dreihundert Euro in die Hand und lässt sich die Feuertreppe zeigen.

Hätte ich eingreifen sollen? Wie? Und mit welchen Folgen? Der darauf folgende Mord ist ja bereits geschehen, wird sich nur wiederholen, ich bewege mich ohne Absicht wie auf einem Karussellpferd vorwärts oder rückwärts in der Zeit. Das erinnert mich an utopische Romane, für die ich eine Vorliebe hatte, als ich noch keine dreißig Jahre alt war. Wenn da einer in die Vergangenheit reiste, um von dort für die Zukunft, seine Gegenwart also, die Weichen anders zu stellen, kam es zu den verrücktesten Verwicklungen; beliebt war das *Zeitparadoxon*: Einer reise in die Vergangenheit, brachte dort seinen Vater um, als der noch ein Junge war, konnte demnach selbst noch nicht entstanden und darum auch nicht in der Zeit zurückgereist sein, um seinen Vater umzubringen.

Hätte ich Breitsteins Entführung aus dem Hotel und seine Ermordung verhindert, wäre ich nicht erschossen worden und hätte folglich auch seinen, nun schon lange zurückliegenden Aufbruch aus dem Hotel Château de Champvallins nicht wahrnehmen können, da ich als Lebender unmöglich am selben Ort hätte sein können wie als Toter.

Ohne kriminalistisches Interesse sehe ich ihn auf der Ostseite des Champvallins in den Wagen zusteigen, den Moravac vorgefahren hat und nun auf einem Feldweg über die Ländereien des Schlosses in ein Wäldchen steuert. Nicht weit von der Landstraße wird er so tun, als ob er Breitstein das Steuer überlassen wollte, wird ihn niederschlagen, knebeln und fesseln, im Laderaum des Q7 ablegen, mit dem Sichtschutzrollo jedem Einblick entziehen und nach Westen fahren. So beginnt das banale Verbrechen, das mich mit in den Tod reißen wird.

Breitstein war ein Massenmörder, mit dessen Mörsern und Landminen Tausende umgebracht wurden. Aber ich? Ich hatte ein einigermaßen unterhaltsames Leben, habe niemanden getötet, einen angeschossen, einige Menschen gekränkt, auch tief verletzt, wenige glücklich gemacht, doch viele unglücklich, weil es mein Beruf war, sie ihrer Strafe zuzuführen. Vor allem aber hatte ich die Malerei, und wer sie nicht hat, dem kann man nicht verständlich machen, was es heißt, sich für einen roten Pinselstrich zu entscheiden. Es ist ein Wunder, das weitere Wunder nach sich zieht. Entweder gelingt es dir, sie zu einer Welt zu verbinden und den

Punkt zu finden, an dem du einhalten musst und nichts mehr ändern darfst, oder du gehst darüber hinaus, willst immer noch mehr, und am Ende hast du kein Bild, sondern eine Übertreibung. Als Maler habe ich lernen müssen, immer weniger zu wollen und zurückhaltend zu sein.

Die Kerle in Chevriers Schloss wollen immer nur noch mehr, sie kennen kein Einhalten und keine Zufriedenheit. Schon seit meiner Jugend hatte ich einen Widerwillen gegen Leute, deren Ehrgeiz es ist, unaufhörlich Geld zu vermehren. Nicht, weil ich Sozialist gewesen wäre. Gut, ja, war ich auch mal, wie jeder anständige junge Mensch. Leider verliert sich das mit dem Alter bei den meisten, weil man angeblich vernünftig wird und lernt, die Gier der Geldgesellschaft zu dulden.

Unsere Gesetze sind klüger: Habgier als Motiv macht vor Gericht aus einem Totschlag einen Mord. Mein Freund Klaus Leybundgut hat mich in einer seiner abendlichen Rotweinstunden, in denen er mich mit Philosophie fütterte, darüber informiert, dass bereits Aristoteles die Habgier als eine Form der Ungerechtigkeit definiert habe. Das leuchtete mir ein, Ungerechtigkeit steckt ja auch hinter dem obszönen Reichtum der einen und der katastrophalen Armut der anderen. Leybundgut hatte allerdings keine Hoffnung auf Besserung.

»Wir werden es nicht ändern. Der Mensch hat nie genug. Das unterscheidet uns von den Tieren, lieber Freund. Am Ende vielleicht nur das. Wenn ein Tier satt ist, hört es auf zu jagen. Wir nicht. Schon Thomas Hobbes hat gesagt, dass uns sogar der künftige Hunger hungrig macht. Deshalb haben auch die Reichsten Angst, sie könnten arm werden und fressen Geld auf Vorrat.«

Würde mich gern noch einmal mit ihm darüber austauschen. Oder mit Lecouteux, der philosophische Cafés in Paris besucht, weil seine Frau in einen Lyrikzirkel geht und er ihr gegenüber nicht als Banause gelten will. Er hat sich übrigens schon auf den Weg an die Küste gemacht, um am Tatort seinen Kollegen Jules Maçon von der Kriminalpolizei in Rouen zu treffen, der mit meinem Fall befasst ist, von Breitstein aber noch nichts weiß.

Wenn ich den Hinweis meines schmutzigen Engels richtig verstanden habe, werde ich Lecouteux am Fluss treffen.

Ich weiß nur nicht, wie er es schafft, dort aufzutauchen, verlasse mich aber darauf, dass geschieht, was geschehen soll.

DIE

NACHT

»Zeugen?«

Jules Maçon, der bei dem ersten Telefonat schon geahnt
hatte, dass der Commissaire aus Paris ihm das Wochenende
verderben würde, antwortete wahrheitsgemäß:

»Ein Anruf bei den Kollegen in Valmont. Junge Frau.
Ein Prepaid-Mobiltelefon, wir arbeiten noch dran. Sie muss
einiges gesehen haben. Scheint aber ängstlich zu sein. Ich
spiel's Ihnen mal vor.«

Die Stimme klang schüchtern und gehetzt.

»Danke. Ich bin bis zum Abend da. Buchen Sie mir bitte
ein Zimmer in Fécamp!«

Inzwischen ist Georges Lecouteux auf der Autoroute
de Normandie noch eine Dreiviertelstunde entfernt von
der Hafenstadt, wo er im Hotel Vent d'Ouest ein einfaches
Zimmer beziehen wird, dessen Preis den Dienstvorschrif-
ten entspricht. Er ist noch keine Fünfzig und hat Swoboda
als väterlichen Freund geschätzt, dem wiederum Manieren
und Contenance an dem französischen Kollegen gefielen.
Lecouteux trägt im Dienst grundsätzlich tiefblauen Anzug
und hellblaues Hemd mit dunkelroter Krawatte und sieht
nicht nach einem Polizisten aus. Seiner ausgeprägten Stirn-

glatze wegen wirkt er älter, das verbliebene schwarze Haar hält er extrem kurz, wodurch seine ausgestellten Ohren und seine deutlich hervorragende Nase noch größer wirken.

Hans Rakowski ist ihm auf derselben Strecke fünfzig Minuten voraus. Die Sonne steht tief und blendet ihn, er verlässt Fécamp in Richtung Cany, biegt von dieser Landstraße links ab nach Sassetot und Les Petites Dalles, passiert das Hotel Relais des Dalles, wo er die Nacht verbringen will, und hält neben der Straße auf einem Parkplatz unter Bäumen an.

Das Programm *Mein iPhone finden* zeigt ihm, dass Breitsteins Wagen nicht unten in der Bucht steht. Er muss sich im oberen Ortsteil und nicht weit vom Rand der Klippen befinden. Mit zwei Fingern fährt Rakowski über das Display und spreizt die Landkarte. Eine Gasse oberhalb der ersten Serpentine wird erkennbar. Sie mündet in eine Weggabelung. Dort irgendwo steht der Audi.

Im Himmel über dem Meer glühen die Wolken. Die Villen werfen lange, unscharfe Schatten, als Rakowski in seinem Golf sich langsam der Stelle nähert, an der vor ihm ein Feldweg auf die Kreidefelsen beginnt und linkerhand eine schmale Schotterstraße zu einem Grundstück abzweigt. Das graue Haus kann er hinter dem Wall aus Eichen, Buchen und Esskastanien kaum erkennen. Ein Dachgaubenfenster spiegelt die Glut über dem Horizont.

Die blaue, pulsierende Perle auf dem Display seines iPhones stimmt genau mit Rakowskis Standort überein.

Zum Pessac Léognan Grand Cru Classé 2005 des Château Haut Brion verteilt Chevrier die neu in den Offshore-Finanzplätzen eingetragenen Briefkastenfirmen.

»Diesmal haben wir, mit Ihrer Autorisierung, auf Samoa, Anguilla, Barbados, Tonga, Belize und Grenada Adressen gegründet. Alle Abwicklungen der letzten Sammlung sind, ich hoffe, zu Ihrer Zufriedenheit beendet worden. Die alten Firmen sind gelöscht.«

Die Trinker klopfen mit den Knöcheln auf den Tisch. Der Pessac, um sechshundert die Flasche, hebt das Vergnügen, sich wechselseitig Briefkastenfirmen zuzuschieben, mit denen man Verträge schließen und die man wenig später wegen Nichteinhaltung derselben auf Schadenersatz verklagen kann, um das zuvor dorthin verschobene Schwarzgeld gerichtlich gewaschen wieder zurückzuerhalten.

Wir sollten nicht annehmen, dass die Beteiligten an diesem Millionenspiel in der Lage wären, auf der Zunge zwischen einem Bordeaux zu achtzig und einem zu achthundert zu unterscheiden. Doch mit dem Preis des Weins steigt das Selbstbewusstsein, was bei Geschäften dieser Größenordnung förderlich ist.

Als Hilde Zach schließlich erfährt, dass sie von der Transwood.Inc. auf Samoa, hinter der Hadingers Fleischimperium steht, wegen nicht erfüllter Tropenholzlieferungen einen Schadenersatz von knapp einer Million erhalten wird, ist sie ebenso glücklich wie Ludwig Hadinger, der mit der auf Grenada angesiedelten Beefinternational.Inc des Olivenölschwindlers Silvestro Dimacio eine Schiffsladung gefrostetes argentinisches Rinderfilet vereinbart, die nie geliefert wird. Schadenersatz rund achthunderttausend.

In gleicher Weise, mit wechselnden Produkten und in unterschiedlicher Höhe, wird Dimacio sein Geld bei Vollenhoven einfordern, dieser das seinige bei Pascal Thierry

Chevrier, der sich wiederum an Sinclair Kerlingsson schadlos hält, welcher auf Frau Zach zählen kann. Das Karussell hat in der Vergangenheit schon mehrmals seine Runden fehlerfrei absolviert, und keiner in der Gesellschaft zweifelt daran, dass es sich auch diesmal zum Vorteil aller drehen wird.

Nun hat man sich einen Pauillac 1er Grand Cru Classé, Jahrgang 1982, vom Château Mouton Rothschild verdient. Jeder in der Runde weiß, dass die Preisklasse von über tausend Euro pro Flasche erreicht ist. Von diesem Bordeaux, die Gesellschaft trinkt sich damit auf hundert von hundert möglichen Parker-Punkten hoch, stehen vier Karaffen zur Verfügung. Man hat etwas zu feiern, und etwas zu vergessen.

Der Rosmarinkalbsrücken aus Ypreville sur Aubette, beim Sternkoch Henri Bonnet in der Auberge du Lion Rouge bestellt, wird aufgetragen, dazu zarte Saisongemüse der Region; wie immer kein Menü, dafür ist man bereits zu erschöpft.

Anstelle des Desserts kredenzt Chevrier aus dem eigenen Keller einen Armagnac Château de Laubade aus dem Jahr 1934, dessen Aroma sich sehr angenehm im ganzen Körper verbreitet und keinesfalls durch irgendein nachfolgendes Getränk irritiert werden darf. Nach diesem winzigen Digéstif aus großen Schwenkern ziehen die Trinker sich in ihre Zimmer auf der zweiten Schlossetage zurück. Es dauert eine halbe Stunde, dann öffnet Hilde Zach ihre Zimmertür, sucht mit Blicken den leeren Korridor ab, tritt hinaus, noch immer im Jägerkostüm, schließt die Tür hinter sich und läuft bloßen Fußes zum Ende des Gangs, wo Chevriers Gemächer beginnen.

Er bietet ohne Toupet in seinem schwarzen Trägerhemd, dem schwarzen Stringtanga, der ein fahles, faltiges Gesäß freilässt, und den schwarzen Seidensöckchen ein weniger erotisches als erbarmungswürdiges Bild, lässt sich auf alle Viere vor Hilde Zach nieder, die hinter sich die Tür abschließt, sich ihm zuwendet, die Beine auseinanderstellt und mit beiden Händen ihren grünen Rock langsam zu den Hüften hochschiebt. Chevrier legt sich auf das Parkett, schielt nach oben und hündelt sie an.

Wir ziehen uns zurück.

Noch widersteht der Tag, hält sich das Restlicht über der Steilküste, doch von Osten her überzieht schon Dämmerung das Land. Der Himmel verliert seinen feurigen Glanz, bleicht aus, und nur über dem Meereshorizont liegt, als Hinterlassenschaft der abgetauchten Sonne, ein Streifen gelbes Licht.

Die dunkle Silhouette des Hauses hinter den Laubbäumen, deren Kronen leise rauschen, wirkt alles andere als einladend. Rakowski ist daran vorbeigefahren, hat gewendet und den Wagen so weit, wie es das Gebüsch zuließ, unter die Äste gestellt, die über die Umfassungsmauer ragen. Er will sichergehen und wartet. Isst ein Tankstellen-Baguette mit Käse und welkem Salat, trinkt Vogesenwasser aus einer Flasche. Schlaf senkt ihm die Lider.

Nach einer Stunde erwacht er, steigt aus und betrachtet seine Umgebung, die im Restlicht noch ihre Konturen behält. Nach Nordwesten liegt in Sichtweite ein Bauernhof mit Chaumière und Scheune. Hinter zwei Fenstern schon Licht. Keine Menschen, keine Geräusche. Auf den Klippen vier Kühe im Schattenriss gegen den Himmel überm Meer.

Der leichte Wind hat sich gelegt.

Das Tor zwischen den Backsteinpfosten ist von Rost zerfressen, die Reste des Rohrgestänges hängen schief in den Angeln und lassen die Einfahrt auf ganzer Breite frei. Rakowski folgt einem Weg aus zersprungenen Sandsteinplatten, der rechts am Haus entlangführt. Am Rand des Brennnesselfelds, das von hier bis zur Mauer reicht, liegt ein weißes Schild mit roter Schrift: *A Vendre*. Name und Telefonnummer des Maklers, der das Anwesen verkaufen sollte, sind verblichen.

Vor den Fenstern im Parterre und im ersten Stock sind die Lamellenläden geschlossen, der ehemals weiße Anstrich blättert. Die Eingangstür, vier Stufen hoch gelegen und von einem vorgesetzten schmalen Portikus geschützt, ist mit Brettern vernagelt.

Links neben dem Weg verströmt ein fast mannshoher Salbeibusch seinen Duft. Auf der Rückseite des Hauses wurde der Hintereingang mit einer großen, graugewitterten Spanplatte verschlossen. An den Mauern und Fenstersimsen wächst Moos.

Tiefer im Grundstück, das nicht mehr als Garten zu erkennen ist, steht zwischen Apfelbäumen ein weiteres Gebäude, eine Remise oder Garage, unter wucherndem Knöterich kaum auszumachen. Rakowski betritt sie durch die offene Stirnseite und findet im Halbdunkel den weißen Audi Q7.

Die Reifenspur im Unkraut führt zur anderen Hausseite, wo die Zufahrt einst wohl gepflastert war, längst aber von Ackerwinde überwachsen und von Löwenzahn aufgebrochen ist.

Rakowski geht zur Fahrertür, wedelt Nachtfalter weg,

die ihm um den Kopf gaukeln, seine frühere Ängstlichkeit tritt wieder hervor und rät ihm, zu verschwinden. Was immer Breitstein veranlasst hat, den Wagen hier zu verstecken; ob er geflüchtet ist oder dieses verlassene Haus gewählt hat, um jemanden zu treffen; ob es sich um eine Geldübergabe oder Absprachen für Rüstungslieferungen handelte – sein Erpresser ahnt, dass er das Opfer nicht mehr steuern kann, und spürt, dass er sich in Gefahr begibt, wenn er seine Verbindung zu Breitstein nicht unterbricht: Er muss das iPhone entfernen.

Mehrfach nickt er vor sich hin, als wollte er sich seiner eigenen Zustimmung versichern. Die Düsternis geht in Dunkelheit über, er schaltet an seinem Telefon die Funktion *Taschenlampe* ein, große Schnaken surren aus dem Dunkel der Remise auf ihn zu, er schlägt nach ihnen, zieht am Griff der Fahrertür. Sie ist nur angelehnt und gibt so leicht nach, dass er erschrickt und sie aufreißt. Licht flammt auf, Motten schwirren sofort in den Wagen, der Steuerberater zuckt zurück, schlägt die Tür zu, dreht sich um und schaltet sein Handylicht aus, wartet, bis die Innenbeleuchtung ausgeht, und starrt ins Dunkel, als säßen dort Zeugen seines Einbruchs.

Im Auto stoßen Nachtfalter gegen die Scheiben.

Eine Windböe braust plötzlich durch die Kronen der Buchen.

Rakowski beruhigt sich, öffnet die hintere Tür auf der Fahrerseite, steigt ein und bohrt mit den Fingern zwischen Sitz und Lehne nach dem versteckten Telefon, kann nichts ertasten, findet den Auslösehebel an den Lederpolstern, steigt aus, um sie nach vorn abzuklappen, und entdeckt unter dem Mittelsitz das versteckte iPhone.

Nicht nur das. In einer passgenauen Grube unter dem rechten Polster liegt ein flacher Aluminiumkoffer.

Zitternd vor Erwartung nimmt er ihn an sich.

Unter den Nachtschmetterlingen, die gegen die Dachleuchten des Wagens anrennen, surrt ein Totenkopfschwärmer. Rakowski weiß nichts von dem Insekt mit dem biologischen Namen *Acherontia atropos*: Dass der erste Teil des Namens auf den Totenfluss der Unterwelt, den *Acheron* hinweist, kann Rakowski nicht wissen – er hat den Namen noch nie gehört. Und *atropos*, schrecklicher noch, heißt der große Falter nach einer der drei Parzen, die unseren Lebensfaden spinnen, bemessen und abschneiden. *Atropos* ist die mit der Schere.

So sehr wir ihm wünschen würden, dass er die Warnung des Schicksals begreift – Rakowski ist ahnungslos und vertraut einer Vorsehung, die vielleicht schon anders entschieden hat.

Nach München sind es von Les Petites Dalles elfhundert Kilometer. Auf der Autobahn herrscht kaum Verkehr, die Lastwagenfahrer haben wegen des morgigen Sonntagfahrverbots Parkplätze angesteuert. Rakowski hält sich nicht an die vorgeschriebenen hundertdreißig Stundenkilometer. Seine innere Geschwindigkeit liegt höher, seit er weiß, dass in Breitsteins Geldkoffer, der hinter seinem Fahrersitz steht, neunhunderttausend Euro liegen.

Fünf automatische Radarfallen erfassen ihn in dieser Nacht, er lacht bei jedem Blitz, fühlt sich erhaben über das bürgerliche Strafsystem, treibt den Golf GTI auf Hochtouren und vergisst, dass er Stunden zuvor nur an Flucht gedacht hat, als er voller Furcht aus dem Garten rannte, in

Gedanken Breitsteins silbernen 38er Derringer vor sich sah und vergaß, sein Zimmer in der Relais des Dalles zu stornieren.

Doch mit wachsender Entfernung von der Kreideküste, schon hinter Rouen, fing er zu pfeifen an, nicht wie einer, der sich die Angst vertreibt, sondern wie ein heimkehrender Sieger. Auf der nördlichen Route über Amiens und St. Quentin vermeidet er den Verkehr um Paris, kein Stau an den Mautstellen, Rakowski hat die Autoroute für sich. Jetzt ist die freie Straße ein Symbol für die Welt, die ihm offensteht, für das Leben, die Überholspur, auf der er sich fortan befinden und von der er nicht mehr weichen wird.

Die Kameras an drei Tankstellen zeichnen ihn auf. Er bezahlt seine Benzinrechnungen per Kreditkarte, bar kauft er matschige Sandwichs, Koffeinlimonade, Wasser, Schokolade und Automaten-Espresso. In diesen glasigen Nachtstunden stehen die wenigen Fahrer wie abwesend im kalten Licht der Proviantmärkte herum und scheinen nicht zu wissen, woher sie kommen und wohin sie wollen.

Übermüdet parkt er auf der vorletzten Tankstelle, zwischen Reims und Metz, seinen Wagen für zwei Stunden abseits der Flutleuchten, verschließt die Türen von innen, senkt die Rückenlehne nach hinten und schläft sofort ein.

Sein Handy weckt ihn mit den programmierten Harfenklängen. Er friert. Reste eines Traums schwimmen ins Bewusstsein: Ein großer brauner Hund, der ihm gehörte, riss sich plötzlich los und verschwand. Dann stand er mit nackten Füßen am Meer, aus der Dünung warfen sich Fische an Land. In einem Straßencafé winkte ihm eine ältere Frau zu, die er nicht kannte, doch er ging nicht zu ihr, denn er musste zu einem Termin und war schon verspätet.

Um ganz wach zu werden, steigt er aus, läuft vor dem Golf auf und ab, lässt die Arme schwingen und deutet ein paar Kniebeugen an. Erfrischt von der kühlen Nachtluft steigt er ein und fährt weiter. Plötzlich hat er es nicht mehr eilig, findet einen Sender mit klassischer Musik und lässt sich von Beethoven, Tschaikowski und Georges Onslow durch die Nacht begleiten.

Als er München erreicht, ist es kurz nach neun, auch hier sind die Straßen sonntäglich leer, und um halb zehn bereits schichtet er zuhause die gestohlenen Geldbündel auf die erpresste Summe im Safe. Die Gewissheit, dass er jetzt eine Million und einhundertfünfzigtausend Euro besitzt, läuft als warme Welle durch seinen Körper. Leider hat er niemanden, dem er es mitteilen, von dem er sich bewundern lassen könnte. Was ist aus ihm geworden! Rakowski, der in der Schulzeit seines Namens wegen als *Polacke* gehänselt wurde, mit Ach und Krach das Abitur schaffte, jetzt die Steuer für reiche Leute möglichst klein hält und keinen Namen auf dem Kanzleischild hat, wird als Erstes darauf bestehen, Dunkhase & Partner in *Dunkhase & Rakowski* umzuwandeln, besser noch in *Rakowski & Dunkhase* oder schlicht in *Rakowski & Partner.*

Breitstein hatte nicht recht behalten, sein Erpresser hatte sich ins Gebiet des großen Geldes, wo er »nicht hingehörte« und »sich nicht zurechtfinden« würde, keineswegs »verirrt«. Er ist dort zuhause, gehört dazu und wird es bald kennen wie seine Westentasche.

Lächelnd verlässt er das Haus. Sollte Breitstein wieder auftauchen, würde er das nächste Mal nicht mit lumpigen Zweihundertfünfzigtausend davonkommen.

Nach einem Frühstück am Bahnhof, Milchkaffee und Croissant, als sei das von nun an seine französische Gewohnheit, fährt er in die Tizianstraße zur Steuerkanzlei. Er hat vor, im Computer die Datei mit seinen Recherchen über die Gesellschaft der Trinker sicherheitshalber zu löschen. Die Verschlüsselung, mit der er die Informationen unzugänglich gemacht hat, taugt nicht viel.

Im Empfangsraum hängt Axel Dunkhases Trenchcoat an der Garderobe. Nicht ungewöhnlich, dass der Kompagnon sonntags hier arbeitet. Die Tür zu seinem Büro steht offen.

»Axel? Ich bin's!«

Dunkhase ist eingeschlafen, liegt mit dem Oberkörper auf seinem Schreibtisch. War vermutlich, wie er es manchmal tat, schon um fünf in der Kanzlei. Rakowski schließt sanft die Tür.

Er öffnet sie wieder. Etwas ist anders als sonst. Ein Geräusch fehlt. Der Atem.

Erst als er hinter den Sessel tritt und auf Dunkhase hinabblickt, sieht er in den weißblonden Locken im Nacken das Blut, den dunkel glänzenden Rand um das Loch im Genick. Ein braunrotes Rinnsal umringt den Hals. Der Kopf liegt mit der linken Schläfe auf blutüberschwemmten Akten. Vom Gesicht, wo das Projektil ausgetreten ist, kann Rakowski kaum mehr etwas erkennen.

Zwischen die Arme, die ausgebreitet auf dem Tisch liegen, hat der Täter zwei rote Lederhandschuhe drapiert. Sie liegen da wie die Flügel eines großen Falters. Eine Pistole bildet seinen Leib.

BEGEGNUNG

Wahrscheinlich, aber nicht sicher: Das ist alles, was ich von meinem Tod sagen kann. Ich weiß, dass er eine Tatsache ist, eine, die ich jederzeit protokollieren würde. Nur scheine ich mich nicht entsprechend zu verhalten und bin von einer schwer begreiflichen Unternehmungslust. Wie ein zweifelsfrei überführter Täter, der eisern an seine Unschuld glaubt.

Wahrscheinlich, aber nicht sicher, dass all das, was ich jetzt erlebe, wobei ja dieses Tätigkeitswort der blanke Hohn für einen Verstorbenen ist, aber wie soll ich es anders ausdrücken, dass all das in mir und mit mir vorgeht, obwohl ich, wie man unter Lebenden so sagt, meinen Löffel abgegeben habe.

Wahrscheinlich. Aber nicht sicher. Ich träume vielleicht nur so rum. Stochere im Nebel des Jenseits. Wo ist das? Was weiß einer wie ich schon von hüben und drüben. Offensichtlich kriegt man nicht mal als Toter eine klare Auskunft.

Auch dass Axel Dunkhase mit der Waffe, die auf seinem Schreibtisch zwischen zwei roten Handschuhen liegt, erschossen wurde, ist wahrscheinlich, doch keineswegs sicher.

Schuss ins Genick. Eine Beretta 92 FS, 9 Millimeter. So viel Kriminaler bin ich noch, um die Pistole mit einem Blick zu erkennen.

Wie lange wird es dauern, bis Vedran Sjelo begreift, dass er nicht den Erpresser zum Schweigen gebracht hat? Bis Chevrier ihm mitteilen wird: »Wir haben das falsche Schwein geschlachtet.« Jedenfalls ist das die Zeit, die Rakowski bleibt, sich in Sicherheit zu bringen.

Mein ungewaschener Engel hat tatsächlich den Polizisten in mir hochgekitzelt, ich spekuliere über den Tathergang und versuche, Schlüsse zu ziehen. Exakt das, was ich nie wieder tun wollte. Doch warum sollte der Tote sich an die Pläne des Lebenden halten, dessen Strategie nachweislich nicht erfolgreich war.

Mordsache Axel Dunkhase. Ich kannte ihn nicht, sehe aber durch das Einschussloch in seinen Schädel hinein und finde dort auf der Bühne seiner Erinnerung seine Biographie vor. Mit einem Blick kann ich sie erfassen. Kein sonderlich spannendes Leben, doch auf seine Weise anstrengend.

Dunkhases Charakter war ängstlich wie sein Name, in seiner Kindheit schon war er bemüht, alles richtig zu machen, ein guter Mensch zu werden, seiner Mutter ein liebevoller Sohn, ein Mann fast ohne Fehler; wartete seit seiner unverschuldeten Scheidung immer noch auf die richtige Frau; war so brav, dass er nie bei Rot über die Straße ging, keine U-Bahn-Fahrt ohne Ticket unternahm, faule Steuertricks seinem Kompagnon Rakowski überließ und noch als gestandener Mann beim Onanieren ein schlechtes Gewissen hatte. Leid tut er mir nicht, unschuldig hätte man ihn nicht nennen können, doch ich hätte ihm gegönnt, in dem

Augenblick, als er den kalten Lauf an seinem Hinterkopf spürte, kurz vor dem Verlust aller Hoffnung, den Grund für das Eintreten der Kugel in seine Hirnschale zu ahnen; dass er Opfer einer Verwechslung war.

Hat er noch den einzigen schweren Fehler seines Lebens begriffen? Die Kanzlei Dunkhase & Partner genannt zu haben?

Jetzt wird er über den Fluss kommen, an dem ich auf Lecouteux warte. Vielleicht ergibt sich ein Gespräch, schließlich haben wir beide denselben Mörder.

Das Wasser ist hell und klar. Weinen heute keine Mütter? Oder gibt es hier mehrere Flüsse, und ich stehe jetzt an einem anderen als damals?

»Ja, lieber Freund.«

Klaus Leybundgut begrüßt mich, als hätten wir gestern erst zusammen getrunken: Sein mildes Lächeln, das schon damals Nachsicht mit meinen geringen Philosophiekenntnissen signalisierte. Trägt offenbar immer noch gern helle Anzüge. Auch sein Borsalino aus Panamastroh muss mit ihm die Grenze gewechselt haben. Seinerzeit behielt er ihn sogar in seiner Wohnung auf.

»Du bist über den Acheron hergebracht worden. Jetzt stehen wir aber an der Lethe. Wer daraus trinkt, vergisst alles und wird glücklich. Oder was sie hier glücklich nennen.«

»Du hältst immer noch gern Bildungsvorträge.«

Er lacht leise.

»Jedenfalls, solange wir uns in der griechischen Mythologie aufhalten. In der kenne ich mich aus. Der Fährmann Charon hat dich übergesetzt. Das ist dein Todesbild. Liegt möglicherweise an den griechischen Heldensagen, die wir in unserer Jugend gelesen haben. Wärst du in Tibet aufgewachsen, wer weiß, wo du gelandet wärst. Als Hindu würdest du vermutlich über den Ganges fahren, als Muslim über den Nil. Wir können auch woanders hingehen, wenn du willst.«

»Wohin?«

»In andere Mythen. Alle stehen zur Auswahl. Man hält sich hier in Bildern auf. Das ist alles, was ich bisher herausgefunden habe. Anscheinend bestimmt unsere Vorstellung vom Tod seine – wie soll ich das nennen? Wirklichkeit? Spiegelung? Jedenfalls vermisse ich hier alle Eindeutigkeit. Ausgerechnet hier, wo wir alle glauben, dass über uns gerichtet wird, bestimmen wir offensichtlich selbst, was geschieht. Ich sage dir, das ist ein Reich der totalen Subjektivität. Vielleicht auch der totalen Verantwortung. Was wir in uns haben, macht sich selbständig. Man muss, glaube ich, höllisch aufpassen, dass man hier nicht seine dunkelsten Seiten zum Maß aller Dinge macht. Du hast es gut, du bist Maler, du weißt, wie man in Bildern wandert. Wenn du mehr wissen willst, kann ich dich zur Mnemosyne bringen, auch ein hübsches Flüsschen. Wer daraus trinkt, erinnert sich an alles und erfährt alles. Nichts mehr bleibt verborgen, nichts wird vergessen. Ich finde das nicht erstrebenswert, du als Kriminaler vielleicht schon.«

»Grauenhafte Vorstellung. Aber eins wüsste ich wirklich gern: Der Mord an Dunkhase, war das ein Schuss im Affekt?«

»Nie im Leben. Eine geplante Hinrichtung. Die Kugel ist durchs Genick in den Schädel eingedrungen, hat das Gehirn durchquert und beim Austreten aus dem Kopf die Nasenwurzel und mit ihr das Gesicht aufgerissen. Das war einer, der genau wusste, wie man das macht. In Ruhe und mit Übung. Ein Profi.«

Er ist immer noch ein guter Gerichtsmediziner.

»Nein, das bin ich nicht mehr. So wie du kein Kommissar mehr bist und auch kein Maler. Wir schwingen nur noch in unseren Erinnerungen aus, bis –«

»Bis was?«

»Ich revidiere die Fehler, die ich mit meiner Frau gemacht habe.«

»Du hast mir damals gesagt, dass sie nicht zu retten war.«

Er nickt. »Das war die Headline gegen meine Selbstvorwürfe. Ich habe gedacht, ich könnte sie heilen, indem ich ihr beim Grappa und Williams und Cognac und Whisky und Calvados und sogar beim scheußlichen Wermut Gesellschaft leiste. Kontrolliert mittrinke. Hätte sie aber konfrontieren müssen. Schonungslos. Hart. Konnte ich nicht. Jetzt hätten wir die Chance, uns zu, wie soll ich sagen, zu erlösen? Weil wir uns nicht mehr lieben, kann ich richtig handeln. Es braucht seine Zeit. Ich arbeite jeden unserer Abende auf. Meine Erinnerung ist grauenhaft genau. An jede unserer schrecklichen Nächte. So werde ich sie finden.«

»Und wie hast du mich gefunden?«

Er zögert. Dann sagt er:

»Ich dich? Du stellst Fragen …«, wendet sich mit diesem Vorwurf um, schnipst sich den Strohhut ins Genick, läuft flussaufwärts, und ich sehe, dass er auf nackten Sohlen unterwegs ist, aus seinen weißen Hosenbeinen kommen pilzbraune Füße, die ich von meinem schmutzigen Engel kenne.

Bevor ich noch weiß, ob ich ihm folgen kann oder will,

ruft Georges Lecouteux von der Flussmitte nach mir im Ton eines Vorgesetzten, steuert seinen hellen Kahn ans Ufer, lässt einen Passagier an Land, an dessen starren Augen in der Blut- und Knochenmasse seines Gesichts ich den erschossenen Axel Dunkhase erkenne, und fordert mich auf, einzusteigen. Ich würde lieber mit dem Ankömmling sprechen, folge aber Georges' Ermahnung:

»Komm, Alexander, wir haben zu tun.«

Die Lethe ist ein gemächlich fließendes Gewässer, von dessen Mitte aus ich die Ufer kaum erkennen kann. Nicht, weil sie besonders breit wäre, sondern weil an ihren Rändern Dunst über dem Wasser hängt und alles in ein milchiges Licht hüllt, an dem Caspar David Friedrich Freude gehabt hätte. In diesem Nebel bewegen sich Schatten in Menschengestalt, manche scheinen zu winken und andere am gegenüberliegenden Ufer zu grüßen oder zu locken.

Mein Fährmann zieht das Stangenruder ein und legt es ins Boot, läuft zum vorderen Querbrett, lässt sich dort nieder und bedeutet mir, mich auf das hintere zu setzen.

In der Flussmitte widersteht unser Schiffchen der Strömung, schaukelt auf der Stelle im kaum mehr bewegten Wasser. An den Ufern lichtet sich der Nebel, hohe Mangrovenbäume werden sichtbar, zwischen denen bunt gekleidete Männer und Frauen flanieren. Ich kann nicht entscheiden, ob sie sprechen oder schweigen.

Die Erde unter den Bäumen ist ockerfarben und fleckenweise vom Ton einer meiner liebsten Farben: *gebrannter Siena*. Ein paar braunhäutige Kinder hocken am Ufer und betrachten ihr Spiegelbild im Wasser. Südliches Licht fällt auf den Fluss, und plötzlich, weil sich mein Blick weit öffnet, weiß ich, woraus das alles entstanden ist: Diese Menschen sind Geschöpfe von Paul Gauguin.

Die sattgrünen, fleischlichen Bäume hinter ihnen hat Henri Rousseau gemalt, ich erwarte schon seine glatthäutigen Tiere; das sanfte Wasser des Flusses stammt aus der Hand von Édouard Manet. Offenbar haben die Franzosen des neunzehnten Jahrhunderts das rechte Flussufer im Griff, hinter dem ich den Übergang zur Außenwelt vermute.

An der linken Seite leuchtet jetzt eine Landschaft auf, die von Turner stammen muss, feurige Schleier und glühende Himmelstiefen über den Silhouetten von Felsen und Türmen und Häfen und Schiffen, über deren Schloten Rauchwolken stehen. Keine Menschen.

Ich begreife, was Leybundgut mir mit *Subjektivität* sagen wollte: Die Kahnpartie mit meinem Fährmann Georges führt durch ein Museum des Augenblicks, das ich mir erfunden habe: In kräftigen Farben leuchtet es an beiden Ufern. Der Fluss, auf dem wir fahren, gleitet unter einem lichtblauen Himmel mit heiteren, italienischen Wölkchen dahin – vielleicht habe ich sie mir aus dem achtzehnten Jahrhundert von den Venedigbildern Giovanni Antonio Canalettos ausgeliehen … Alles hier ist Kunst! Und ich bin glücklich wie nie zuvor in meinem – Leben? Tod?

Ich könnte davon so erzählen, wie der ungetötete Swoboda es nie konnte, ich könnte beginnen, mit Worten so zu malen wie zu meiner Lebzeit mit Pinseln und Farben auf Leinwand, hätte ich nur jemanden, der mir zuhören und sehen würde, was ich ihm erzählen will: dass die Kunst den Tod beherrscht!

Lecouteux hat für die Uferbilder keinen Blick.

»Warum hat man dich umgebracht, Alexandre?«

»Es ging nicht um mich, glaube ich. Zur falschen Zeit am falschen Ort.«

»Wie viel Uhr?«

»Keine Ahnung, Vormittag, früh, ich bin in die Bucht gegangen, weil ich die ersten Sonnenstrahlen auf dem Steinstrand sehen und malen wollte, hatte alles dabei, die Mappe mit Kartons, die Farben, die leichte Staffelei für draußen. Wäre ein schöner Tag geworden, gutes Licht. Ich musste eigentlich nur warten, bis die Sonne über die Kreidefelsen wanderte und die Schatten auflöste.«

»Welche Feinde haben dich bis hierher verfolgt? An falsche Zeit und falschen Ort glaube ich nicht. Nicht, wenn ein Polizist ermordet wird.«

»Ein Maler, Georges. Du musst daran denken, dass ich malen wollte! Alles andere führt in die Irre!«

»Ich bitte dich, wer killt schon Künstler!«

»Na ja, Diktatoren. Generäle …«

»Und paranoide Banausen …«

Er lacht, legt die Unterarme aufs Brett, lehnt sich zurück und streckt die Beine aus. Ich sehe, dass der Commissaire Lecouteux, den ich nicht anders als elegant gekleidet kenne und der immer graue Seidensocken und schwarze italienische Lederschuhe trägt, unglaublich dreckige nackte Füße aus den Hosenbeinen seines dunkelblauen Anzugs schiebt.

Ich stehe auf und halte im schwankenden Kahn mein Gleichgewicht.

»Wer bist du, Georges?«

Die Frage scheint ihm zu gefallen, er richtet sich auf und sieht zu mir auf.

»Ich werde den Kerl kriegen, der dich auf dem Gewissen hat, mein Freund. Und dann gnade ihm Gott, ich mache Hachée aus ihm.«

Ich ahne, dass hier jeder seine Aufgabe hat, und frage mich, ob das denn nie ein Ende findet.

»Doch. Wenn du *dort* bist«, antwortet er mit der Knabenstimme meines Engels, erhebt sich, wechselt mit mir den Platz, der Kahn neigt sich von Steuerbord zu Backbord und findet wieder zur Mitte.

Georges hebt das Querruder auf, hängt es in die Ruderdolle am Heck und schiebt uns mit kräftigen, kreisenden Schwüngen auf der Lethe voran: Wir beide stehend, wie Dante und Vergil in dem Höllenbild von Delacroix, obwohl wir nachweislich nicht über die geringste poetische Begabung verfügen.

»Du weißt hoffentlich, wohin du mich fährst?«

Kaum habe ich die Frage ausgesprochen, wird mir ihre Unsinnigkeit klar.

»Ja sicher, Alexandre, ich weiß es, dann wieder nicht, mir fällt ein, wohin, sofort ist es wie ausgelöscht, wir fahren auf dem Fluss des Vergessens, mein Freund, sein Name verschwindet alle paar Meter aus meinem armen Kopf.«

»Lethe«, helfe ich ihm.

»Ja, richtig, wusste ich's doch, Lethe, Lethe, der Fluss, an dem ich bete!«

Lachend ruft er das, mit einer satten, fast unanständigen Zufriedenheit, und ich sehe, dass seine Arme das Langruder heftiger, drängender im Querbogen durchs Wasser treiben, seine nackten Füße sich mit eingekrallten Zehen gegen den Boden des Kahns stemmen.

Langsam steigt mir die Magie der Lethe zu Kopf, ich will

mich vergessen, nicht mehr wissen, was ich sollte und wollte, woher ich kam, wer ich war, wen ich liebte, wem ich die Seele verletzt habe, wen ich tröstete – ich werde mich treiben lassen auf diesem Fluss, der mich endgültig ins *Dort* trägt – irgendwann, wenn ich die Aufgabe, die mein schmutziger Engel mir erteilt hat, erfüllt haben werde.

»Wenn du wissen willst, was passiert ist«, rufe ich Lecouteux zu, »darfst du nicht an die Feinde denken, die ich als Kommissar hatte.«

»Das muss ich aber, du kennst doch unsere Methoden!«

»Deshalb sage ich es ja. Ich war nicht gemeint!«

Lecouteux hält das Ruder still.

»Sie haben dich aus Versehen erschossen?«

»Nein. Es war eindeutig ein Mord. Aber nicht an Alexander Swoboda.«

»Das verstehe ich nicht.«

»Du solltest die Möglichkeit einkalkulieren, dass mein Tod ein Kollateralschaden war!«

Lecouteux sieht schweigend zu mir herüber. Langsam begreift er.

»Du meinst, du bist eine Nebensache geworden? Ein Mann wie du? Das fällt mir schwer. Und tut mir weh. Denn ein bestialischer Mord an dir, damit mache ich dich zum Helden in der Polizeigeschichte Europas, mein Lieber. Aber wenn es dich nur so nebenher erwischt hat … Scheiße. Ich glaub es nicht.«

Und wieder sinkt Nebel über die Ufer, verbirgt langsam die Bäume und Gestalten, die feurigen Himmel und glühenden Horizonte, das sanfte Blau über uns, die Schwaden ziehen von beiden Ufern her quer über den Fluss und wogen auf das Boot, verweben sich zwischen uns zu weißen Schleiern, bis ich meinen Fährmann nicht mehr sehen kann.

Ich rufe nach ihm.

Er antwortet nicht.

Ich spüre festen Boden unter den Füßen.

DAS
GLÜCK

Während sich im Schloss Charme-des-Tilleuls die Gesellschaft der Trinker auflöst und Chevriers Gäste nach dem späten Frühstück unter heiterem Himmel und um insgesamt 5,6 Millionen erleichtert die Heimreise antreten, ziehen vom Ärmelkanal her getürmte Wolken auf die Bucht von Les Petites Dalles zu. Das Licht wird matt und grau.

Die Möwen kreisen über dem Parkplatz zwischen den Klippen, setzen sich auf die Molenmauer der Bucht, trippeln, starten wieder, keckern und kreischen, als wollten sie die Eindringlinge vertreiben. Im Tiefflug segeln sie über die Köpfe der drei Uniformierten, landen für Augenblicke neben den zwei Kommissaren in Zivil, tanzen mit ausgespannten Flügeln schimpfend herum und heben wieder ab.

Der Schwarm verbreitet eine Nervosität, die der Kriminalhauptkommissar aus Rouen, Jules Maçon, der Natur übel nimmt. Er ist ein eingefleischter Städter, ein Asphaltmensch, und fühlt sich in seiner Abneigung gegen das weite Land an der See bestätigt – als geborener Rouennaiser verachtet er die Küstenregion und ihr, wie er meint, schlechteres Wetter. Außerdem kann er nicht schwimmen und misstraut darum Leuten, die mit dem Meer leben.

Georges Lecouteux, der neben ihm steht und die Möwen amüsiert beobachtet, ist nicht sein Vorgesetzter. Der französische Zentralismus bringt jedoch mit sich, dass zwischen Paris und Rouen zwar kein amtliches Gefälle besteht, aber ein erheblicher Unterschied im Prestige. Hier begegnen sich Metropole und Provinz an der normannischen Steilküste. Selbstverständlich würde kein Bürger Rouens seine Stadt als Provinz klassifizieren, doch eine Metropole, eine weltbekannte zumal wie Paris, ist Rouen, das touristisch noch immer von der Verbrennung der Jeanne d'Arc und der scheußlichen Markthalle am Ort ihres Scheiterhaufens lebt, eben nicht. Das reicht aus, einen gewissen Respekt zu erzeugen. Und so hat der kleinere und für seine siebenunddreißig Jahre sehr beleibte Maçon gegenüber dem schlanken, hauptstädtischen Kollegen eine abwartende Haltung angenommen – noch bevor er weiß, was er alles falsch gemacht hat.

Seine Miene ist selbstbewusst, das Gesicht so glatt und glänzend wie sein rasierter Schädel. Konflikten geht er gern aus dem Weg, komplizierte Fälle mag er nicht. Unter seinen Kollegen heißt es, zuweilen habe er gerade gebogen, was krumm war, und derart so manche Akte vorzeitig geschlossen; wir fügen hinzu: so manche Gesichtsfalte vermieden.

Maçon ist kein schlechter Mensch, nicht einmal ein schlechter Beamter, doch seinem bequemen Charakter verschließt sich die tief gestaffelte Bösartigkeit des Falles, den er in der Bucht von Les Petites Dalles rasch zu erledigen hoffte.

Die Vision seines Lebens besteht im Erreichen der Pensionsgrenze. Dass zur Aufklärung des Verbrechens zwischen den Kreidefelsen eine ganz anders geartete Grenze überschritten werden muss, dass nämlich Diesseits und Jenseits dafür kollaborieren, hat in seiner überschaubaren Phantasie keinen Platz; was man ihm nicht vorwerfen kann – denn, ehrlich gesagt, kein vernünftiger Mensch lässt sich weismachen, ein Ermordeter könne seinen Mörder überführen.

Dennoch ist es die Wahrheit und in unserem besonderen Fall nichts als die Wahrheit.

Schweigend lässt Lecouteux sich schildern, wie die Ortspolizisten von Valmont nach dem anonymen Anruf einer Frau den toten Swoboda neben seinem Wagen auf dem ansonsten leeren Parkplatz von Les Petites Dalles vorgefunden, nicht angerührt und das Kommissariat in Fécamp informiert hätten. Die dortigen Kollegen hätten die Mordkommission von Rouen alarmiert.

»Tatort gleich Fundort, das war uns allen sofort klar«, wiederholt Maçon zum vierten Mal und blickt missbilligend in die Wolkengebirge über dem Meer.

»Und was war in seinem Wagen?«, fragt Lecouteux, den die mit hoher Stimme vorgetragene Selbstsicherheit seines jüngeren Kollegen aggressiv macht.

Maçon streckt seine Hände zu einer Geste nach den Seiten, die wohl besagen soll: Na was schon.

»Nichts. Neben ihm ein kleiner Koffer mit Tuben und Pinseln und so Paletten, oder?«

»Oder? Oder was? Ich habe ihn ja nicht gefunden, Maçon. Also was? Ölfarben? Oder wie?«

»Ja. Genau. So Tuben. Eingequetschte. Und Lappen. Der war doch Maler!«

Maçon fühlt seinen Ärger wachsen; keinen beruflichen, einen häuslichen Ärger, den seine Frau an Samstagen auslöst, wenn sie ihm vorwirft, beim Einkauf der Lebensmittel Entscheidendes vergessen zu haben.

»Er war Polizist!«, blafft Lecouteux ihn an. »Er war Kriminalhauptkommissar wie Sie und ich, ein Gesetzeshüter, pensioniert, Deutscher, und ich rate Ihnen, diesen Mord wichtiger zu nehmen als alles, was Sie die letzten Jahre –«

»Hier war er bloß Maler«, zischt Maçon und wippt auf den Zehenspitzen.

Sein Pariser Kollege atmet tief ein und aus und wieder ein.

»Maler. Richtig. Er war hier als Maler. Vielleicht hat er sich aber nur so getarnt und ein Verbrechen untersucht, von dem wir beide noch nichts wissen.«

»Das könnte sein«, gibt Maçon zu und hofft auf Entspannung. Lecouteux lässt ihn auflaufen.

»Er hat sich aber nicht als Maler getarnt, um als Polizist zu arbeiten. Er *war* Maler. Leidenschaftlich. Ein Künstler. Ich kannte ihn sehr gut. Wissen Sie, was das heißt?«

Maçon schweigt vorsichtshalber, hebt sich aber fortgesetzt auf die Fußballen, um zu signalisieren, dass seine Geduld bald erschöpft sein werde.

Der Hauptstadtkommissar lässt sich nicht beeindrucken.

»Es heißt, dass er hier gestern Morgen unterwegs war, um nach der Natur zu malen. Pleinair, wenn Ihnen das was sagt.«

Sein Kollege senkt sich auf die Fersen und presst die Lippen zusammen.

»Und das bedeutet«, fährt Lecouteux ruhig und mit gesenkter Stimme fort, »dass er ein paar Dinge brauchte und bei sich hatte, die zu finden sein sollten. Eine Staffelei und Leinwände, auf die er malen wollte. Die haben Sie doch bestimmt gesichert?«

Wie ein ertappter Knabe dreht Maçon seinen Kopf zur linken Schulter, um nicht zugeben zu müssen, dass er sich diese Frage nicht gestellt hatte.

»Wir haben den Wagen gesichert. Keine Spuren außer von dem Toten. Er ist eindeutig hier neben seinem Fahrzeug erschossen worden. Die Waffe lag neben dem Kopf. Dazu Damenhandschuhe, rotes Leder, Schmauchspuren.«

»Ich kenne den Bericht.«

Lecouteux besieht sich den Fleck, der auf dem grauen Asphalt den Mord bezeugt. Es regnet viel in der Normandie, doch seit Alexander Swoboda erschossen wurde, ist kein Tropfen gefallen.

Der Commissaire aus Paris scheint das schwarz gewordene Blut zu befragen. Maçon beobachtet ihn und versucht, mitzulesen. Findet aber keinen Text in der getrockneten Lache. Beugt sich vor, senkt den Kopf. Die dunkle Stelle schweigt ihn an. Widerwillig gibt er nach.

»Der Zusammenhang war mir nicht klar, denn ich verstehe nichts von der Malerei. Meine Frau hat gemalt, aber das hat sie aufgegeben. Wir werden nach den Sachen suchen. Es tut mir leid.«

Lecouteux, dem ein Hang zur Arroganz nicht abzusprechen ist, lächelt, neigt sich dem Kollegen zu und sagt leise genug, dass die drei Polizeibeamten es nicht hören:

»Ohne Sie wäre mir nicht klar geworden, dass es sich hier nicht um einen Polizistenmord, sondern um einen Künstlermord handelt. Und nun setzen Sie Ihre Teams in Bewegung, ich will dass in einer Stunde alles hier ist, was Sie haben, Spurensicherer, Suchkommandos, Hunde, die ganze Truppe.«

»Jetzt?«

Maçon ist das Entsetzen anzusehen.

»Ich weiß, dass Sonntag ist«, sagt Lecouteux. »Und ich werde Sie in Paris über den grünen Klee loben, weil Ihr Diensteifer diese Tatsache ignoriert.«

Die Wolken quellen schiefergrau aus dem Horizont, treiben auf die Küste zu, und satt vom Regen, den sie tragen, verlangsamen sie über den Kreidefelsen ihre Fahrt.

»Ich will sehen, was sich machen lässt«, sagt Maçon, blickt zum Himmel auf und fährt fort: »Aber es wird regnen, da finden wir ohnehin keine Spuren.«

»Um so mehr ist Eile geboten«, entgegnet Lecouteux. »Wir wissen doch beide, dass wir schon mit einem Fuß in politischen Fallstricken stehen. Oder glauben Sie, der Mord an einem deutschen Polizisten wird den Innenminister kaltlassen?«

Der Himmel über München war an diesem zweiten Juni frühmorgens sonntäglich seidenblau, wie die Touristen ihn mögen, bezieht sich nun aber, Regen setzt ein, die Temperatur liegt bei neun Grad Celsius.

Rakowskis Blick folgt den Wasserschlieren am Fenster in Dunkhases Büro. Eine lähmende Entschlusslosigkeit hat sich seiner bemächtigt, seit er seinen toten Partner entdeckt hat. Langsam, wie aus großer Entfernung, nähert sich ein Gedanke: *Der Täter wusste nicht, wen er erschoss.*

Dass der Mörder sich noch in der Villa aufhalten könnte, bedenkt Rakowski nicht. Er steht einfach da und wartet, ohne zu wissen, worauf. Er müsste die Polizei anrufen, doch was soll er aussagen? Dass er die Nacht von der normannischen Küste durchgefahren ist mit einem gestohlenen Koffer voller Geld?

»Ich«, sagt er leise, als der Gedanke ihn erreicht hat. »Ich war gemeint. Nicht du, Axel. Mich wollte Breitstein töten lassen.«

Jetzt erst reagiert sein Körper, das Zittern beginnt in den Knien und den Händen, steigt die Beine hoch in seinen Leib, im Brustkorb flattert der Atem, die Kiefer schlagen aufeinander. Er versucht, sich anzuspannen, setzt seinen schlotternden Gliedern Haltung entgegen und kann Schritt für Schritt den Raum verlassen, erreicht sein Büro, fällt in den Sessel vor seinem Schreibtisch, und nun, als er nachgibt, rüttelt ihn die Angst wie eine Marionette.

Er schlingt die Arme um sich und hält sich an den eigenen Schultern fest, schließt die Augen und hofft, dass der Anfall vorübergeht. Doch die Angst gibt ihn nicht frei. Sie wählt nur einen anderen Weg: Der Körper entspannt sich, hält still und wird kalt. Dafür breitet sich im Kopf Panik aus. Wie lange wird es dauern, bis der Killer weiß, dass er den Falschen zum Schweigen gebracht hat? Der Steuerberater spürt zwischen seinen Schläfen eine Hitze, die sich bis hinter seine Augen ausdehnt. In seinen Ohren strömt und pulsiert das Blut. Er hat noch keine Antwort auf die Frage, die sich als endlose Schleife in ihm wiederholt: *Wie viel Zeit habe ich noch?*

Morgen, am Montag, wird die erste Mitarbeiterin gegen acht Uhr dreißig die Kanzlei betreten und Dunkhase finden. Sie wird schreien, wie Frauen in Filmen schreien, sich dann besinnen und die Polizei rufen.

Gegen Neun beginnt die Durchsuchung.

Das Zittern ebbt ab, das Rauschen in seinen Ohren wird leise und verliert sich. Eine ungewohnte Klarheit durchzieht sein Gehirn, er wird sich bewusst, dass er von nun an ein Verfolgter ist, der seinem Verfolger zuvorkommen muss. Hans Rakowski, der bisher als dilettierender Krimineller anderen, raffinierteren Kriminellen auf die Spur zu kommen und sie auszunehmen versuchte, beginnt sich in einen Täter zu verwandeln, der an die Utopie des glücklichen Ausgangs glaubt. An ihr richtet er fortan seine Handlungen aus. Er wird in diesen Minuten hochmütig wie alle Verbrecher: Sorgfältige Planung, glaubt er, münde unausweichlich in perfektes Gelingen.

Zunächst startet er seinen Bürocomputer, wählt die Datei *Glück* aus, entschlüsselt und löscht sie. Sie existiert nur noch auf seinem USB-Stick.

Dann geht er zum Aktenraum im Parterre, sieht die Stahlschränke offenstehen und registriert, dass die Ordner mit Breitsteins Bilanzen und Steuererklärungen verschwunden sind. Das bestärkt ihn im Glauben, der Unternehmer habe den Mord bestellt.

Noch einmal steigt er in den ersten Stock, betritt Dunkhases Büro, als müsse er sich vergewissern, dass sein Partner tatsächlich tot ist, beugt sich über den Schreibtisch und betrachtet das zerstörte Gesicht. Als er sich aufrichtet, streckt sein Arm sich wie unter einem fremden Befehl nach der Pistole zwischen den roten Handschuhen aus. Rakowski sieht zu, wie seine Hand die Waffe aufnimmt und wiegt.

Als wäre es die Tat eines anderen, beobachtet er sich und eignet sich an, was einem Mörder gehört. Das kühle Eisen gleitet in seine Hosentasche.

Wenig später – er hat seine Fingerspuren sorgfältig beseitigt und mit dem Gedanken gespielt, aus der Stadt zu fliehen – sehen wir ihn in seiner Wohnung am offenen

Safe, dem er Geldbündel entnimmt und sie in eine Reisetasche aus hellem Leinen packt. Fünfhunderttausend. Darüber den Lederbeutel mit Waschsachen, in dem die Waffe neben Zahnbürste und Rasierapparat Platz findet. Obenauf ein weißes Hemd, ein dunkelblauer Anzug. Etwas Unterwäsche. Ein Paar schwarze Schuhe mit Socken im Stoffsack. Er wird sich ohnehin neu einkleiden. Die nächsten Fünfhunderttausend füllen Breitsteins Aluminiumköfferchen, die restlichen Hundertfünfzigtausend die Plastiktüte eines Billigsupermarkts, was er für besonders geschickt hält.

Er nimmt sich Zeit für eine ausgiebige Dusche, frühstückt am Küchentisch, hört in den Radionachrichten, dass man in Dresden befürchtet, die Überschwemmungen würden schlimmer als bei der Jahrhundertflut 2002. Er starrt auf das kleine Küchenradio und ertappt sich dabei, dass er sich mit all den billigen Dingen um ihn her nicht mehr zuhause fühlt.

Telefonisch bucht er ein Zimmer im Hotel Vier Jahreszeiten, bestätigt, da kein Business-Einzelzimmer mehr frei ist, die angebotene Junior-Suite für drei Nächte zu siebenhundertundacht Euro und kündigt an, innerhalb der nächsten halben Stunde dort einzutreffen. Tatsächlich biegt er zwanzig Minuten später von der Maximilianstraße in die Marstallstraße ein und verschwindet in der Tiefgarageneinfahrt des Hotels, fährt im Lift zur Rezeption, wo er eincheckt, seine Kreditkarte hinterlässt, darauf besteht, sein Gepäck selbst zu tragen, und wegen der Plastiktüte, von deren Wert keiner etwas ahnt, vom Concierge skeptisch gemustert, zu den Fahrstühlen geht.

In der Suite, deren Größe und Eleganz ihn unwillkürlich

leise auftreten lässt, durchquert er den Lounge-Bereich und registriert erleichtert, dass er aus den Fenstern des Schlafzimmers auf den Innenhof blickt, wodurch er glaubt, sicherer zu sein als an der Straßenseite. Die Vorhänge, sanft angezogen, gleiten zu. Der Zimmersafe ist für die Geldmenge zu klein, Aluminiumkoffer und Plastiktüte finden im Kleiderschrank Platz.

Rakowski atmet auf. Er schließt die Tür ab, schaltet das Außensignal auf *Bitte nicht stören*, zieht sich nackt aus und legt sich ins Bett. Die frischen, kühlen Tücher tun seinem Körper gut. Er legt sich auf den Rücken, schließt die Augen und schläft ein.

In der Stille des Raums, der ihn umgibt und vierundfünfzig Quadratmeter groß ist, macht sich ein Alptraum bereit, dem Schläfer auf die Brust zu steigen.

»Hierher!«, schreit ein uniformierter Beamter am Fuß der Falaises und setzt seine Trillerpfeife an die Lippen. Offensichtlich begreift er die Gefahr nicht, in der er sich unter den Kreideklippen befindet. Sein Pfiff gellt über den Steinstrand. Als der Suchtrupp Distanz zu ihm hält, ein Kollege ihm Warnungen zuruft und die Steilwand hinaufdeutet, wird ihm bewusst, dass er sich in der Zone aufhält, vor der große Schilder warnen: *Éboulement!* Felsabstürze können hier tödlich sein.

Er bückt sich, hebt etwas hoch und entfernt sich, so rasch er auf den grauen Kieseln laufen kann, vom Fundort der Staffelei.

Kurz darauf kniet sich Lecouteux vor der Felsspalte, in die sich Swoboda am Morgen geflüchtet hatte, neben die Mappe mit den Malkartons. Selbst wenn er wüsste, dass er dabei ein noch immer gültiges königliches Gesetz vom 14. Juni 1844 verletzt, das Aufenthalt und Promenieren direkt unter den Falaises bei Strafe verbietet, würde er die Vorschrift ignorieren. Es geht darum, ein Beweisstück zu sichern.

Auf einer Folie, mit der man zwei Quadratmeter des Parkplatzes bedeckt, werden die Fundstücke in Augenschein genommen.

»Warum zerschlägt er seine Staffelei?«, fragt Maçon halblaut sich selbst.

»Er hatte ja noch nichts gemalt, also konnte ihm nichts misslungen sein«, ergänzt Lecouteux ebenso leise und blickt hinüber zu den hohen Kalkwänden.

»Aber Künstler! Die sind so. Jimmy Hendrix hat auf der Bühne seine Gitarren zerlegt!«

Lecouteux schweigt überrascht. So viel Kenntnis hätte er Maçon nicht zugetraut.

Der murmelt: »Was wollte er in der Spalte im Felsen? Vielleicht musste er pinkeln?«

Lecouteux zuckt mit den Schultern. Er spürt, dass Maçons Phantasie angelaufen ist, und wartet auf die nächste Vermutung.

»Oder er hat Schutz gesucht in der Höhle?«

Sein Kollege aus Paris schlägt ihm auf die Schulter.

»Das ist es! Ausgezeichnet, Maçon. Er hat Schutz gesucht! Aber nicht vor Steinschlag. Die Pleinair-Staffelei hat er nicht in künstlerischer Wut zerschlagen, sie ist zerschossen worden, von oben, von den Klippen, Swoboda wirft sie ab, flieht unter die Felsen, lässt die Mappe dort, schützt sich mit dem Farbenkoffer und rennt auf den Parkplatz zu seinem Wagen. Ich sehe es plötzlich vor mir, ein Scharfschütze steht auf der dritten Felsnase, wo die Kante grün ist. Ich wette, wir finden die Stelle!«

Er ist erstaunt über seine waghalsig ausposaunte Vermutung. Üblicherweise neigt er nicht zu Spekulationen. Doch diesmal hat er eine Eingebung, die ihn selbst überrascht. Der kleine Rouennaiser Kommissar kann Lecouteux' Begeisterung nicht teilen. Für ihn kompliziert sein Kollege den Fall unnötig.

»Aber das hieße ja, wir müssten zwei Täter finden. Einer, der den Maler von oben mit Schüssen auf den Parkplatz treibt, und einer, der hier wartet. Das heißt, das Opfer flieht, nimmt bloß den Koffer mit den Tuben mit und wird hier abgepasst und umgelegt.«

»Maçon, Ihre Kombinationsgabe ist beeindruckend.«

Eine halbe Stunde später fahren die beiden Kommissare und drei Polizisten zum Hochland hinauf, laufen zwischen den Weiden zum Rand der Falaises, wo kein Buschwerk den Weg behindert, und mit einer Zielstrebigkeit, die er nicht begründen könnte, findet Lecouteux den Platz, von dem aus der Scharfschütze Dobrilo Moravac mit seiner Remington 700 auf Swoboda gefeuert hat: Die Messinghülsen der Gewehrmunition glänzen im Gras, als habe jemand sie dort zum Finden ausgelegt.

Lecouteux geht vier Schritte weiter nach vorn und kann nun hinunter in die Bucht blicken. Maçon hält sich weit hinter ihm und wagt kaum, zu atmen. Ihm ist flau im Magen, und er ahnt, dass ihm der Fall noch mehr Mühe bereiten wird, als er bisher schon befürchtet hat.

Das ablaufende Meer hat die schwarzen Felsen und ihre verschlungene Formation freigegeben. Zwischen dem steinernen Gekröse spiegeln Pfützen und kleine Teiche den grauen Himmel, die sich in Löchern und Mulden bis zur nächsten Überflutung halten werden. Lecouteux sieht hinab und sucht die Ebbe ab.

Eine dunkle Form passt nicht ins Bild: die Form einer menschlichen Figur. Sie liegt auf dem Rücken in einem Tümpel, der so flach ist, dass sein Wasser den Körper nur einrandet und nicht bedeckt. Ein heller Fleck scheint das Gesicht zu sein.

Und als sich dreißig Minuten später unten die Spurensucher, Fotografen und Hundeführer mit ihrer kläffenden Meute um den Leichnam von Lukas Breitstein versammeln, stellt Maçon fest, dass man diesen Menschen wohl kaum mehr anhand seines augenlosen Gesichts wird identifizieren können. Vom Sturz eingeschlagen, hatte es Möwen und Taschenkrebsen, Seespinnen und Fischen als Futter gedient und grinst, da ihm Lippen und Zahnfleisch fehlen, frech in den Himmel. Zwei junge Beamte des Suchkommandos wenden sich ab.

»Tierfraß«, gibt Maçon zu Protokoll, sein Assistent notiert folgsam. Die violette Krawattenschleife, die noch unter dem abgenagten Kinn der Leiche um den Kragen gebunden ist, sieht aus wie eine welke Blüte.

Wiederum eine halbe Stunde später haben die Hunde in den Viehweiden auf den Klippen Breitsteins Spur aufgenommen und führen die Ermittler zu einem verlassenen Haus, hinter dem in einem Schuppen ein unabgeschlossener weißer Audi Q7 mit deutschem Kennzeichen entdeckt wird. Als Lecouteux die Fahrertür öffnet, schwärmen Nachtfalter ins Freie.

Maçon ermittelt über den Europolzugang in seinem Smartphone den Halter des Wagens, eine Leasingfirma, sowie den Vertragsnehmer Lukas Breitstein und hofft inständig, dass die Police Judiciaire in Paris ihm wegen der Grenzüberschreitung des Verbrechens den Fall aus den Händen nehmen werde.

Nachdem er in der Heilig-Geist-Kirche mit Blick auf das Hochaltarbild inbrünstig gebetet hat, ist Vedran Sjelo am Nachmittag um halb fünf mit dem ICE 592 aus München nach Stuttgart gefahren, wo er fünf Minuten vor sieben den nächtlichen TGV 9570 nach Paris Est erreicht. Um halb elf trifft er ein. Sein Hotel Vice Versa liegt im fünfzehnten Bezirk in der Rue de la Croix Nivert nahe dem Ausstellungsgelände an der Porte de Versailles. Im Vice Versa, dessen Etagen nach den sieben Todsünden gestaltet sind, bezieht er ein Zimmer, dreisprachig benannt, im Stockwerk der *Gier, Avidité, Greed.*

Sjelo liebt die Muttergottes und den Kitsch.

In einer SMS teilt er Wout de Wever mit, dass er noch einen Tag mit der Erpressung Chevriers warten solle. Übermorgen, am Dienstagabend: *Email, Absender whitecollar@munich.com., aus Internetcafé in Orléans: Roter Schmetterling an Ziege. Lauftext zweimal.*

Wever hat sich, nach ausführlicher Inspektion der von ihm gehüteten Geldmenge zur Überwindung seiner Skrupel entschlossen und ist bereit, dem Erpressungsplan zu folgen. Er kontrolliert, ob das Bild und der dazu programmierte Text *hallo ziege. zwei millionen. beweise an das finanzministerium sind zum schicken bereit. anweisungen folgen. drei tage. kein ausweg* in seinem eigenen Smartphone verfügbar sind, löscht Sjelos SMS und schreibt ihm zurück: *D'accord. Der Schmetterling fliegt Dienstag, wenn es dunkel ist.*

In der Nacht wälzt Georges Lecouteux sich in seinem zu kurzen Bett im kleinen Hotel Vent d'Ouest an der Avenue Gambetta in Fécamp schlaflos von der einen auf die andere Seite, weil ihm die Austern, die Foie gras und die Kalbskopfsülze mit Sauce Gribiche des Abendmenüs schwer im Magen liegen und ein paar Jugendliche vor dem Hotel auf der Avenue Gambetta und dem Quai Berigny Mopedrennen zum Hafen hinunter veranstalten. In seinem schlaflosen Gehirn kreisen Fragen, die wie die Wellen des Meers kommen und gehen, ohne dass er auch nur eine von ihnen fassen und abwägen, geschweige denn beantworten könnte.

Nichts deutet auf einen Zusammenhang zwischen dem Toten vor den Klippen und Alexander Swoboda hin; warum aber hatten dann zwei Täter ihn zur Strecke gebracht, von denen einer wahrscheinlich den Besitzer des Audi Q7 vom Rand der Falaises gestoßen hatte? Konnte es Zufall sein, dass zur selben Zeit zwei Deutsche an der Küste der Haute Normandie umgebracht worden waren? Und wer von beiden war zuerst getötet worden? Warum waren die Sitzpolster des Q7 hochgeklappt? Wer hatte den Wagen nachts durchsucht und die Falter und Schwärmer eingeschlossen? Und warum war dieser Münchner namens Breitstein überhaupt in den kleinen Urlaubsort Les Petites Dalles gekommen?

Seine Erfahrung wehrt sich dagegen, Zufälle zu akzeptieren. Und doch scheint eine innere Stimme ihm jedes Mal, wenn er seinem Freund Swoboda die Frage stellen will, was ihn mit dem anderen Deutschen verbindet, zu raten, diesen Weg nicht weiterzuverfolgen. Er will Hypothesen aufstellen, verwickelt sich in Widersprüche, fällt schließlich in Halbschlaf, treibt sich wieder oben auf den Falaises herum, wo die Messinghülsen der Projektile im Gras leuchten, und findet ein Papierstückchen vor seinen Füßen, hebt es auf und liest: *Kollateralschaden.* Ein Windstoß kommt und reißt ihm den Fetzen aus der Hand, weht ihn über den Klippenrand, und er sieht die Botschaft übers Meer tanzen. Eine Möwe stößt darauf nieder und schnappt sich den Zettel im Flug.

Seltsam beruhigt schläft er ein. Und steuert im Traum einen Kahn stehend über einen Fluss, der schwarz ist und glanzlos.

Dass Hans Rakowski in seinem Fünf-Sterne-Hotel Vier Jahreszeiten unvergleichlich luxuriöser untergebracht ist, hilft ihm in dieser Nacht wenig. Alpträume sind in Hütten und Schlössern die gleichen.

Seiner beginnt mit Schmetterlingen. Unter frühlingsblauem Himmel liegt er nackt in einer Wiese, von der Schönheit der Falter umgaukelt, und spürt sein Herz vor Freude gegen die Rippen tanzen. Aber die Tagpfauenaugen und Admiräle, Schwalbenschwänze und kleinen Bläulinge, die Zitronenfalter und Kohlweißlinge, großen Füchse und Kaisermäntel, die sich sanft auf ihm niederlassen, beginnen wie auf ein fernes Kommando, ihre Rüssel in sein Fleisch zu senken, sie bohren sich auf seinem Bauch und seinen Gliedern in die Haut und beginnen, ihn auszusaugen, ihr Schlürfen kitzelt ihn erst, brennt dann, sein Körper verliert sein Fett und seine Organe, schrumpft unter einer faltigen Hülle, beißende Schmerzen breiten sich aus, die Schmetterlinge trinken ihn leer, und schon kann er nicht mehr weglaufen, seine Füße sind nur noch muskellose Hautsäcke um starre Knochen.

Größere Falterschwärme fallen über ihn her, er will sie verscheuchen, doch sind seine Hände schon bis aufs Gelenk verwelkt. Jetzt verdunkeln die bunten Gaukler wolkenweise den Himmel. Der Träumer will nach Hilfe rufen und öffnet den Mund, sofort flattern sie in seinen Rachen, landen dicht an dicht auf der Zunge, krabbeln unterm Gaumen in den Kehlkopf hinab und belagern die Stimme. Sein Schrei dringt nur als Gurgeln aus dem Mund.

Um seinen Kopf schwirren die Flügel laut wie ein Sturm – und dann ist da plötzlich nichts mehr, kein Licht, kein Ton, kein Schmerz, er weiß, dass er stirbt und dass sich die Schmetterlinge in seiner eingefallenen Brust vorangearbeitet haben zum Herzen, in dessen Kammern sie sich zusammenfinden, die Flügel einlegen und geduldig darauf warten, dass der zitternde Muskel aufhört zu schlagen.

VERWANDLUNG

Wie wenig wir wissen von den Menschenseelen, wie viel glauben wir zu wissen. Hätte man Hans Rakowski anfangs nicht zu Recht für einen etwas langweiligen, aber emsigen Burschen halten dürfen, dessen Lebenserfüllung im Zusammenstellen von Einkünften und Ausgaben reicher Leute bestand? Niemand, schon gar nicht er selbst, hätte vermutet, dass er dereinst am gewaltsamen Tod seines Kompagnons in der Steuerkanzlei zumindest nicht unschuldig sein würde.

Soeben ist er vom geträumten Stillstand seines Herzens erwacht und schnappt nach Atem. Wälzt sich aus dem Bett, kommt auf die Füße, taumelt, weiß nicht, wo er ist, findet sich zurecht. Im Bad trinkt er ein Glas Wasser. Der Spiegel zeigt ihm einen Mann im Neonlicht, der ein zweites Leben begonnen hat. Ein riskantes, unmoralisches Leben. So ist es gekommen, denkt er, und ich kann nichts dafür.

Nicht ganz falsch. Denn hätte Breitstein ihn seinerzeit nicht angewiesen, eingebuchte Kosten einer Reise nach Frankreich wieder aus der Steuererklärung zu löschen …

Jede Ursache hat ihre Ursache, welche die Folge einer Ursache ist, und unsere Handlungen sind am Ende nichts als ein fortwährend verursachtes Ergebnis. Wer weit genug zurückdenkt, weiß, dass allein Gott schuld ist.

Doch so weit denkt Rakowski nicht, während er nackt im Bad seiner Suite steht.

Wie alle Badezimmer hat auch dieses mit seiner luxuriös breiten Spiegelwand und indirekten Helligkeit die Eigenschaft, dass sich Menschen hier näher sind als in anderen Räumen; dass sie mehr auf sich selbst begrenzt, weniger vor dem eigenen Blick geschützt sind; ja dass der eigenen Haut gegenüber sogar ein Stück Wahrheit nicht vermeidbar ist, so als kauerte unsere übliche Selbsttäuschung vor der Schwelle und folgte uns nicht.

Rakowski entdeckt an sich einen Mann, den er nicht kannte. Die Summe seiner Entscheidungen, seit er sich entschlossen hatte, Breitstein zu erpressen, hat, so scheint ihm, nicht nur sein Gesicht verändert. Auch sein Körper, der ihm seit der Pubertät weich und schwach vorkam, hat jetzt etwas Kantiges, Herausforderndes, Standhaltendes; und die Muskeln, die er nicht trainiert hat, sind offenbar angeschwollen. Sein Penis, den er vergeblich zu übersehen versucht, ist unerwartet ansehnlich, obwohl er ihn, von gelegentlichen Handreichungen abgesehen, kaum beschäftigt.

Am deutlichsten findet er sein Gesicht gehärtet. Er betrachtet es fasziniert wie das eines Fremden. Den Ausdruck der Entschiedenheit hat er sich immer gewünscht. Nun sieht er vor sich einen unrasierten Mann, der genau weiß, was er zu tun hat. Der sich aus der lauen Welt des Sowohl-als-auch entfernt hat und in die männliche Welt der Gewissheit eingetreten ist.

Unwillkürlich lächelt er sich zu und entdeckt im Lächeln, das aus dem Spiegel zurückkommt, eine Vertraulichkeit, die ihn zufrieden macht. Ist der dort drüben im Licht nicht jener eine und Einzige, der immer schon hinter der abverlangten Bescheidenheit und in den Käfigen der Demütigung auf seine Befreiung gewartet hat?

Hans Rakowski spürt, dass er auf dem Weg des Verbrechens endlich die Selbstsicherheit gewinnt, auf die er sein Leben lang gehofft hat. Das Schicksal, weiß er, hat für ihn entschieden. Also wird er auf diesem Weg weitergehen und sich mehr und mehr in einen jener Menschen verwandeln, die wir gemeinhin als schlecht und böse bezeichnen.

Ist er das? Ist er habgieriger als die, die er bestohlen hat und in noch weit größerem Maß zu bestehlen plant? Skrupelloser? Brutaler? Noch nicht. Bisher hat er bloß Warnungen in den Wind geschlagen: den Totenkopffalter *Acherontia atropos* in Breitsteins Wagen in der Nacht auf den Klippen von Les Petites Dalles, als der Wind vom Meer in Böen über die Küste fiel; und den Traum, in dem die Schmetterlinge, die schönen, ihn umgebracht haben. Er ist, so könnten wir sagen, erblindet – doch bisher nicht schlechter als fast alle anderen auch.

Zu den wenigen wirklich guten Menschen zählt Georges Lecouteux, der, schon weil er ein Freund des toten Swoboda ist, kein schlechter Zeitgenosse sein kann. Außerdem steht er als Polizist in der Pflicht, als anständiger Kerl zu leben.

Doch auch er ist nicht frei von Gier. Seine Frau, die er liebt, hat er betrogen. Einmal hat er es ihr gestanden, und ihre Reaktion hat ihn derart verschreckt, dass er sich vornahm, gegenüber künftigen Gelegenheiten eisern zu bleiben. Wie alle Männer hat er aber mit seiner primitiven Natur zu kämpfen, die sich dem Ideal des zivilisierten Gatten nicht beugt, und so raunt ein falscher Freund in seinem Innern, es gebe zur Entsagung eine Alternative, sie heiße Genießen und Schweigen, die mönchische Lüge.

Wir werden, während er seine Untersuchung im Mordfall Swoboda fortführt, beobachten können, wie er sich zwischen Gier und Widerstehen entscheidet. Wenn er denn in solcher Lage überhaupt eine Entscheidung fällen kann und nicht bloß von zwei Reflexen, Angst oder Lust, gelenkt wird. Dann wäre Standhaftigkeit so wenig sein Verdienst wie Nachgiebigkeit gegenüber einem erotischen Angebot seine Schwäche wäre. Gegen Reflexe ist, wie jeder weiß, kein noch so starker Charakter gefeit.

Es ist übrigens nicht Berthe Bellier, die ihn verführen will. Eingeschüchtert von seinem Dienstausweis, der ihn als Kriminalkommissar aus Paris legitimiert, hat eine junge Frau ihn ins Haus der Druots eingelassen.

Kurz zuvor hatte er in der Nische mit den Glascontainern am Chemin de Belle Vue geprüft, ob es möglich war, von dort den Parkplatz zu überblicken, dann im oberen Abschnitt der Straße das Haus der Druots gesucht, die grasgrün lackierte Gartenpforte neben der Doppelgarage geöffnet, war die Tropenholztreppe zwischen rot und blau blühenden Rhododendronbüschen zum Haus hinaufgestiegen und hatte den gusseisernen Türklopfer zweimal angehoben und gegen das Holz fallen lassen.

Das Fachwerkhaus mit seinen spitzen Giebeln ist vor kurzem erst renoviert worden. Die Balken zwischen den Feldern aus verfugten Feuersteinen leuchten ochsenblutrot, auf den Mansarden und Erkertürmen wechseln sich gelb, blau und grün glasierte Dachziegel in den traditionellen geometrischen Mustern ab, die in der Belle Époque hier üblich waren.

Fensterrahmen und Läden sind im selben Grün gestrichen wie das Tor, die ganze Villa macht, anders als so manches Ferienhaus hier, einen gepflegten Eindruck. Die Druots, nimmt Lecouteux an, müssen eine wohlhabende Familie sein.

Die Frau, die ihm öffnet, ist nicht das verhuschte Geschöpf, das er nach dem Ton ihres Anrufs bei der Polizei in Valmont erwartet hat. Sie trägt dunkelblaue Jeans, eine locker geknöpfte Bluse aus dünnem, rot und gelb karierten Stoff, hat ihr blondes Haar nachlässig zu einem Nest zusammengesteckt und sieht nicht so aus, als ob sie sich gerade um die Beseitigung von Dreck und Unordnung kümmern würde. Lecouteux, der sich seinen Beruf gelegentlich mit Klischees erleichtert, ordnet sie unter dem Typ Stewardess ein. Sie zieht die blauen Gummihandschuhe aus und streckt ihm die Hand entgegen.

»Ist César wieder besoffen am Steuer erwischt worden? Das ist nicht das erste Mal, aber ich muss sie enttäuschen, seine Eltern sind nicht da, Sie müssen schon nach Paris, wenn Sie -«

»Es geht nicht um César Druot«, unterbricht er sie, »es geht um Sie, Madame Bellier, es geht um Sie selbst.«

»Mademoiselle! Mademoiselle Berthe Bellier, BB, meine Eltern hofften, dass ich mal so flott werde wie Brigitte Bardot und auch so eine Karriere mache, aber jetzt putze ich den Dreck reicher Leute weg und räume hinter ihren ungezogenen Kindern her. Nichts mit BB und Film …«

Bevor er galant widersprechen kann, lädt sie ihn ein.

»Ich habe gerade Kaffee gemacht.«

Sie lächelt und tritt zurück in die Dämmerung des Hausflurs. Lecouteux folgt ihr und bemerkt, dass sie sich aufreizend bewegt.

Man durchstreift eine Stadt und ahnt nicht, dass der Mann, der gerade die Bank gegenüber betritt, dort mit gestohlenem und erpresstem Geld ein Konto eröffnet. Nun mag man heutzutage annehmen, dass in den Banken hauptsächlich erpresstes und gestohlenes Geld liegt, doch diese verallgemeinernde Vermutung, die sich durch unsere Erfahrung mit der Charakterlosigkeit skrupelloser Bankvorstände rechtfertigt, entschuldigt nicht den mittelgroßen Kriminellen, der noch in vergleichsweise bescheidenem Maßstab das Geschäft der gierigen Großen kopiert. Niemand, sei er Münchener oder Bewohner des Umlands oder Fernreisender, hat an jenem Montag wahrgenommen, wie Rakowski die finanzielle Basis seiner künftigen Untaten bereitet.

Sein zweites Leben von ungewisser Dauer plant er minutiös. Dass er, um seine Zukunftspläne in die Tat umzusetzen, mehrfach seinen Aufenthaltsort wechseln wird, gehört zu den einfachsten Übungen. Schwieriger wird es, sich technisch gegen die Verfolgung durch die Netze des Staates abzusichern. Schon aber lebt er halb im Traum, und die Wirklichkeit, die ihn umgibt, während er mit den Taschen voller Geld von Bank zu Bank durch die Stadt läuft, entgeht ihm. Seine Augen und Ohren nehmen den üblichen Verlauf des innerstädtischen Alltags nicht wahr, nicht die Hässlichkeit der Geräusche, nicht die Menschen, die schlecht gelaunt ihre Tüten gleich welchen Inhalts tragen und sich, manche mit Kindern im Schlepptau, durch die

Straße bewegen, als wäre ihr Leben beschwert und mühsam, obwohl es doch, gemessen an vier Fünfteln der Welt,
leichtgängig ist.

Wie im Nebel bewegt er sich in dieser Normalität, mit
der Gewissheit, dass er nicht mehr zu ihr gehört. Anders als
alle hier muss er eine halbe Million unterbringen.

Wie nicht anders zu erwarten, stückelt er die Summen,
zahlt in neun verschiedenen Bankhäusern jeweils nur elf-
tausendachthundertfünfzig ein, beantragt jedes Mal Girokarten, die er persönlich abholen wird, mietet sich in der
Münchener Innenstadt ein Bankschließfach und deponiert
dort dreihunderttausend.

In der Degussa-Filiale kauft er für rund dreißigtausend
Euro zehn Goldbarren à hundert Gramm.

»Ich habe eine Erbschaft gemacht und will sie unter meinen Geschwistern und deren Kindern verteilen.«

Er hat Spaß daran, die kleinen Barrenfutterale in die Hosentasche zu stecken, freut sich an den blassen Gesichtern
der Angestellten, die gelernt haben, bei Beträgen ab einer
bestimmten Höhe mienenlos zu bleiben. In der Degussa
notiert man sich seine falsche Adresse.

Er kleidet sich neu ein, sowohl, was Anzüge, Hemden,
Krawatten, Socken und Schuhe, als auch, was Unterwäsche, Mäntel, Hüte und Handschuhe betrifft. Er ist erstaunlich schnell in seinen Entscheidungen, weil er nicht
mehr auf den Preis achten muss. Seine Figur hat Durch-
schnittsmaß. Für die Verkäufer ist er die reine Freude, denn
es kommt ihm auf den einen oder anderen Kaschmirpullo-
ver nicht an, und ob ein Hemd vierzig oder hundertvierzig
kostet, ist diesem Wunschkunden völlig gleich.

Zuletzt erwirbt er im Appleshop drei neue iPhones ohne

Telefonvertrag und bei unterschiedlichen Netzanbietern in der Fußgängerzone zehn aufgeladene Prepaidkarten.

Im Hotel ist man Gäste gewohnt, die, mit Einkaufstüten behangen, von der Maximilianstraße zurück in ihr Domizil kommen. Pagen springen herbei und helfen tragen. Der mit dem Kindergesicht, der Rakowski bis ins Zimmer begleitet, flüstert ihm zu, bei Hermès gebe es nächste Woche Rabatte von bis zu sechzig Prozent, hält nach dieser erfreulichen Information neben seiner Hüfte die Hand auf, und schon hat Rakowski gelernt: Er drückt einen Fünfziger in das schweißige Händchen. Der Page sieht das Geld, begreift offenbar mehr, als Rakowski andeuten wollte, presst den Schein in seiner Faust zusammen und lächelt.

»Fragen Sie nach Josef. Ich bin nach achtzehn Uhr immer für Sie da.«

Verwirrt schließt der Steuerberater hinter dem Jungen die Tür. Will er nachdenken über das Angebot? Hat er es überhaupt verstanden?

Noch ist der Biedermann nicht ganz in der Welt der Käuflichkeit angekommen. Seinen Aufstieg zum Gangster hat er erst bis zur Stufe des Gauners zurückgelegt, und bisher fehlt ihm zum gewieften Verbrecher die nötige Unbedenklichkeit.

Nach einem kräftigen Mittagessen, Filet Rossini im Hotelrestaurant Vue Maximilian, fährt er aus der Tiefgarage, erreicht nach einer guten halben Stunde die Mietwagenabgabe im Flughafen. Dort hatte er den Golf GTI entliehen, den er nun zurückgibt.

Im Taxi lässt er sich in die Stadt fahren, zu einem Autoverleih in der Nymphenburger Straße, wo er einen schwarzen BMW 550i xDrive Gran Turismo mietet, den er im

Voraus für eine Woche samt Kaution und Versicherung bar bezahlt, und erklärt, er werde den Wagen in Frankfurt zurückgeben. Damit glaubt er, erfolgreich eine falsche Spur gelegt zu haben.

»Ich bezahle immer bar. Man weiß doch heutzutage nie, wer bei den Kreditkartenbuchungen heimlich mitliest.«

Er zwinkert der irritierten jungen Frau, die ihm in einem kleinen Büro hinter dem Thekenbereich die Vorzüge von 450 PS und 250 Stundenkilometern Reisegeschwindigkeit erklärt hat, vertraulich zu, legt ihr den nicht unbeträchtlichen Betrag für Miete, Kaution und Versicherung in die Hand, und die Angestellte entschuldigt sich dafür, nachzählen zu müssen.

Das Auto erweist sich als komfortabel, groß, stark: Es passt zu Rakowskis Gefühl. Er kann es sich nicht versagen, an der Villa in der Tizianstraße vorbeizufahren. Das Aufgebot an Einsatzfahrzeugen der Polizei ist beeindruckend. Aber schon hat er den Ort seiner überwundenen Angst hinter sich gelassen, er weiß, dass man Breitstein suchen und finden und zur Rechenschaft ziehen wird. Wer sonst soll Dunkhase ermordet haben?

Am Nachmittag wird er in der Kanzlei auftauchen, überrascht, betroffen, verstört, ja, er habe sich nicht wohl gefühlt, eine anziehende Frühjahrsgrippe vielleicht, nein, bezeugen könne das natürlich niemand, er sei so einer, der sich am liebsten verkriecht, wenn es ihm schlecht geht, habe deswegen auch nicht die Tür geöffnet, was für eine entsetzliche Tragödie, ob man denn schon? Selbstverständlich sieht er ein, dass zum jetzigen Zeitpunkt noch nicht. Feinde? Dunkhase? Nein! Nein, gut, er werde überlegen, aber das könne er sich nicht vorstellen, Dunkhase und

Feinde, das passe nicht zusammen. Er könne es sich selbst überhaupt nicht erklären, er fasse es nicht. Wirklich entsetzlich. Aber man könne auf ihn zählen. Schließlich habe er mit seinem Kompagnon auch einen Freund verloren.

Sein Kopf summt von Fragen und Antworten, er führt sich Szenen vor Augen, wie er sie aus Fernsehserien kennt, überlegen erläutert er dem Kommissar die Gepflogenheiten der Steuerberatung potenter Kunden, lässt wie aus Versehen den Namen Breitstein fallen – oder sollte er das nicht tun? Denen die Arbeit abnehmen?

Wenige Minuten später fährt er an dem Haus vor, in dem er seit sechs Jahren eine bürgerliche Dreizimmerwohnung gemietet hat. Weil er vor der Tür ein Polizeifahrzeug stehen sieht, biegt er nicht in die Einfahrt zur Tiefgarage ein, sondern fährt langsam weiter. Vor der nächsten Kreuzung hält er am Straßenrand und beobachtet im Rückspiegel, dass zwei Polizisten aus dem Haus kommen und offenbar unverrichteter Dinge abziehen. Rakowski lässt sie an sich vorüberfahren, dreht sicherheitshalber noch zwei Runden um den Block und fährt dann in seine Tiefgarage.

Er ist gewitzt und geschickt und gerissen, dieser einst so schlichte und fast geradlinige Hans Rakowski. In seiner Wohnung, von der er innerlich schon Abschied genommen hat, kopiert er den Inhalt seines iPhones als Backup in sein Notebook.

Aus dem Besenschrank holt er den Werkzeugkasten, entnimmt dann seinem Telefon und dem, das er in Breitsteins Wagen versteckt hatte, die Simcards, setzt beide Geräte auf den Auslieferungszustand zurück, legt sie auf den Küchentisch, zerschlägt mit dem Hammer die Displays, bricht mittels zweier Zangen, die er an den Enden ansetzt, beide in der Mitte auseinander, kehrt den Schrott auf dem Tisch sorgfältig zusammen und füllt ihn in eine Plastiktüte.

Die zwei weißen Simcards mit ihren goldglänzenden Chips hält er an der Drahtzange in die Gasflamme des Küchenherds, bis sie zu einem kleinen schwarzen Klumpen verschmelzen und die Zangenbacken verkleben. Er kühlt das Werkzeug unter dem Wasserhahn und wirft es zum Handyschrott in die Plastiktüte. Kurz darauf erklimmt sein 5er BMW die steile Auffahrt aus der Garage, und wer ihm folgte, könnte beobachten, wie Rakowski in einer städtischen Müllsammelstelle die Plastiktüte in den Container mit Elektroschrott leert, so dass die Teile seiner zerstörten Telefone sich unter dem Gewirr aus alten Druckern, Tastaturen, Kaffeemaschinen, Kabeln, Computerplatinen und Lampen verlieren; wie er die leere Tüte mit einer Geste, die man als gutgelaunt bezeichnen könnte, in die Gitterbox für Plastikmüll fallen lässt und wieder in seinen Wagen steigt, unter dem Beifahrersitz nach seinem dort verborgenen Notebook tastet und dann zur Kanzlei fährt, um sich, wie geplant und mit eingeübten Sätzen, der Polizei zur Verfügung zu stellen.

»Sie wissen also eigentlich nichts«, sagt Lecouteux und schiebt die leere Kaffeetasse auf dem Küchentisch von sich weg. Langsam legt er die Fotos von schwarzen Geländewagen verschiedener Marken zusammen. Keinen hat die junge Frau erkannt.

»Aber die Nummer habe ich Ihnen doch gesagt!«

Sie beugt sich über den Tisch und nimmt die Tasse an sich. Lecouteux kann nicht anders, als ihr Dekolletee zu beachten, weil sich die Bluse durch die unnötig tiefe Beugung

weit öffnet und einen umfassenden Blick auf die winter-
weißen Brüste, die offenbar von keinem Halter bedrängt
sind, unvermeidlich macht.

»Die Nummer, liebe Mademoiselle Bellier, ist falsch.
Man hat sie von einem alten R4 abgeschraubt und an den
Jeep oder was es war, montiert, und da Sie uns nicht einmal
sagen können, was für eine Marke der Wagen hat –«

»Ich muss nachdenken«, antwortet sie und richtet sich
zögernd auf, als wollte sie ihm die Aussicht nicht zu schnell
entziehen. Sie hat seinen Blick bemerkt, lehnt sich mit den
Oberschenkeln an die Tischkante, lächelt ihn an und lässt
ihn durch ihre präsentierende Haltung wissen, dass es ihr
nicht um die Fotos geht.

»Wenn Sie sie mir noch mal zeigen? Ich weiß, Ihre Zeit
ist knapp, Monsieur le Commissaire, aber ich will ja tun,
was ich kann! Sie trinken inzwischen einen kleinen Roten,
und ich konzentriere mich!«

Er kann sich nicht wehren. Will er es? Ja. Eigentlich.
Doch sie hat das volle Glas bereits vor ihn gestellt, den
Stuhl neben seinen gerückt, sich die Fotos noch einmal
geben lassen und betrachtet sie nun mit einer Ausdauer,
als gäbe es nichts Interessanteres auf der Welt als die wuch-
tigen schwarzen Karossen. Ihr Atem wird schwer, als
kämpfe sie mit sich, Lecouteux riecht den Duft, gemischt
aus ihrem rosigen Schweiß und einem schwachen Eau de
Toilette, und plötzlich legt sie ihm ein Foto vor, muss sich
dafür an ihn drücken, wie zufällig berührt ihr Haar sein
Ohr.

»Der, ja, der könnte es sein.«

»Sind Sie sicher? Das ist ein Range Rover.«

»Ja. Ziemlich.« Sie beugt sich vor, als sei sie kurzsichtig, und stützt sich dabei mit der Hand auf sein Knie, betrachtet die Hinterfront des schwarzen Wagens sehr lange, bevor sie sagt: »Ich glaube, ich weiß es!«, den Kopf hebt und von Gesicht zu Gesicht flüstert: »Ich bin so verwirrt. Es war so schrecklich. Ich hatte solche Angst.«

Dass sie sich an seine Schulter lehnt, als suche sie Schutz, macht ihm weniger zu schaffen als die Tatsache, dass ihre Hand sich auf seinem Knie nicht ruhig halten will und die altbekannte Wanderung beginnt. Selbstverständlich weiß er, dass es jetzt auf Sekundenbruchteile ankommt, und kurz bevor ihre Finger seinen Schritt erreichen, schiebt er den Stuhl zurück, steht auf, greift nach dem Glas und leert es in einem Zug.

»Danke, das war sehr nett und auch hilfreich, Mademoiselle. Sie wissen, dass Sie das unter Umständen vor Gericht bezeugen müssen.«

»Klar. Natürlich. Dann sehen wir uns erst vor Gericht wieder?«

Sie spielt die Verwirrte, spielt sie mit einem Zauber, mit dem sie schon auf die Welt gekommen sein muss.

Er antwortet nicht. Hastig packt er die Fotos zusammen und steckt sie ein, eilt durch den Flur, nimmt seinen Mantel vom Haken, wirft ihn sich über den Arm, öffnet die Tür. Dreht sich um, wohl nur, um adieu zu sagen, doch da steht die kleine BB im Halbdunkel scheinbar zum Abschied bereit vor ihm und sagt leise:

»Ich hätte dich haben können, stimmt's?«

Der große Kommissar aus Paris lächelt und stammelt: »Wieso, ja? Ja. Wahrscheinlich.«

»Jetzt.«

Sie streckt sich ihm entgegen, umarmt und küsst ihn, und

Georges Lecouteux, eben noch flüchtig, greift mit der rechten Hand langsam hinter sich nach der Tür und stößt sie wieder ins Schloss.

Eine Stunde später verlässt er das Haus mit federnden Schritten, und blind vor schöner Erschöpfung und schlechtem Gewissen entgeht ihm, dass kaum dreißig Meter bergauf im Schatten der nächsten Einfahrt ein mahagonifarbener Porsche Panamera parkt, hinter dessen getönten Scheiben ein Punkt vor einem Gesicht aufglüht.

WANDERER

Was tun sie nur, die noch Lebenden?

Aus meiner derzeitigen Perspektive müsste es ihnen leichtfallen, die kurze Spanne zwischen Geburt und Tod mit Anstand zu genießen und würdig zu beenden. Aber etwas lässt sie selbst im Überfluss unzufrieden sein, immer bleibt ein Rest an ungestillter Sehnsucht, Hoffnung, Begierde; es nagt in ihnen, sie möchten endlich ruhig werden und ihre Wünsche erfüllt sehen, statt auf sie zu verzichten.

Ich konnte fast alle meine ungemalten Bilder vor mir sehen und habe eigentlich immer daran gearbeitet, das geheime, leere Atelier zu füllen. Doch mit jedem neuen Bild, das ich malte, wuchs die Menge der ungemalten, und in meiner Vorstellung wurden sie schöner, größer, wichtiger – bis ich die Werke, die ich in meinem Leben geschaffen hatte, zu verachten begann. So ähnlich stelle ich mir das mit dem Geld vor, obwohl ich damit keine reiche Erfahrung habe.

Wie angenehm, von diesem Verlangen befreit zu sein! Meinem Mörder sei gedankt, Dank, ja, Vedran Sjelo, Dank! Dennoch wirst du büßen, denn du hast nicht in der Absicht geschossen, mich zu befreien, du wolltest mich bloß beseitigen, tot, tot, tot, das war alles, was dein verseuchtes Hirn wünschte, als dein Zeigefinger ihm folgte, primitiv, wie das Schießen nun mal ist. Du wolltest mein Glück nicht, doch du hast es mir geschenkt.

So leicht musste ich werden, um zu erfahren, was hinter der Sehnsucht liegt.

Ich blicke von einem Sandsteinfelsen hinab in ein Tal, das mit Nebel gefüllt ist. Die Zinnen einiger Steilwände ragen aus dem Dunst. In der Ferne liegen links die Kuppen zweier Hügel, am Horizont sind Berge zu vermuten, während ich hier vorn auf den zerklüfteten Zacken stehe, die sich wie die Gipfel eines steinernen Riffs aus dem Nebel strecken. Den linken Fuß ein Stück vorgesetzt, rechts auf einen Wanderstock gestützt, halte ich mich still und schaue über die von Wolkenschleiern verhüllte Schlucht hinweg in die Ferne. Ich weiß, dass ich der *Wanderer über dem Nebelmeer* bin, den Caspar David Friedrich gemalt hat, und genieße es, dieses Bild, das ich so gut kenne, zu bewohnen.

Erstaunlich, wie weit ich sehen kann. Der Horizont ist aufgelöst. Nichts begrenzt den Blick. Ich spüre eine tiefere Sehnsucht, unbenennbar und jenseits der Trauer.

Doch wozu diese Verwandlung? Warum bin ich der *Wanderer* geworden?

»Wozu, warum, weshalb, wieso! *Warum* zu fragen, ist sinnlos. Genieße die Schönheit. Und vergiss dabei nicht Rilkes Grundsatz: Das Schöne ist nichts als des Schrecklichen Anfang, den wir noch grade ertragen …«

Klaus Leybundgut schiebt sich den Panamahut verwegen aufs rechte Ohr und lächelt mich aufmunternd an. Unvermittelt steht er links neben mir auf dem Felsen, ohne je von Caspar David Friedrich dort hingemalt worden zu sein,

hält sich ohne Spazierstock mit seinen nackten Schmutzfü-
ßen auf dem Grat und fragt:

»Was siehst du?«

»Jeder weiß, dass dieses Wandererbild für Einsamkeit
steht. Für Trauer. Der Klassiker der Melancholie. Man sieht
den Mann ja von hinten, aber ich bin sicher, er zieht die
Summe seines Lebens.«

»Nein, das ist es nicht«, widerspricht mein alter Freund.
»Es ist der Blick auf die andere Seite, der Wanderer sieht in
das Tal jenseits des Lebens.«

»Ich sehe nur, dass in diesem Bild die Zeit stehenbleibt.
Alles, was der Wanderer an Launen und Leiden mit sich
hierher auf den Felsen geschleppt hat, wird bedeutungslos.«

»Vielleicht bist du deswegen hier. Um deinen üblichen
Zorn auf die Welt zu vergessen. Hier interessieren die Män-
gel der Gesellschaft nicht mehr, der falsche Zungenschlag
der Opportunisten, die Lügen der Minister, der Übermut
der Ämter, die Karrieren der Duckmäuser, alles egal …«

»Die großkotzigen Banker vor allem«, falle ich ein, »Kriminelle übelster Sorte, die man am besten in einen über-
füllten mexikanischen Knast stecken sollte! Selbst diesen
Gangstern, die uns als Geiseln genommen und mit verdor-
benen Ködern das Geld aus der Tasche gezogen haben, be-
gegne ich mit kühler Gleichgültigkeit.«

»Gleichgültig klingt das nicht gerade«, lacht Leybundgut.

»Doch! Ich erinnere mich an meine früheren Wutaus-
brüche wie an die Reden eines Fremden. Damals hätte ich
das Pack gern verhaftet. Heute ist mir, als ob ich mich selbst
zitiere. Dumm genug, wer der verkommenen Bande weiter
zusieht, statt ihre Geldsäcke in Rauch aufgehen zu lassen:

Man würde dann schon sehen, ob dieses Opfer Gott gefällig ist oder nicht. Sie leben für Habgier, haben uns mit Habgier gefüttert und kommen ungeschoren davon.«

»Das glaubst du?«

»Das weiß ich!«

»Lass uns gehen, du bist noch nicht reif für dieses Bild, du hängst noch mit allen Fasern drüben«, sagt Leybundgut, »dir entgeht, was der Wanderer sieht!«

»Was sollte er anderes sehen als ich?«

Klaus sieht mich prüfend an, entschließt sich, greift mit der rechten Hand in den Himmel des Bildes und reißt die Landschaft wie einen Vorhang zur Seite.

Dahinter, in grenzenloser Düsternis unter glutrotem Himmel, entdecke ich den Waffenfabrikanten Lukas Breitstein, Rakowskis toten Mandanten, so von Tierfraß entstellt, wie er unter den Felsen gefunden worden ist.

Er steht bis zum Bauch in Leichenteilen von Kindern, zerfetzten kleinen Körpern, abgerissenen Füßen und Händen, Köpfen, Armen und Beinen. Er starrt aus leeren Augen um sich her, während er mit seinen Händen rastlos in diesem blutigen Meer von Gliedmaßen tastet und wühlt, einen gesplitterten Unterschenkel mit einem Oberschenkel verbinden will, daran scheitert und die Teile von sich wirft, nach neuen greift, einen Kopf und einen aufgeplatzten Rumpf zusammenhält, doch sie bleiben nicht aneinander.

»Er wird die Kinder heilen, die seine Landminen zerrissen haben«, sagt mein Freund, »er wird sie wieder zu ganzen Menschen machen. Aber nur die Glieder, die einst zum selben Körper gehörten, kann er zusammenfügen. Und erst wenn er alle Kinder geheilt hat, ist er frei.«

»Das kann nicht gelingen! Er sieht nichts!«

»Zeit genug hat er«, antwortet Leybundgut leise.

»Das – ist die Hölle?«

»Ja«, sagt mein Freund, »das ist *seine* Hölle. Er hat sie sich ausgesucht.«

»Und dass man ihn umgebracht hat, wird ihm nicht angerechnet?«

»Ich habe hier noch nie jemanden rechnen sehen. Ein einziges Kind hat sich von selbst wieder geheilt, als Breitstein von den Klippen fiel.«

»Das hat Caspar David Friedrich nie gemalt!«

»Er hat es unter seinem Nebelmeer verborgen. Aber gewusst.«

Dann fährt sein Arm langsam von rechts nach links über Breitsteins Hölle und zieht uns wieder die tröstliche Landschaft vor Augen, das milde Dunstlicht, das die Abgründe mit Schleiern verdeckt.

»Ich hätte das Schlachtfeld nicht länger ertragen.«

»Jetzt weißt du, warum die Schönheit voller Trauer ist.«

»Und meine Hölle?«

Leybundgut umarmt mich und flüstert: »Jeder hier hat seine Aufgabe. Du kennst deine. Lass nicht nach!«

Er steckt mir etwas in die Tasche, löst sich von mir und läuft mit fliegenden Schritten über die Kuppen der Steinklippen in den Nebel, bis er hinter den fernen Hügeln des Bildes verschwindet.

Ich wende mich um – und bin in Les Petites Dalles.

Die Asphaltstraße Chemin de Belle Vue, die vom Parkplatz am Rand der nördlichen Klippen hinauf zu den Villen führt, liegt unter dem blendenden Nachmittagslicht, das vom Atlantikhimmel aufs Land fällt.

Ohne Mühe nehme ich die Steigung bis zum Haus der Druots, aus dessen Tür ein Mann mit rasiertem Schädel tritt, den ich kenne: Er ist es, der Breitstein an den Klippenrand und in den Tod getrieben hat, Dobrilo Moravac. Damals trug er einen grauen Filzhut mit rotem Band.

Mir ist seine Geschichte im selben Augenblick, da ich ihn vor das Haus treten sehe, vollständig verfügbar: Der sehnige Kerl mit dem zerfurchten Gesicht war ein Sniper, Heckenschütze im Jugoslawienkrieg, drogenabhängig, schoss 1992 von den Bergen um Sarajewo wahllos auf Menschen in den Straßen, knallte jeden ab, der ihm vor Kimme und Korn erschien, die meisten waren Frauen, Kinder.

Vedran Sjelo, jetzt sein Kumpan, schoss seinerzeit als Sniper der anderen Seite genauso bedenkenlos von den Hochhäusern auf alles, was sich unter ihm in den Straßen bewegte. Ein feiges Spiel, dürftig durch Überzeugung bemäntelt. Serbisch bosnisch hier, kroatisch bosnisch dort: Der Wahn aus Hass und Gewalt, der die Stadt immer wieder überfiel. Am Ende flohen sie beide, tauchten ab, fanden sich zusammen, wie der Zufall es wollte am zuckenden Ende des Krieges. Sarajewo ließen sie als Wunde zurück. Westlich wurde das, was sie konnten, besser bezahlt. Das Töten und das Geld verbanden sie stärker, als der Hass sie trennte.

Im Frieden war der Mord wieder ein Geschäft, nur nannten die Auftraggeber sich nicht Generäle.

Als hätte ich Augen, die durch die Zeit sehen, kann ich das Schicksal der beiden verfolgen. Auch sie hofften als Kinder auf ein fröhliches Leben. Sjelo sah zu, wie seine Mutter von Soldaten vergewaltigt und getötet wurde, und schwor sich, nie wieder hilflos zu sein. Dobrilo wurde als

Elfjähriger verschleppt und unter Alkohol zu seinen ersten Schüssen auf Gefangene verleitet.

Jeder geriet in die Hände von Männern, die sich die eigenen Kinderträume mit Blut aus dem Kopf gewaschen hatten und die Abenteuerlust der Jugend ausnutzten, um aus tollkühnen Knaben mörderische Männer zu machen.

Dobrilo zieht an seiner Zigarette und wirft sie zur Seite zwischen die Rhododendren, schlendert über die Wegstufen hinunter zum Gartentor, drückt sich hinaus, sieht sich nach beiden Seiten um und geht über die Straße zu dem rotbraunen Porsche. Ich muss das Haus nicht betreten, um zu erfahren, was dort geschehen ist.

An den Schritten von Dobrilo Moravac, er mag sich um Männergang und Lässigkeit bemühen, wie er will, erkenne ich, was er getan hat: Die leichte Verzögerung beim Voransetzen der Füße. Nach dem Mord ist die Welt für eine Weile ungewiss und will vorsichtig betreten werden.

Er besinnt sich, steigt nicht in den Wagen, wendet sich der Bucht zu und läuft die Straße hinunter, vielleicht will er ans Meer, um ihm seine Tat zu überantworten – während sich neben mir eine Brücke über das schwarze Wasser der Lethe und weiter bis hierher in die normannische Bucht streckt: Edvard Munch hat diesen letzten Weg aus der Ferne in meine Nähe gespannt und darüber einen Himmel aus glühenden Wellen gelegt.

Ich sehe die Frau aus dem Haus der Druots über die Brücke laufen und höre ihren Schrei, *sehe* den Schrei dieser Frau in ihrem aufgerissenen Mund. Ihre hohlen Augen gehören dem Tod.

Sie bleibt stehen, biegt ihren Leib vom Geländer weg, entsetzt hält sie den bleichen Kopf zwischen den Händen, als müsste sie ihn tragen, und schreit, ohne Atem zu holen, und niemand tritt zu ihr und tröstet. Am anderen Ende der Brücke stehen zwei gleichgültige Männer.

Ich kenne den Menschentod zu gut. Mancher Anblick war so grauenvoll, dass ich glaubte, nicht weiterleben zu können. Jedes Mal, wenn ich zum Fundort einer Leiche gerufen wurde, hatte ich Angst. Was einer dem andern zufügen kann, ist ungeheuerlich. Ich weiß, dass es immer wieder geschehen wird, ohne Ende, ganz gleich, wie oft ich ein Verbrechen aufgeklärt habe oder nicht. Ich kenne keinen Beruf, der so viel Vergeblichkeit bereithält.

Wenn die Wirklichkeit unerträglich war, half mir die Kunst. Sie war das Gebiet, auf das ich mich retten konnte. Die Malerei gab mir das Gefühl, sinnvoll zu leben. Vielleicht war ich überhaupt nur Mensch, wenn ich malte.

In einem unserer Nachtgespräche hielt mir Leybundgut seinerzeit vor, die Geschichte der Kunst selbst quelle über vor entsetzlichen Szenen und grausamen Bildern des Horrors:

»Hieronymus Bosch, Goya, Kubin, Beckmann, Bacon! Nicht zu vergessen deine eigenen Alpträume.«

Ich entgegnete, selbst die schrecklichsten Visionen seien mir immer noch lieber als das Grauen, das mir die Wirklichkeit zeigte.

»Woran liegt das nun? Weil du weißt, dass es Kunst ist und nicht die Realität?«

Ich ahnte, er wollte mich aufs Glatteis führen. Also schwieg ich und öffnete eine neue Flasche. Er hakte nach.

»Gibt es eine Wahrheit des Schreckens, die nur der Kunst vorbehalten ist?«

Wir tranken. Ich wartete auf seine nächste Frage. Er wartete auf meine Antwort.

»Wir lernen«, sagte ich schließlich.

Er schlug mit der Faust auf den Tisch und rief ungehalten:

»Das ist mir eine fragwürdige Kunst, die uns trainiert, die Widerlichkeiten unserer missratenen Spezies auszuhalten!«

»Nein. Anders: Das kunstvoll gemalte Entsetzen tröstet uns, weil wir lernen, dass sich auch das Schrecklichste in Schönheit verwandeln kann.«

Damals tippte er sich mit dem Finger an die Stirn und murmelte:

»Und das willst du einem Gerichtsmediziner beibringen.«

Dobrilo Moravac steht unten auf dem Parkplatz, neben der Stelle, an der Sjelo mich erschossen hat, sieht auf den Atlantik hinaus, hebt die Hand an die Stirn und kneift die Augen zusammen.

Vor den Kreidefelsen, die im Ockerlicht des Nachmittags leuchten, scheint er zu wachsen und dünner zu werden. Schreit plötzlich, wirft die Arme in die Luft und wird von Flammen eingehüllt.

Im nächsten Augenblick ist er zu einem von Alberto Giacomettis dürren Bronzemännern verbrannt, stakst als schwarze Silhouette wie auf Stelzen zur Mole hinunter und steht an der Mauer zum Strand, hoch aufgeschossen und magersüchtig, mit Kohle auf den Himmel skizziert. Vielleicht weiß er, dass er so sterben wird.

Ich muss mich nur abwenden, und schon bin ich an der

Lethe, der ich vom Atlantik etwas Licht für ihre dunklen Wellen mitgebracht habe. An ihrem Ufer gehe ich spazieren, finde in meiner Tasche, was Leybundgut mir zugesteckt hatte: einen Notizblock, einen Bleistift.

Offensichtlich soll ich die Utensilien für Nachrichten verwenden – an wen auch immer. Also reiße ich sieben Blatt Papier ab, für jeden in der Gesellschaft der Trinker eines, schreibe auf jedes das Wort: SCHWARZGELD, falte Papierschiffchen und setze sie nacheinander auf den Fluss des Vergessens.

Die kleine weiße Flotte treibt auf die Mitte zu und trägt meine Botschaft ans andere Ufer.

DAS

NETZ

Wenn Verstellung eine Leistung des Verstandes ist und
kein natürliches Talent, müssen wir anerkennen, dass Hans
Rakowski auf diesem Gebiet über außergewöhnliche In-
telligenz verfügt. Zwar mag er in Übung sein, denn jede
Steuererklärung besteht mehr oder minder aus der Vortäu-
schung falscher Tatsachen; aber sich selbst zu fälschen, ist
eine viel höhere Kunst, und die Lage, in die er beim erneu-
ten Betreten der Kanzlei gerät, ist keine, die er zuvor hätte
trainieren können.

Er tritt, den Schlüssel in der Hand, ein, die Tür steht wie
erwartet offen, fremde Männer, eine fremde Frau empfangen ihn in der Lobby. Als erste Prüfung gilt es, irritiert zu
sein. Nicht verwirrt, das wäre zu viel. Glaubwürdigkeit ist
eine Frage der Dosis. Das hat sie mit der Heilkunst gemein.
Jede Übertreibung, zum Beispiel aus der Tür zurückzutre-
ten, vor der Villa umherzuschauen, als ob er sich versichern
müsste, das richtige Haus aufgesucht zu haben, würde Rakowski als Heuchler entlarven.

Wichtig ist, das gespielte Überraschtsein dessen, der
angeblich noch nicht weiß, was hier vorgefallen ist, nicht
in Ängstlichkeit ausarten zu lassen, sondern nach einem

Moment verblüfften Zögerns als Herausforderer aufzutreten.

Schließlich ist man hier zuhause.

»Wer sind Sie, was tun Sie hier?«

Sein Ton ist so aggressiv, wie ihn sich nur ein Unschuldiger leisten kann.

»Und Sie?«

Der Mann, der am nächsten steht und schroff zurückfragt, trägt einen mittelgrauen Anzug und ein offenes weißes, nicht ganz frisches Hemd. Seine Gereiztheit ist unüberhörbar.

Emil Meidenhauer vom Morddezernat München hätte mehrere Gründe, schlecht gelaunt zu sein, braucht für seinen missmutigen Gesichtsausdruck aber keinen einzigen. Er ist, wie man in seiner Behörde weiß, ein unverbesserlicher Misanthrop, der Pflanzen liebt, und nichts außer ihnen. Seine sechsundvierzig Lebensjahre, von denen er rund dreißig als Menschenverächter verbracht hat, haben tiefe Spuren um seinen Mund und seine Augen hinterlassen. Dunkle Faltensäcke lassen auf Schlaflosigkeit schließen, doch er schläft gut und tief und erinnert sich nie an Träume. Die aschblonden Löckchen, die seinen runden Kopf bedecken, täuschen im Verein mit den hellblauen Augen einen engelhaften Charakter vor. Meidenhauer ist das Gegenteil, für seine Kollegen ein Scheusal in Putto-Maske, boshaft, schwer erträglich und in seinem Beruf auffallend erfolgreich. Weiter als bis zum Ersten Kriminalhauptkommissar hat er es dennoch nicht geschafft. Ein Jüngerer wurde an ihm vorbei zum Kriminalrat und Leiter K-11 befördert. Es hat ihn verletzt, aber in seinem Weltbild bestätigt. Von einem Rakowski lässt er sich nicht einschüchtern.

»Was haben *Sie* hier zu suchen?«

»Ich arbeite hier, und ich werde jetzt die Polizei rufen.« Der Griff nach dem Mobiltelefon ist von großartiger Routine, so viel Selbstverständlichkeit muss auch einen gedienten Hauptkommissar überzeugen.

»Ich bin Kriminalhauptkommissar Meidenhauer, das ist mein Kollege, Oberkommissar Flade.« Der Vorgestellte deutet eine Verneigung an. Sein Chef dreht sich zu der Dame im Hintergrund um, doch die winkt ab.

Langsam lässt Rakowski das Telefon sinken. Er besinnt sich auf die Frage, die er ungezählte Male im Fernsehen gehört hat: die nach dem Ausweis.

Sein Gegenüber kommt ihm zuvor und zeigt die grüne Karte, reflexartig zückt der Kollege die seine. Horst Flade, ebenso schlank wie sein Chef, etwas kleiner, hat eine rosige Gesichtshaut mit Sommersprossen und grüne, hell bewimperte Augen, verfügt über eine kaum zu bändigende kastanienbraune Haarpracht und ist vielleicht deswegen fast immer heiteren Gemüts; was Meidenhauer empört, denn seiner Ansicht nach gibt es nie Anlass, *so gut drauf* zu sein.

Flade wird von Rakowski sofort und zu Unrecht als der weniger aufmerksame Beamte eingeschätzt; was vielleicht an seiner legeren Kleidung – Bluejeans, zertragene No-Name-Turnschuhe und kurze schwarze Glattlederjacke über olivgrünem T-Shirt – liegt. Rakowskis Beruf, oder müssten wir schon sagen *früherer Beruf*?, bringt es mit sich, dass er die Bedeutung der Menschen nach ihrem Äußeren einschätzt, denn steuerlich lügen können sie alle gleich gut. Hätten die Beamten ihre Uniformen an, fiele es ihm leichter, ihre Ränge zu unterscheiden: Emil Meidenhauer trüge fünf Silbersternchen auf der Schulterklappe, Horst Flade nur zwei.

Nach einem flüchtigen Blick auf die Dienstausweise nickt Rakowski und weiß, dass er jetzt so alltäglich wie möglich wirken muss. Schweigend sieht er Meidenhauer ins Gesicht, als brauche er Zeit zu begreifen. Dann, zurückhaltend, als sei ihm die Frage gedämmert:

»Wo ist Axel?«

Das ist ein Verstellungskunststück der besonderen Art. Er hätte ja auch an einen Einbruch denken können, doch weiß er, dass man ihn für klug genug halten wird, um die vor ihm stehende polizeiliche Besetzung mit einer schwereren Tat in Verbindung zu bringen. Ein schlichtes *Was ist passiert?* würde den Verdacht erregen, dass er seine schlimmsten Befürchtungen verbirgt oder schon weiß, was geschehen ist. Folglich legt er sie offen und ist dabei so klug, sich nicht nach einer der Angestellten zu erkundigen, von denen sich keine mehr in der Villa befindet. So setzt er darauf, dass man ihm die vorauseilende Angst um seinen Kollegen als besonders glaubwürdig abnimmt.

Meidenhauer ist nicht überzeugt und spielt den Dummen.

»Welcher Axel?«

Hier muss Rakowski umschalten. Er würzt seinen Auftritt mit einer Prise Empörung.

»Ja wer schon, Axel natürlich, mein Kollege, Herr Dr. Dunkhase! Haben Sie ihn denn nicht informiert?«

Horst Flade blickt zu Boden. *Der* wird ihn also nicht über Dunkhases Ermordung informieren. Die Frau im Hintergrund wohl auch nicht. Sie beobachtet die Szene schweigend und auf eine unangenehm starre Weise.

»Das hätten wir gern getan«, sagt Meidenhauer. Plötzlich lächelt er. »Aber er wusste schon, was passiert ist.«

Rakowski hat Mühe, sich seine Empörung nicht anmerken zu lassen, und legt den Kopf schief, als begreife er nicht, was Meidenhauer meint.

Der setzt nach, zynisch, wie er es immer macht, um die Gefühle der Beteiligten zu prüfen.

»Ob eine Leiche weiß, dass sie tot ist, kann keiner sagen, aber kurz zuvor? Ihr Kollege Dunkhase hat vermutlich noch mitbekommen, wer ihn ins Genick geschossen hat.«

Das Lächeln ist schlagartig verschwunden. Meidenhauer heftet seinen Blick auf Rakowski, der die extreme Neugier des Kommissars körperlich zu spüren meint.

Jetzt muss er sein Gesellenstück leisten. Eine der schwersten Maskeraden mit offenem Visier ist es, tiefste Erschütterung durch äußerste Beherrschung zu spielen. Kein Schwanken ist erlaubt, nur unsicherer Stand. Ein kaum sichtbares inneres Beben. Minimalismus in allem. Keine Nachfrage!

Weder tragisch geschlossene, noch ungläubig aufgerissene Augen. Am besten ist angedeuteter Zweifel; darin liegt noch Widerstand gegen die Nachricht, der beweist, wie überraschend sie kam und dass man sich gegen den Tod wehrt.

Schlucken darf Rakowski, doch nur so, dass es scheinbar unbewusst geschieht, ihm also unterläuft, während er weiß, dass sein Adamsapfel von Meidenhauer beobachtet wird. Ganz falsch wäre, ein Glas Wasser zu verlangen. Es gibt Leute, die rennen ins Bad und würgen. Das ist nie glaubwürdig. Wenn überhaupt Reflexe, dann darf sich der Beobachtete einen kaum merklichen Schüttelfrost leisten.

Sitzen ist immer das Ziel der Szene, aber alles kommt

darauf an, dass der Gang zum Stuhl oder Sessel – Stuhl ist besser, weil härter und weil die aufrechte Lehne den kontrollierten Schmerz verbildlicht – mit äußerster Konzentration vollzogen wird.

Erschöpfung der Kräfte durch Besinnung auf ihren Rest zu zeigen, gehört in die Königsdisziplin der Verstellung.

Und es gelingt ihm! Ah! Er ist wirklich überragend, dieser Hans Rakowski! So gut, dass er sich nicht bewegen muss, sondern darauf warten kann, dass Oberkommissar Flade wortlos einen der Freischwinger vom Empfangstisch holt und ihm hinschiebt.

Er dankt, während er sich setzt.

Auch die leise Höflichkeit gehört zur Beherrschung. Von nun an darf den falschen Tränen freier Lauf gelassen werden. Wer bis hierher die skeptischen Beobachter für sich gewonnen hat, kann sich fast alles erlauben, zusammenbrechen, erstarren, hysterisch lachen. Sobald der Mensch sitzt, hält man ihn für besiegt, und in der Niederlage wird jede Haltung, die zu ihr passt, akzeptiert.

Rakowski ist an einem Punkt, an dem er nicht nur die Polizeibeamten, sondern auch sich selbst überzeugt hat. *Wer sich lange genug vor anderen verstellt, wird es am Ende auch vor sich selber tun.* Natürlich stammt diese Einsicht nicht aus unserer Zeit, sondern aus dem siebzehnten Jahrhundert, als man noch etwas von Camouflage und ihrer Verknüpfung mit der Seele verstand und an die Aufrichtigkeit des Menschen keinen Gedanken verschwendete. Eine Weisheit des Moralisten François de La Rochefoucauld, der sich von unserem plump hochstaplerischen Zeitalter angewidert abgewandt hätte, weil … Aber das würde zu weit führen. Rakowski jedenfalls hätte alle Chancen gehabt, auch vor vierhundert Jahren bei Hofe akzeptiert worden zu sein.

Der Misanthrop Emil Meidenhauer läuft ihm mit blanker Brust in die Falle – was daran liegt, dass der Kriminalhauptkommissar Menschen hervorragend dingfest machen und geringschätzen kann, doch eben deswegen nicht bis in ihre geheimsten Finten hinein zu verstehen sucht. Er gibt sich, um es bündig zu sagen, mit der Überführung des Täters zufrieden und gestattet sich nicht die Neugier, in seinen Seelengängen zu wandeln.

In der folgenden halben Stunde wickelt Rakowski ihn um den Finger, zeigt jede Bereitschaft, zu helfen, spult die Sätze ab, die er sich zurechtgelegt hat, dass Axel Dunkhase mehr als sein Partner gewesen und gewiss keinerlei Feinde gehabt habe, Feinde? Axel? Ja, er werde nachdenken, aber das könne er sich nicht vorstellen, Axel und Feinde, das passe nicht zusammen, er fasse es nicht, wirklich entsetzlich, selbstverständlich könne man auf ihn zählen, schließlich habe er mit seinem Kompagnon auch einen Freund verloren – und lenkt, als Meidenhauer auf die Mandanten der Kanzlei zu sprechen kommt, das Gespräch scheinbar so widerstrebend auf Breitstein, dass Kriminaloberkommissar Flade darauf anspringt und alles über dessen Geschäfte wissen will.

Bevor er Auskunft geben kann, mischt sich die Frau ein, die schweigend im Hintergrund der Lobby gestanden hat, als habe sie mit der ganzen Angelegenheit nichts zu tun. Und schon als sie den Mund öffnet, weiß Rakowski, dass sie ihm nicht glaubt.

»Warum waren Sie eigentlich nicht in Ihrer Wohnung, die Kollegen haben Sie nicht angetroffen, im Büro waren

Sie auch nicht, da kann man erwarten, Sie zuhause anzutreffen, Herr Rakowski, das hat uns irritiert, wenn Sie verstehen?«

Vom ersten Ton an mag er ihre Stimme nicht, die Art, wie sie die Wörter fallen lässt, dabei deutlich bis in die letzte Silbe ausspricht, diese falsche Sanftmut, das bedeutsame Zögern, und so sicher er eben noch war, fast alles überstanden zu haben, so sehr wittert er jetzt, dass von dieser Frau Gefahr droht.

Er versucht, sich mit ihren Zweifeln zu solidarisieren, heuchelt Verständnis, ja, er habe sich nicht wohlgefühlt, eine anziehende Frühjahrsgrippe vielleicht, nein, bezeugen könne das natürlich niemand, er sei so einer, der sich am liebsten verkriecht, wenn es ihm schlecht geht, habe deswegen auch nicht die Tür geöffnet – was für eine entsetzliche Tragödie, ob man denn schon …?

Sie lächelt. In ihren Augen sieht er, dass sie seine Sätze für auswendig gelernt hält, was sie auch sind. Tatsächlich durchschaut die Chefermittlerin des Bundeskriminalamtes ihn nicht ganz, doch Michaela Bossi spürt, dass sich in diesem harmlos blickenden Steuerberater eine zweite Person verbirgt.

Die Kriminalrätin aus Wiesbaden hat mehrere Gründe, sich in die Ermittlungen um den zunächst rätselhaften Mordfall Axel Dunkhase einzuschalten, will sie aber den Münchner Kollegen nicht sämtlich mitteilen.

Denen muss genügen, dass sie im Auftrag der Abteilung Staatsschutz des BKA handelt, das diesen Fall nicht wegen Dunkhase, sondern wegen dessen Mandanten Breitstein an sich zieht. Es geht immerhin um einen Waffenlieferanten für die deutschen Streitkräfte – aber nicht nur. Das BKA prüft seit geraumer Zeit, ob Breitstein auch in den ungenehmigten Handel mit Kriegswaffen verwickelt sein könnte.

Dass er in Frankreich möglicherweise beraubt und ermordet wurde oder, auch dies wird nicht ausgeschlossen, sich selbst von den Kreidefelsen in Les Petites Dalles gestürzt hat, wissen Flade und Meidenhauer noch nicht.

Auch Frau Bossi wäre nicht so zügig informiert worden, stünde der Fall nicht in zeitlichem Zusammenhang mit dem Mord an einem pensionierten deutschen Kriminalhauptkommissar namens Swoboda, Alexander Swoboda aus Zungen a. d. Nelda. Und hätte nicht dessen Freund Lecouteux in der Normandie die Ermittlungen an sich gezogen und die traurige Pflicht übernommen, Swobodas Freunde und Kollegen, so weit er sie kennt, zu informieren.

»Wie schön, von Ihnen zu hören, Georges! Eine wunderbare Überraschung!«

Das war nicht so dahingesagt, sie hatte sich wirklich gefreut, als sie den Anruf bekam.

»Ja, es ist lange her, ich glaube drei Jahre?«

»Unmöglich! Doch, ja. Die Zeit rast.«

»Und wir vergehen in ihr«, sagte Lecouteux. »Ich muss Ihnen leider sagen, dass unser Freund Alexandre tot ist, Sie erinnern sich doch, Michaela? Swoboda. Er ist tot. – Hallo? Sind Sie noch da?«

Etwas in ihr krampfte sich zusammen und schnürte ihr die Luft ab. Tonlos fragte sie: »Wann?«

»Vorgestern. Man hat ihn erschossen. Ich bin noch in der Normandie. Er war in der Bucht unterwegs, um zu malen.«

»Ja. Er hat für sein Leben gern im Freien gemalt.«

»Es tut mir leid, Ihnen das mitteilen zu müssen, ich weiß ja, dass Sie befreundet waren.«

»Ein bisschen mehr. – Und ein bisschen zu wenig …«

Lecouteux ließ ihr Zeit. Als sie sich gefasst hatte, fragte sie die Polizeifragen, und er gab ihr die Polizeiantworten. Sie könne die Tatortfotos über Europol anfordern, man habe eine nicht ganz zuverlässige Zeugin, suche nach einem schwarzen Range Rover mit gestohlenem Pariser Kennzeichen.

Er berichtete von dem zweiten Toten. Lukas Breitstein.

Eine halbe Stunde später hatte Michaela Bossi nach Erhebung sämtlicher Daten über Breitstein mit seinem Büro telefoniert und erfahren, dass er zuletzt am Donnerstag gesehen worden sei. Nein, eine Reise habe er nicht vorgehabt. Der letzte Termin außer Haus sei für Montag bei seinem Steuerberater eingetragen.

Sie beantragte sofort die Beschlagnahmung seiner Akten in der Firma, seinen Privaträumen und in der Steuerkanzlei Dunkhase & Partner. Ein Anruf dort konfrontierte sie am Montagvormittag mit ihrem Polizeikollegen Meidenhauer, der ebenso verblüfft über ihre Fragen war, wie sie über seine Auskunft, dass er gerade in der Kanzlei den Mord an einem Steuerberater aufnehme.

Nun war der Fall Breitstein-Swoboda-Dunkhase unabweisbar ein Fall für das Bundeskriminalamt.

Zu behaupten, dass Emil Meidenhauer nicht erfreut war über die Einmischung des BKA, wäre eine Untertreibung.

»Unsereiner darf einen Mord, der in meiner eigenen Stadt geschieht, nicht aufklären, weil die in Wiesbaden einfach besser sind als wir Provinzwachtmeister!«, hatte er ins Büro gebrüllt, wo außer Flade noch zwei Beamtinnen des mittleren Dienstes zuhörten. »Sie ist am Nachmittag da, und dann dürfen wir noch mal in dieser Scheißsteuervilla antanzen. Die Kollegin heißt Michaela Bossi. Und egal was ihr hier alle denkt, und ich denke genau dasselbe: Wenn sie was braucht, kriegt sie es, ich möchte nicht, dass es jenseits der Mainlinie heißt, wir wären nicht kooperativ.«

Dann hatte er sie gegen seinen Willen als angenehm empfunden, einmal, weil sie zurückhaltend auftrat und sich, anders als von ihm erwartet, offensichtlich bemühte, seine Einschätzung zu erfahren; zum anderen, weil sie das war, was er attraktiv nannte.

Die Kriminalrätin war seit vier Jahren geschieden, ließ seit damals ihr Haar kurz schneiden, hatte das Blond beibehalten und ihre anthrazitgrauen Nadelstreifenkostüme gegen Jeans und kurze, farbige Jacken getauscht. Auch die Ponyfransen, mit denen sie ihren hohen Haaransatz kaschierte, waren auf Anraten der Friseurin aus dem alten ins neue Leben herübergenommen worden. So hatte Swoboda sie bei einem Fall kennengelernt, in dem es um organisiertes Verbrechen in mehreren Ländern Europas ging und in dem Georges Lecouteux die französischen Ermittlungen geführt hatte.

In Swobodas Atelier in Zungen a. d. Nelda wäre es damals beinahe zu mehr als dem Kuss gekommen, den Frau Bossi als Beginn eines verpassten Abenteuers in Erinnerung behielt.

Die unübersehbare Anziehung zwischen ihnen hatte Swobodas Lebensgefährtin Martina beunruhigt und zu bohrenden Bemerkungen veranlasst. In ihrer Galerie nahe der nördlichen Spitze der Altstadt, wo sich die Flüsse Mahr und Mühr zur Nelda vereinigen, stellte Martina Matt seine Bilder aus und verkaufte ab und zu eines. Irgendwie war es ihm gelungen, zwischen den beiden Frauen Freundschaft herzustellen – um den Preis einer beständigen, nicht quälenden, doch uneingelösten Phantasie.

Seit Swoboda sich nach der Pensionierung in seinem anderen Leben als Maler in Varengeville eingerichtet hatte, waren sie sich nicht mehr begegnet.

Selbstverständlich könne sie die Aufnahmen sehen, die der Fotograf des Tatort-Teams am Morgen von Dunkhase gemacht hatte.

Horst Flade hatte seinem Aktenkoffer einen Tabletcomputer entnommen und ihr die Bilder gezeigt. Als sie die roten Handschuhe sah, die wie Flügel eines Schmetterlings zwischen den ausgestreckten Armen der Leiche auf dem Schreibtisch lagen, zuckte sie zurück.

»Schrecklich, nicht wahr?«, sagte Meidenhauer. »Das muss ein total Irrer sein, die Handschuhe sind längst in der KTU, aber wir können sie auch freigeben, wenn Sie in Wiesbaden …«

»Nein, danke«, hatte sie abgelehnt. »Ich glaube nicht, dass hier weniger gut gearbeitet wird.«

Den wahren Grund ihrer Irritation verschwieg sie. Auf den von Europol übermittelten Bildern von Swobodas totem Körper auf einem Parkplatz am Meer lagen neben seinem Kopf die gleichen Handschuhe, in der gleichen Weise arrangiert. Doch zwischen ihnen war eine Pistole zu sehen: eine sechsschüssige Mateba 6 Unica, als wäre sie der Leib des roten Falters. Bei Dunkhases Leiche fehlte die Waffe, und Frau Bossi hatte das Gefühl, dass es nicht der Mörder war, der sie mitgenommen hatte.

Jetzt steht die Kriminalrätin vor dem Steuerberater Hans Rakowski, der wie ein Häufchen Elend auf seinem Stuhl sitzt. Eine Spur zu viel Elend. Sie würde ihn gern fragen, wo die Akten Breitsteins sind, die ihre Polizeikollegen schon bei der ersten Bestandsaufnahme am Morgen vermisst hatten. Offenbar weiß auch er noch nicht, dass sein Mandant tot ist. Sie will keine schlafenden Hunde wecken und das Interesse der Kollegen zu sehr auf die Spur des Waffenhandels lenken.

Darum lächelt Michaela Bossi ihr breitestes, schönstes Lächeln, das Rakowski sofort als falsch erkennt, und sagt:

»Jetzt haben wir Sie aber wirklich genug geplagt, Herr Rakowski. Es fällt einem ja in einer solchen Situation auch nicht alles ein, was man vielleicht doch weiß. Der Schock muss erst abklingen. Also halten Sie sich für meine Kollegen hier zur Verfügung, die nächsten Tage, Sie haben doch nicht vor, zu verreisen?«

Bevor er verneinen kann, nickt sie, bedankt sich und deutet zur Tür. Er begreift nicht, dass sie ihn aus seiner eigenen Kanzlei entlässt, weil sie das Netz bereits über ihn geworfen hat, steht auf, unterdrückt den Reflex, ihr die ausgestreckte Hand zu schütteln, murmelt ein kaum verständliches »Auf Wiedersehen« und geht ein wenig zu schnell zur Tür, viel zu schnell zur Straßenpforte im Zaun des Vorgartens, hat das Gefühl, etwas falsch gemacht zu haben und weiß nicht, was.

Er weiß nur: In dieser Stadt wird er nicht bleiben.

REISENDE

Wenige Stunden, bevor Hans Rakowski sich entscheidet, München zu verlassen, ist der Auslandsspezialist des Istituto per le Opere di Religione, Monsignore Pierferdinando Caprese, aus Rom aufgebrochen, um, wie vereinbart, die Millionen der Gesellschaft im Château Charme-des-Tilleuls einzusammeln und zur Vatikanbank zu schaffen. Er hat die erste Teilstrecke der Reise von über 1300 Kilometern zu Chevrier und dessen Schloss an der Aubette vor sich, verbringt sie allerdings bequem in einer Limousine der luxuriösesten Art vom Typ Lancia Thesis Stretch, einer Sonderanfertigung des italienischen Autobauers Stola, weswegen das überlange Gefährt in dunkelroter Zweitonlackierung den Namen Stola S85 trägt.

Am Steuer sitzt der Schweizergardist Fabio Schlatter, ein dunkelblonder, neunundzwanzig Jahre alter Hüne mit kantigem Gesicht und schwarzbraunen Augen. Der Soldat in Zivil, auf dieser wie auf allen anderen Fahrten zuvor zum Personenschutz des Bankers Caprese eingeteilt, hat seine Armeepistole Pist 75 Kaliber 9 mm, Marke SIG Sauer PP220, im Handschuhfach deponiert. Er wird von Pierferdinando, wenn sie unter sich sind, *mio ragazzetto svizzero –*

mein Schweizerbübchen genannt, während er selbst sich an den erfundenen, wenn auch zärtlich intonierten Diminutiv *mio piccolino monsignorino – mein kleines Monsignörchen* hält.

Die Niedlichkeit ihrer wechselseitigen Anreden passt zu dem zwanzig Jahre älteren Caprese besser als zu Schlatter, denn im Unterschied zu dessen fast zwei Metern Körpergröße misst der Beauftragte der Vatikanbank IOR mit Absätzen nur Einssechsundsechzig. Wegen seiner äußerlichen Winzigkeit und Schwäche wurde er in seiner Kindheit mit Spott überhäuft und litt darunter, dass seine Altersgenossen ihn mit seinem Nachnamen straflos hänseln konnten, obwohl der sich erwiesener Maßen nicht von *capra*, der Ziege, sondern von *Capri*, der Insel, ableitet.

Vermutlich hat dieses frühe Leid ihn besonders eng mit seinem Geschäftspartner Pascal Thierry Chevrier verbunden, dem, bei gleichfalls geringer Statur, ein ähnlich ziegenbelastetes Namensschicksal beschieden war. Wer sich hier daran erinnert, dass auch Rakowski, seiner schlesisch-polnischen Familienherkunft wegen, in der Schule verhöhnt wurde, könnte aus der erlittenen Kinderqual für alle drei Herren mildernde Umstände ableiten. Wir halten aber nichts davon, die Verantwortung erwachsener Männer, die sich zwischen Gut und Böse für Letzteres entschieden haben, um einen Kindheitsbonus zu mindern.

Fabio, das Schweizerbübchen, und Pierferdinando, das zwanzig Jahre ältere Monsignörchen, werden ihren Stola S85 mit dem vatikanischen Nummernschild SCV 08957 in der ersten Etappe über Genova bis Asti lenken und nicht allzu weit von der Stadt, im Hügelland vor Santo Stefano Belbo, die Nacht in einem Kloster aus dem siebzehnten

Jahrhundert verbringen – das freilich kein Ort geistiger Einkehr mehr, sondern ein Luxusresort mit Spitzenrestaurant ist: Relais San Maurizio.

Caprese macht es sich während der rund vier Stunden auf den naturfarbenen Ledersesseln unter einer purpurroten Kaschmirdecke im Fond des Wagens gemütlich, wo ihm neben einem Internet-Terminal auch eine gut bestückte Bar zur Verfügung steht.

Er ist glücklich, wieder zum Château Charme-des-Tilleuls fahren und das Geld – diesmal die größte aller bisherigen Summen – abholen zu können. Chevriers Weine waren noch jedes Mal unübertrefflich.

Die Vatikanbank hat dem Stola S85 eine *CD*-Plakette am Kofferraumdeckel spendiert, um der Limousine Diplomatenstatus zu verleihen. In Rom und Umgebung hilft das wenig: Die Römer halten das vatikanische Autokennzeichen *SCV* für die Abkürzung von *Se Cristo vedesse …* und lesen die vertauschte Buchstabenfolge *VCS* als Fortsetzung dieses Satzes: *… vi caccerebbe subito – Wenn Christus das sähe, würde er euch sofort zum Teufel jagen.*

Während Fabio, ein Liebhaber des deutschen Kunstlieds, im vorderen Bereich der Tonanlage Franz Schuberts *Der Musensohn* hört, dämmert im Fond Pierferdinando einem Traum entgegen, in dem er auf einer langen Seepromenade unter schönstem Sonnenhimmel eine Möwe an einer Hundeleine spazieren führt. Später wird er sich fragen, ob die Möwe nicht eine Taube war und er im Traum folglich den Heiligen Geist an der Leine hatte.

Eine Stunde noch, und sie werden nach der ersten Teilstrecke der langen Reise in ihrem luxuriösen Kloster zwischen Trüffelwäldern und Weinbergen eintreffen. Dass die

Fahrt das Gemüt des Gardisten verdunkelt und die bis dahin durchaus liebevolle Beziehung zwischen ihm und dem Banker in eine gefährliche Feindschaft verwandeln wird, ist beiden noch nicht klar. Es liegt auch nicht am bösen Willen Fabios. Es liegt an einer Zahl, an die er fortwährend denken muss. Vielleicht auch daran, dass Reisen immer eine Prüfung der Beständigkeit sind.

Der gottgläubige Philosoph Pascal wird häufig mit der Behauptung zitiert, das Unglück der Menschen rühre aus einem einzigen Umstand her, nämlich dem, dass es ihnen unmöglich sei, ruhig in einem Zimmer sitzenzubleiben. Anders gesagt: Das Reisen sei die Ursache aller Katastrophen.

Und wirklich erweist sich, dass an diesem Montag, an dem der Fall Swoboda neu in Bewegung gerät, der Anfang zu einem schlimmen Ende gelegt wird. Nicht allein Pierferdinando und Fabio sind unterwegs.

Vedran Sjelo fährt zum Haus von Dobrilo Moravac in der Nähe der Pont de Brotonne über die Seine, um sich dort mit dem Komplizen zu treffen. Moravac neigt neuerdings zu Größenwahn, hat sich in Le Havre einen Porsche gekauft, verlangt darum einen größeren Anteil der Prämien und droht unverhohlen damit, Sjelo über die Klinge springen zu lassen, falls der sich weigern sollte.

Michaela Bossi entschließt sich, nach Paris zu fliegen und nimmt die Maschine der Air France um achtzehn Uhr neunundzwanzig; der Flug Nummer 1823 wird pünktlich um zwanzig Uhr sieben in Paris Charles de Gaulle landen, wo Georges Lecouteux sie abholen will. Dafür fährt er um sechzehn Uhr an der Küste in Fécamp los.

Hans Rakowski ist um diese Zeit noch in München. Er hat sich entschlossen, vor der Flucht seine Identität zu wechseln, und will damit bei seinem Aussehen beginnen. Er ersteht eine Haarschneidemaschine, Blondierungspaste, eine Packung Nassrasierer.

Im Hotel zahlt er seine Rechnung bis zum nächsten Morgen im Voraus. Er müsse bereits sehr früh abreisen.

Der Empfangschef lässt sich den Kreditkartenbeleg quittieren und bemerkt, auschecken könne der Gast jederzeit, man werde auch gern sein Gepäck aus dem Zimmer holen, ganz gleich zu welcher Uhrzeit.

»Nein, nicht nötig. Mir ist lieber, ich habe alles bezahlt. Und lassen Sie mir nachher um acht ein Essen aufs Zimmer bringen. Das Tartar.«

»Sehr gern. Das Tatar vom bayerischen Weidemastochsen mit Imperial Kaviar, dem wachsweichen Wachtelei und Crème fraîche. Dazu vielleicht ein Fläschchen Wein?«

»Einen weißen.«

»Selbstverständlich. Unser Sommelier empfiehlt einen Burgunder Chardonnay, den 2011 Puligny-Montrachet von Joseph Drouhin.«

»Genau den. Ich zahle das gleich mit.«

»Dann müsste ich bitte noch einmal um Ihre Karte bitten.«

Auf die Camouflage folgt die Maskerade. Im königsblauen Morgenmantel der Suite steht er vor der Spiegelwand im Bad und beginnt, einen neuen, einen anderen Rakowski herzustellen.

Die Haarschneidemaschine fräst die Koteletten von den Kinnmuskeln bis hinauf zu den Schläfen ab, das Haupthaar wird vollständig auf zehn Millimeter gestutzt, und als die abgeschorene Pracht im Waschbecken liegt, blickt Rakowski auf einen Fremden, der ihm gefällt. Er sieht in ihm nicht mehr die eigene veränderte Gestalt, sondern einen Bruder, der ihn von jetzt an führen wird. Ihm wird er folgen, er wird ihm sagen, was zu tun ist, und er wird sich immer richtig entscheiden.

Die Blondierungspaste muss laut Beipackzettel fünfundvierzig Minuten in den Haaren bleiben, um eine Aufhellung um vier Farbtöne zu erzielen. Der Ammoniak treibt ihm Tränen in die Augen, als er die Brauen beschmiert, und er wäscht das Mittel sofort wieder ab. Sie sind in der halben Minute bereits heller geworden. Plötzlich erinnert er sich daran, wie seine Mutter beim Haarfärben vor dem Spiegel stand und sich eine Duschhaube aufsetzte, dann ein Handtuch so um den Kopf schlang, dass eine dicker Turban entstand. War der geschlossen, verging der beißende Geruch.

Showercaps liegen in weißen Boxen an den Waschbecken bereit. Er setzt sich eine Haube auf, und mit den Handbewegungen, die er als Kind beobachtet hat, gelingt es ihm traumwandlerisch, sich eine Art weißen Hut aufzuwinden, der festsitzt. Er knäult die Haare seiner alten Identität im Waschbecken zusammen, wirft sie in die Toilette, spült nach und hat das Gefühl, befreit zu sein. Das Brennen in den Augen lässt nach.

Die Dauer der Blondierung nutzt er für die Vorbereitung der nächsten Erpressung. Von seinem USB-Stick lädt er den Ordner *Glück* in sein Notebook und entschlüsselt ihn. Er muss nur mit den Recherchen dort fortfahren, wo er mit Breitstein und Vollenhoven aufgehört hat. Deren Geschäfte haben ihn zu Chevrier geführt.

Dieselbe Arbeitsweise, die Suche nach gewonnenen Prozessen und erhaltenem Schadenersatz, lenkt ihn, während sein Haar bleicht, von Chevrier zu einer Großunternehmerin des Holzhandels und mehrheitlichen Eignerin eines Bankhauses in Wien, einer gewissen Hilde Zach. Der Gewinn ihrer Klage gegen einen Exporteur mit Sitz auf den Cayman Islands, WoodWorld Ltd., bringt ihn auf die Spur eines Londoner Börseninvestors namens Sinclair Kerlingsson, der seinerseits in einem aufsehenerregenden Verfahren gegen einen Finanzprodukt-Händler auf Barbados über eine Million englische Pfund zugesprochen bekommen hatte.

War die Methode erkannt, nach der es funktionierte, war es nicht schwierig, die Strukturen des Systems zu verfolgen. Jeder Prozess, in dem es um mehr geht als um die Höhe eines Gartenzauns hinterlässt irgendwo im Netz Daten.

Rakowski, oder ist es sein *Bruder*?, erschließt sich in den fünfundvierzig Minuten seiner Erblondung die Links von Fachzeitschriften der Weltökonomie, juristischen Archiven und professionellen Informationsdiensten, deren Domäne der globale Geldtransfer ist; nicht alle sind kostenlos, doch gemessen am Wert der Hinweise, die sie ihm geben, sind die Abbuchungen von seiner Kreditkarte lächerlich.

Zu seinem Erstaunen taucht hinter der Entschädigung Sinclair Kerlingssons – nach langem Mäandern durch die Konstruktion der zur Zahlung an ihn verurteilten Briefkastenfirma auf Barbados – ein italienischer Delikatessenkonzern mit Sitz in Perugia auf; dessen Eigentümer namens Silvestro Dimacio hatte ein halbes Jahr zuvor einen anderen Prozess gegen eine Spiceworld Ltd. auf den Marshallinseln gewonnen.

Rakowski durchschreitet die Etagen und Räume des verwinkelten Gebäudes von Nominee Directors und Tarnadressen hinter Spiceworld Ltd. und gelangt am Ende zu einem deutschen Fleischhändler, der Hadinger heißt und die Zentrale seiner zahllosen Tierzerlegungsbetriebe und vier Wurstwarenfabriken in Regensburg hat.

Er wiederum war offenbar Nutznießer der Lieferschwierigkeiten, die ein Exporteur in Hongkong nicht hatte vermeiden können: Ein Großauftrag chinesischer Wurstdärme war vereinbart worden und geschäftsschädigend ausgeblieben, was eine Schadenersatzsumme von dreihunderttausend Dollar nach sich zog. Wer hatte gezahlt? Von Hongkong zog sich eine verschlungene, verdeckte, doch zusammenhängende Spur zum bayerischen Rüstungskonzern BS: Der Kreis zu Lukas Breitstein hatte sich geschlossen.

In jedem der Fälle, das hält Rakowski für zweifelsfrei erwiesen, war zunächst Schwarzgeld zu einem Offshore-Finanzplatz oder Taxhaven, wie die Steuerparadiese international heißen, verschoben worden, um nach fingierten Vertragsbrüchen als Strafzahlung, gerichtlich angeordnet und weißgewaschen, nach Europa zurückzukehren.

Die Rückkehr des Geldes geschah unter aller Augen, doch wie kam es hin? Die betreffenden Summen bar über die Kontinente zu transportieren, war viel zu riskant. Ebensowenig kamen reguläre Banküberweisungen in Frage.

Offensichtlich brachten alle Teilnehmer an diesem Kreisgeschäft ihr Geld zu den Treffen bei Chevrier. Der sammelte es. Nahm er dafür Provision? Wohin gelangte es von dort?

Noch fällt Rakowski nicht ein, dass es nur eine europäische Bank gibt, die keiner staatlichen oder administrativen Kontrolle untersteht und bis zu diesem Tag, dem 3. Juni 2013, noch nie eine Bilanz veröffentlicht hatte: das Istituto per le Opere di Religione IOR, besser bekannt als Vatikanbank. Sie residiert im mächtigen Torrione di Niccolo V von neun Metern Mauerstärke, in enger Nachbarschaft zum apostolischen Palast. Man nennt diesen Turm auch das *zweitmächtigste Bollwerk der Christenheit gegen die Türken.* Eigentlich ist er das mächtigste Bollwerk gegen jedwede Steuerbehörde.

»Morgen Vormittag werden wir es uns im Spa del Monastero gut gehen lassen, Fabio, sie haben da eine alte Salzhöhle, ein Wunder an Therapie, sage ich dir. Ich frage mich, warum wir nicht schon früher hier Halt gemacht haben. Auf jeden Fall kommen wir auf der Rückfahrt wieder vorbei. Dieser Carnaroli-Risotto mit Ziegenkäse, Kürbis und krossem Speck ist superb! Deine Agnolotti sehen auch genau aus wie die von meiner Mama! Danach nehme ich das Capretto da latte al forno, und du nimmst das entbeinte Täubchen, Piccione disossato di Greppi mit Linsen! Hoffentlich sind die Secondi noch besser als die Vorspeisen!«

Caprese schmatzt so laut, dass Schlatter fürchtet, die wenigen anderen Gäste im Tonnengewölbe könnten es hören.

Er nickt stumm und kaut. Das Restaurant des Hotels, Guido da Costigliole, gehört zu den besten im Piemont, und Pierferdinandos Nachfrage nach der Qualität der Hauptspeisen erübrigt sich.

Dass der Schweizergardist wortkarg ist, hat andere Gründe.

Während sein Monsignörchen in den weichen Polstern der Rücksitze träumte, kreiste in Fabios Kopf zu den heiteren Takten des Schubert-Liedes eine Zahl, und je mehr er versuchte, sie zu vergessen, um so mehr prägte sie sich ihm ein: 5,6 Millionen.

Caprese hatte ihm die Summe genannt, die diesmal abzuholen war, und gefragt, ob der verdeckte Zwischenboden im Kofferraum so viel aufnehmen könne. Schlatter hatte geantwortet, das lasse sich nicht schätzen, man werde sehen, doch es gebe ja auch noch die Stauräume unter den Polstern im Heck. Notfalls werde er eben die Flaschen aus der Bar nehmen und an ihrer Stelle Geldscheine einlagern. Caprese hatte lachend protestiert.

5,6 Millionen Euro. Die Zahl geisterte während der Fahrt durch sein Gehirn, flog zwischen den Schläfen hin und her, drehte Pirouetten, glänzte, sprühte Funken, er glaubte sie vor sich auf der Haube des Wagens leuchten zu sehen, dann wieder hörte er sie, von der eigenen Stimme gesprochen, ohne dass er den Mund geöffnet hätte, und ihr Nachhall setzte sich fort wie in Kellergängen. So ergriff sie Besitz von ihm, und hätte er an den Teufel geglaubt, wäre dieser dafür verantwortlich gewesen.

Natürlich glaubt niemand im Vatikan an den Teufel. Schlatter zumal, der aus dem Schweizer Kanton Wallis stammt, hatte von sich stets angenommen, dass er unbestechlich sei und dass nichts ihm mehr bedeuten könnte als sein Eid, den er als Gardist geleistet hatte. Er kannte die Formel im Schlaf. »Giuro di servire fedelmente, lealmente eonorevolmente il Sommo Pontefice …«

Ich schwöre, treu, redlich und ehrenhaft zu dienen dem regierenden Papst und seinen rechtmäßigen Nachfolgern, und mich mit ganzer Kraft für sie einzusetzen, bereit, wenn es nötig sein sollte, selbst mein Leben für sie hinzugeben.

Er hatte sich dem Kardinalskollegium ebenso verpflichtet wie seinen Vorgesetzten in der Garde und versichert, *all das zu beachten, was die Ehre meines Standes von mir verlangt ...*

Das schwöre ich. So wahr mir Gott und seine Heiligen helfen. »Lo giuro. Che Iddio e i nostri Santi Patroni mi assistano.« Ein Schwur, den er aus innerster Überzeugung gesprochen hatte.

Fünf Komma sechs Millionen Euro. Sein ganzes Leben würde er diese Summe nicht durch Arbeit verdienen. Die Überlegung war, einmal aufgetaucht, nicht mehr zu verbannen, sie schien ins Gehirn einzuwachsen wie ein bösartiger Tumor, der langsam die Gestalt eines Plans annahm. Er beschäftigte ihn beim Essen mit Caprese. Warum etwas in den Vatikan transportieren, das man auch an einen anderen Ort bringen könnte?

Beim Verzehren seiner Taube muss er daran denken, wie lächerlich gering der Übernachtungspreis von 450 Euro oder die Flasche Barolo auf dem Tisch zu 140 Euro für jemanden ist, der Millionen besitzt. Es wäre so einfach, man wird ihm das Geld ins Auto tragen. Natürlich gehört es ihm nicht. Doch gehört es den anderen, die es unterschlagen haben? Ist es nicht herrenloses Kapital? Der Vatikanbank jedenfalls gehörte es nicht, so lange er es nicht abgeliefert hätte.

Dass Pierferdinando ihn nun schon seit fast drei Jahren liebt, und zwar nicht wie einen Sohn, ist mit der *Ehre seines Standes* als Gardist ohnehin nicht vereinbar; warum sollte er darauf Rücksicht nehmen? Ja, er hatte Privilegien erhalten, die der Banker gegen die Währung der Bettpflicht vergab. Mit der Zeit hatte Fabio sogar eine gewisse Anhänglichkeit für Caprese empfunden, der ihn seinerseits wie einen gekauften Lustknaben behandelte und ihn spüren ließ, dass er abhängig war.

Brauchte er aber das Monsignörchen noch, wenn erst die Millionen in den Wagen verladen waren?

Schlatter erschrickt über seine heimliche Frage, greift nach dem Glas und nimmt einen tiefen Schluck vom 2008er Barolo Cascina Francia von Giacomo Conterno; doch auch der große Wein ertränkt nicht die üblen Gedanken, die sich zu einer Geschichte zusammenschließen, einem Möglichkeitsplan des Gardisten, der an seine neunschüssige Pist75 im Handschuhfach des Stola S85 denkt, während er sieht, dass Caprese – und wie oft hat ihm der von den Ziegenbock-Hänseleien aus der Kindheit berichtet! – Zickleinbraten in sich hineinschlingt.

5,6 Millionen.

Warum war ihm früher nie aufgefallen, dass Caprese am Tisch sitzt wie ein altes Kind, gerade dass er die Unterarme auf die Platte legen kann, und warum klingt bei diesem Essen, anders als bei allen früheren zwischen ihnen, sein Schmatzen in Fabios Ohren laut wie das Trappeln der Gardepferde auf dem Kopfsteinpflaster im Innenhof des apostolischen Palasts?

Die Fleischreste des im Ofen gebackenen Ziegenkindes, die zwischen den Zähnen des Monsignörchens verschwinden, lassen Fett von seinen Lippen triefen, und das Schweizerbübchen muss sich zurückhalten, um nicht mit der eigenen Serviette über den Tisch zu langen und seinem Liebhaber den Mund abzuwischen.

Sekunden nur, ein paar Blicke in das verschwitzte Falten-gesicht Capreses und ein gemeiner, hartnäckiger Gedanke genügen, Nähe in Ferne, Lust in Gleichgültigkeit, Gehor-sam in Hinterlist, vor allem aber Abhängigkeit in Freiheit zu verwandeln. Fabios bisher unbefragtes Leben als Schwei-zergardist steht plötzlich in Zweifel. Er senkt den Blick, fürchtet, sein Gesicht könne seine Gedanken kenntlich ma-chen, er will um jeden Preis harmlos aussehen und konzen-triert sich auf den Teller mit dem entbeinten Täubchen im Linsenbett, während die Habgier schon den letzten Rest Zufriedenheit mit seinem Leben aufzehrt.

Der Banker scheint von der charakterlichen Verände-rung seines Gardisten nichts zu bemerken. Seine großen, schwarzen, gierigen Augen gleiten über die Dolce auf der Speisekarte. Er bestellt für Schlatter und sich den hier be-rühmten Nachtisch, das vertikal geschichtete Tiramisu, dazu zwei doppelte Grappe, 30 Jahre alt, von Nardini, da-nach zwei Caffè, lässt jedoch seine Tasse unberührt, weil er nicht mehr weiß, dass sie vor seiner Nase steht.

Fabio wird ihn ins Bett bringen und heute Nacht vor ihm Ruhe haben. Caprese schläft mit der schönen Vorstellung ein, dass er schon in einer Woche seine Mama in Forio auf der Insel Ischia besuchen und sich dort ausgiebigen Fango-kuren hingeben wird.

Als Rakowski seinen Handtuchturban und die Dusch-haube abgenommen, die Paste aus dem Haar gespült hat und den gelben Pelz, der verblieben ist, im Spiegel sieht, be-merkt er eine Rötung der Kopfhaut, die dem Blond einen rosa Schimmer verleiht.

Er rasiert Kinn und Wangen glatt bis zum Ansatz der

Schläfen, lässt den Dreitagebart auf der Oberlippe stehen, wendet mit Blick in den Spiegel den Kopf hin und her, flüstert sich zu: »Bruder«, spürt, dass die geschnittenen Härchen auf dem Kragen des Morgenmantels ihn im Nacken kratzen, lässt ihn auf den Boden rutschen und nimmt eine Dusche. Danach entfaltet er den zweiten Bademantel, zieht ihn an und betrachtet in aller Ruhe, was aus dem Steuerberater Hans Rakowski geworden ist.

Langsam wächst in seinem Gesicht ein Lächeln. Nicht jenes, das vor Stunden sein Einverständnis mit sich selbst ausdrückte. Diesmal erkennt er sich neu und muss darüber grinsen, wie gut die Verwandlung gelungen ist.

Dennoch kein böses Lächeln. Es ist das Kinderlächeln am Rosenmontag, wenn seine Mutter ihn, ihr einziges Kind, für den Fasching verkleidet und geschminkt hatte – sie stellte ihn vor die Wahl zwischen »roter Indianer, brauner Neger oder gelber Chinese« – und ihn dann als einen anderen zu den Kindern in den Hof und auf die Straße hinuntergehen ließ, wo die Cowboy-Mehrheit sofort ihre Colts auf ihn abfeuerte. Dass er die Schüsse überlebte, lag ausschließlich an der mütterlichen Verkleidung. Sie machte unverwundbar.

Der Zauber von damals blieb erhalten und hat sich jetzt in die Zuversicht verwandelt, dass Dunkhases Mörder oder deren Auftraggeber Breitstein oder die Polizei ihn nicht finden können.

Seit er seinen *Bruder* bei sich hat, ist er doppelt klug. Auf seltsame Weise trägt die Verblondung dazu bei, dass Rakowskis Hochgefühl, bisher alle Klippen fehlerlos umsteuert zu haben, sich zu einer Hybris steigert, die ihm selbst nicht bewusst ist, ihn aber geradewegs in den Irrglauben führen wird, er müsse nur den beschrittenen Pfad entschieden weiter verfolgen, um sein Ziel zu erreichen – und das ist inzwischen kein geringeres als der Besitz des Schlosses Charme-des-Tilleuls.

Schlossherr will er werden und luxuriöser wohnen als Breitstein in seinem protzigen Ammerseekasten – er wird es ihm zeigen: So lebt man, wenn man klug ist. Darum meint er, es sei Zeit, die zweite Stufe der Erpressung einzuleiten. Chevrier direkt anzugehen, wäre nicht aussichtsreich. Ihn durch die Mitglieder seines Kreises beunruhigen zu lassen, verspricht mehr Erfolg.

Aber wie kommt er ausgerechnet auf Hilde Zach? Er könnte sich ebensogut Van Vollenhoven als nächstes Opfer aussuchen. Doch er denkt an die Wienerin – ohne sich selbst schlüssig zu werden, weshalb. Wir haben es ihm nicht eingegeben, so viel ist sicher. Von den sexuellen Tätlichkeiten zwischen Frau Zach und Herrn Chevrier kann er nichts wissen.

Vermutet er, eine Frau lasse sich leichter erpressen? Es ist wohl eher die Tatsache, dass sie entscheidende Anteile am Bankhaus Zach&Co hält, die ihn hoffen lässt, dass sie schneller an Bargeld kommt.

Hotelbriefpapier, Hotelkugelschreiber, Hotelumschlag. Besser als hinter dem Namen Vier Jahreszeiten kann er sich nicht verbergen. Der Rechtshänder schreibt mit der linken Hand, die Druckbuchstaben sehen ungelenk aus, als hätte ein Kind den Brief geschrieben.

Sie werden gebeten 500000 € (in Worten fünfhunderttausend Euro) bereitzuhalten. Falls nicht, wird Ihr Prozess gegen WoodWorld Ltd. auf den Caymans öffentlich als ein Geldwäschegeschäft mit dem Londoner Börseninvestor Sinclair Kerlingsson bekannt gemacht.

Veröffentlichen Sie auf der Website von Henri Bonnet und seinem Restaurant Auberge du Lion Rouge in Ypreville sur Aubette (www.lionrouge-bonnet.com) im Feld »Gäste urteilen:« folgenden Text:

»Wir sind begeistert von Ihrem einzigartigen Menu und wünschen Ihnen mindestens … Gäste! Luise und Jörg aus Hamburg.«

In den hier freien Raum für die Zahl fügen Sie Ihre Mobiltelefonnummer ohne Landesvorwahl und ohne Null ein. Unter dieser Nummer werden Sie von nun an Tag und Nacht erreichbar sein.

Weitere Anweisungen folgen. Ob Sie die Polizei einschalten oder nicht, steht in Ihrem Belieben.

Er ist entzückt von der eigenen, altmodischen Höflichkeit, zögert, kann doch nicht widerstehen zu unterzeichnen, und schreibt in Blockbuchstaben: *LUKAS BREIT-STEIN.*

Den Brief adressiert er an Hilde Zachs Firmenverwaltung in Wien. Persönlich. Er wird ihn noch diese Nacht in Salzburg mit einer Briefmarke aus dem Automaten frankieren und in der Hauptpost aufgeben.

Fast hätten sie einander umarmt, doch dann belässt Lecouteux es beim französischen Wangenkuss, nimmt Frau Bossi am Arm und führt sie durch den Trubel des Flughafens Paris-CDG zu den Fahrstühlen.

Im Parkhaus kann sie kaum mit ihm Schritt halten. Er kommt ihr schlanker vor als damals. Und nervös. Dennoch hat sie wieder das Gefühl, mit einem vertrauten Kollegen zusammenzuarbeiten. Er schiebt ihren Kabinenkoffer auf den Rücksitz und sagt:

»Ich habe Ihnen ein Zimmer in Fécamp reserviert, kleines Hotel, nichts Luxuriöses, aber zu meinen Dienstreisevorschriften passt die Kategorie, und ich vermute, Ihre werden nicht viel höher liegen.«

Bei der Ausfahrt aus dem Parkhaus muss er sich konzentrieren, schweigend umfährt er die Stadt nördlich in Richtung La Defense. Beide wissen, dass es schwer sein wird, morgen gemeinsam an dem Ort zu stehen, an dem Alexander Swoboda umgebracht worden ist.

»Bis wir in Fécamp sind, werden die Restaurants zu sein, ich schlage vor, wir essen hier was, ich kenne ein ganz angenehmes Bistro neben der Grande Arche.«

Sie nickt. »Mit allem zufrieden, ich brauche nur bald ein Glas Wein.«

Rakowski öffnet die Eingangstür der Suite, lässt den Kellner mit dem Servierwagen ein und verschwindet wieder im Bad. Der Kellner schiebt den Servierwagen neben den Couchtisch, klappt die Seitenflügel hoch und arretiert sie.

»Das Tatar vom bayerischen Weidemastochsen mit Imperial Kaviar, dem wachsweichen Wachtelei und Crème fraîche. Der Chardonnay 2011 Puligny-Montrachet von Joseph Drouhi. Darf ich öffnen?«

»Ja, tun Sie das.«

Durch den schmalen Schlitz zwischen Badezimmertür und Rahmen beobachtet er den Kellner, der den Wein entkorkt, den Korken beschnuppert und für gut befindet, die Flasche in den Kühler stellt und sich dann zurückzieht. Dass sich währenddessen der Knabe Josef in die Suite geschlichen und sich nach der Tür rechts hinter dem Vorhang zwischen Schlafzimmer und Wohnzimmer verborgen hat, ist Rakowski entgangen. Er will gerade das Bad verlassen, als Josef zum Esstisch läuft und mit größter Unbefangenheit nach ihm ruft.

»Ich habe jetzt frei. Bist du da? He! Bist du in der Wanne? Wenn du willst, komme ich dazu!«

Rakowski hält den Atem an. Er zittert. Schweiß bildet sich unter seinen blonden Haaren. Dieser lustbereite Josef darf ihn so verändert nicht sehen. Er wäre der unangenehmste Mitwisser, den er sich denken kann.

»Aber wir können auch vorher was trinken. Oder wenn du willst, mach ich's dir, während du isst. Gibt welche, die haben das gern. Ich hatte mal einen Australier, der konnte nur so, ein sehr großzügiger Mann, musste aber immer oben essen, während ich ihm –«

»Nein!« Der Ruf gerät ihm zu laut. Fast ein Hilfeschrei.

»Entschuldige. Ich weiß ja nicht, wie du's am liebsten hast. Sag's mir halt. Ich mach alles.«

»Gar nicht. Nicht jetzt. Heute überhaupt nicht. Geh, ja? Geh einfach.«

Josef bleibt ungerührt stehen und starrt auf die halb offene Tür zum Bad. Er kann nicht sehen, dass Rakowski vorsichtig nach seinem Kulturbeutel greift und die Pistole herausnimmt.

»Na super. Ich hab gedacht, ich gefall dir. Wenn nicht, auch okay. Aber ich habe ein anderes Date abgesagt. Du verstehst, ich hab mit dir gerechnet, schade, du gefällst mir nämlich, ich mag dich. Ich hab dich gleich gemocht. Die fünfzig, die du mir gegeben hast, das war viel Trinkgeld, aber jetzt ist es, ich meine dafür, dass –«

Rakowski schweigt. Er spürt die Pistole in der Hand und fragt sich, ob er fähig wäre, den Jungen zu erschießen. Alles steht auf dem Spiel. Dieser Josef ahnt nicht, worauf er sich eingelassen hat.

Zum ersten Mal weiß Rakowski: Er könnte töten. Er spürt die kühle Waffe in der Hand und die Macht, die sich von ihr auf ihn überträgt. Sein Herz rast, sein Körper ist nass, er atmet zu schnell, seine Zunge liegt als Pelztier im Mund. Aber er könnte schießen. Dieses halbe Kind erschießen, das ihm seinen Körper anbietet.

Er blickt auf die Beretta, und ihm wird klar, dass er keine Ahnung hat, wie man sie entsichert. Ob sie überhaupt geladen ist. Was soll er tun? Sich mit einem Handtuch den Kopf verhüllen und im Morgenmantel zu Josef hinausgehen, ihn mit der Waffe bedrohen, aus der Tür drängen? Oder ihn in Schach halten und die Rezeption anrufen, melden, dass jemand vom Personal in seine Suite eingedrungen ist und ihn bedroht hat? Auch so könnte er das Leben dieses Josefknaben, dessen Nachnamen er nicht kennt, vernichten. Für ihn selbst, der sich eben erst verwandelt hat, um unerkannt abzutauchen, wäre das keine Lösung. Aber was ist die Lösung?

»Ich will heute nicht. Verschwinde!«

»Hundertfünfzig, und ich bin weg.«

»Du bist gleich aus diesem Hotel weg, ein Anruf von mir, und du sitzt heute Nacht noch auf der Straße.«

»Hundert. Komm. Bitte. Nur hundert. Ich bin hier noch auf Probe. Versau mir nicht alles.«

Endlich entschließt sich Rakowski. Legt die Beretta zurück, verknotet den Gürtel des Mantels, schlingt sich ein weißes Handtuch um den Kopf, und derart vermummt tritt er aus dem Bad, senkt den Kopf, läuft ins Schlafzimmer, wo seine Hose auf dem Bett liegt, fingert das Portemonnaie aus der Tasche, entnimmt ihm einen Zweihunderter, geht zurück und streckt ihn Josef über den Serviertisch hin, ohne aufzublicken.

»Du nimmst das jetzt. Und verschwindest. Du hast keine Ahnung, worauf du dich einlässt, du kleine Schwuchtel. Wenn du irgendjemandem sagst, dass du hier warst, wirst du das nicht überleben, klar? Wir sind einfach zu viele für dich. Und wir sind sehr böse.«

Seine Hand zittert nicht einmal. Josef schnappt sich den Schein, flieht, schlägt die Tür hinter sich zu, und Rakowski zieht sich das Handtuch vom Kopf, atmet durch und ist zufrieden mit sich.

Man kann ihn offenbar für einen Mafioso halten. Obwohl er keiner ist – anders als sein gefährlicher und skrupelloser *Bruder*. Aber Josef hat *ihn* für seinen *Bruder* gehalten, und das gefällt Hans Rakowski. Er wird ruhig, setzt sich an den Tisch, gießt sich ein, erhebt sein Glas und stößt mit seinem Bruder an, der ihm gegenüber Platz genommen hat, gleichfalls im blauen Bademantel, gleichfalls ein weißes Handtuch um den Kopf trägt, in derselben Weise sein Glas in der Hand hält und ihm zunickt.

Die letzte Hürde der Glaubwürdigkeit ist genommen. Rakowski hebt die polierte Silberglocke vom Teller mit dem Tartar und dem Kaviar, legt sie beiseite und beginnt, mit gutem Appetit zu speisen.

Es ist nach neun Uhr, als sie weiter durch die Nacht auf der fast leeren Autoroute nach Westen fahren. Beim Essen hatten sie jedes Wort über die Gegenwart vermieden und von den zurückliegenden Fällen erzählt, an denen sie mit Swoboda gearbeitet hatten. Jetzt wächst wieder das Schweigen zwischen ihnen, und gerade als die BKA-Beamtin so tun will, als schliefe sie, sagt Lecouteux:

»Fragen Sie ruhig, ich beantworte alles, was ich beantworten kann.«

»Ging es schnell?«

»Er muss sofort tot gewesen sein, ein präziser Herzschuss, der Täter war Profi, eine kühle, ich will sogar sagen, besonnene Tat. Obwohl ich allmählich glaube, dass es nicht um ihn ging.«

Michaela Bossi richtet sich im Sitz auf.

»Wieso nicht um ihn? Wenn er gekillt wurde, ging es ja wohl um ihn.«

Lecouteux schaltet den Tempomat ein und nimmt den Fuß vom Gas.

»Das habe ich auch gedacht. Aber je besser ich mir die Situation vorstellen konnte, um so mehr glaube ich, dass unser Freund Alexandre als zufälliger Zeuge getötet wurde. Er hat den Mord an Breitstein beobachtet. Darum musste er sterben. Es gab zwei Täter. Einen auf der Klippe, der Breitstein hinuntergestoßen hat. Und einen, der für alle Fälle auf dem Parkplatz wartete, falls Zeugen auftauchen sollten. Und dem ist Alexandre in die Arme gelaufen. Zynisch gesagt: Er war ein Kollateralschaden.«

»Wenn er was gesehen hat, warum hat er dann nicht sofort Ihre Kollegen angerufen?«

»In der Bucht von Les Petites Dalles gibt es am Strand kein Netz. Ich glaube, man hat von den Klippen herunter auf Alexandre geschossen. Er ist erst unter die Felsen und dann weiter und zum Parkplatz gelaufen. Dort unten hat der Kompagnon von dem Mörder oben gewartet und hat unseren Freund getötet. So sehe ich das.«

Die Kriminalrätin stellt sich das Geschehen vor. Plötzlich meint sie, Swobodas Umarmung wieder zu spüren, wie damals in seinem Atelier, wo er sie nach der leichtesten Farbe gefragt hatte. *Ich soll dieses Kirchenfenster mit dem Thema Auferstehung machen. Dafür brauche ich an der Basis die schwerste Farbe, die kenne ich, das ist eine Mischung aus Vandyckbraun und Ultramarinblau und Echtgrün dunkel. Die ist schwerer als Schwarz. Aber die leichteste, die uns nach oben zieht, welche ist das? Wie endet das Fenster in der Höhe? Weiß ist es nicht, das ist keine Farbe, das ist keine Bewegung, das ist nichts.* Sie hatten sich vor seinen Papieren mit den Farbversuchen schließlich nicht auf sonniges Gelb und auch nicht auf das zarteste Blau geeinigt, sondern auf ein seltsames hochaufgelöstes Türkis, in das er eine Spur *Indischgelb* gemischt hatte, und in starker Verdünnung war ein hochfliegender Schleier entstanden, dessen Bewegung kein Ende kannte. Sie hatten sich darauf geeinigt, die Farbe *Himmelfahrt* zu nennen.

»Wann wird er freigegeben?«

»Ich hoffe«, sagte Lecouteux leise, »sie werden ihn schon am Ende der Woche nach Zungen überführen. Ich habe gestern mit Martina gesprochen. Sie sorgt für alles.«

Schweigend fahren sie weiter durch die Nacht nach Fécamp; er tut, als müsste er sich auf einen Verkehr konzentrieren, den es auf dieser Autoroute um diese Zeit nicht gibt; sie tut, als schliefe sie, fällt wirklich in Schlaf und wacht auf, als er an einer Péage seine Kreditkarte in den Automaten schiebt, um die Schranke zu öffnen. Im Westen flackert der Himmel ab und zu hellblau und lila auf. Über dem Atlantik entlädt sich ein Gewitter. Je näher sie der Küste kommen, umso stärker reißt der Sturm am Wagen,

Lecouteux steuert den Böen entgegen. Er hat kein Bedürfnis, zu sprechen. Michaela Bossi spinnt sich in ihr Schweigen ein.

Ihre Trauer und seine Trauer reden miteinander.

In der Gegenrichtung, nach Osten, fährt Hans Rakowski auf der Autobahn A8 von München nach Salzburg, wo er den Brief an Hilde Zach aufgibt, und weiter nach Wien. Er lässt sich Zeit. Noch ist der Verkehr dicht. An der letzten deutschen Tankstelle hat er die Mautplakette für eine Woche gekauft und in die Windschutzscheibe geklebt. Vier Flaschen Wasser. Ein Paket dreieckige Sandwichs. Eine Tafel Schokolade. Genug Proviant für vierhundert Kilometer.

Nach der Hälfte der Strecke, auf einem leeren Parkplatz, wird er schlafen, mit der Beretta im Gürtel. Alles nach Plan.

Das Hotel hatte er mit seinem Gepäck durch den Lift in die Tiefgarage verlassen, ohne gesehen worden zu sein. Der Knabe Josef war so eingeschüchtert, dass er bestimmt schwieg. Und die unangenehme Kriminalbeamtin würde beim Versuch, ihn vorzuladen, feststellen, dass seine Mobiltelefonnummer nicht mehr reagierte.

Kein Wind. Gegen Morgen erst wird er sich auf der A1 Wien nähern, wo, wie er glaubt, die nächste Beute auf ihn wartet.

Etwa in der Mitte zwischen Lecouteux und Rakowski, ein Stück nach Süden verschoben, schlafen Caprese und Schlatter im Kingsize-Bett ihrer Suite, ohne zu ahnen, dass Chevriers System bereits Risse hat.

Der Herr des Systems ist sorglos und zufrieden.

Im nördlichen Turm des Château, wo er mit Blick auf den Hainbuchenwald jenseits der Straße sein Büro eingerichtet hat, wirft die Bankerlampe auf seinem Schreibtisch mildes grünes Licht an die Wände. Chevrier hat sein Notebook gestartet und öffnet in einer Cloud den Nachrichtenordner, zu dem nur Vedran Sjelo und er selbst Zugang haben. Das zwölfstellige Passwort ist willkürlich aus großen und kleinen Buchstaben und Zahlen zusammengesetzt. Der Schlossherr hat es auf einem Kragenstäbchen notiert, das er jeweils beim Hemdenwechsel übernimmt und so stets bei sich trägt.

Mit Einbruch der Dunkelheit hat sich Westwind erhoben. Er rauscht um den Turm, rüttelt an den Läden, wechselt in Böen die Richtung, steigert sich auf Sturmstärke und lässt auf der Dachspitze den einfüßigen Wetterhahn aus Zinkblech um die Achse rucken. Die Zinnbeschichtung des Lagers ist seit Jahren abgeschliffen, und der Hahn quietscht bei jeder Drehung. Chevrier behauptet, das Tier krähe. Er liebt das Geräusch, es lässt ihm die Illusion, dass Leben im Schloss sei.

Wenn die Gesellschaft aufgebrochen ist, breitet sich die Stille der Zimmerfluchten und Korridore bis in seine Seele aus.

In manchen Nächten bildet er sich ein, die Leere wachse als schwarzes Eis um sein Bett. Dann wagt er nicht, sich zu bewegen, und versinkt in Wachträume: Kinder, die er nicht kennt, füttern ihn mit Mäusen aus weißem Zucker, die lebendig werden, sobald sie zwischen seinen Lippen stecken; eine ihm unbekannte Frau sitzt ihm am Tisch gegenüber, zwischen ihnen liegt ein großer schwarzer Hut, der an den

Rändern brennt; ein dunkelhäutiger Henker führt ihn aus einer Gefängniszelle zur Hinrichtung und fragt, ob er ihm dabei die linke Hand auf den Hinterkopf legen solle, manche wünschten sich diese väterliche Beruhigung, wenn sie geköpft werden.

Häufig erwacht er davon, dass sein Nacken, seine Arme und seine Beine zugleich in einem Krampf erstarrt sind und er den Schmerz verbeißt, weil er sich nicht erlauben will, zu schreien. Er stöhnt dann mit geschlossenen Lippen, Tränen laufen aus seinen Augenwinkeln über die Schläfen, und er hält der Qual stand, bis die Muskeln sich entspannen.

Heute, während der Sturm die runden Turmmauern umfliegt, geht es ihm gut. Im Keller bewacht Wout de Wever sieben Koffer mit der größten Schwarzgeldsumme, die je dort gelagert war. Caprese ist unterwegs, um das Geld abzuholen und in die Vatikanbank zu transportieren. Und soeben hat Vedran Sjelo beruhigende Nachrichten in der Cloud übermittelt: *München gutes Wetter. Les Petites Dalles Sonnenschein.*

Der Erpresser ist beseitigt, die Zeugin stumm, die Gefahr vorüber.

Chevrier antwortet: *Je 25 Silberlinge.* Sjelo liest es mit gemischter Freude. Zum Humor seines Auftraggebers gehört, dass er die Anweisungen, die er Sjelo zur Barauszahlung durch die Vatikanbank ankündigt, jeweils mit dem Lohn des Judas bezeichnet. Er meint eigentlich nicht Silberlinge im biblischen Sinn, denn er hält Sjelos vollzogene Aufträge nicht für Verrat. Er hat bloß Lust, statt Euros *Silberlinge* zu schreiben, weil er Sjelos fanatischen Katholizismus kennt und verachtet. Wie viele *Silberlinge* Sjelo an Moravac weitergibt, kümmert den Schlossherrn nicht. Auch wenn er wüsste, dass Sjelo nicht mehr vorhat, zu teilen, wäre ihm dies einerlei.

Hinter dem Turmfenster nach Westen zucken in der Ferne schwache hellgraue Reflexe durch den Nachthimmel. In der Cloud erscheint Vedran Sjelos Text: *Inflationsausgleich?*

Auf den Versuch, mehr als fünfundzwanzigtausend pro Mord einzufordern, reagiert sein Auftraggeber nicht. Schließlich ist ein Leben auch in Europa schon sehr viel billiger zu bekommen.

Sjelo meldet sich nach einigen Minuten, in denen er vergeblich auf eine Erhöhung der Zahlung hofft, aus der Cloud ab. Chevrier will den Zugang ebenso schließen und in seinen Salon hinuntergehen, um sich etwas Käse und einen 1998er Malbec servieren zu lassen.

Zuvor klickt er seine E-Mails an, um neu eingegangene Weinoptionen zu prüfen.

Plötzlich bläht sich in der Mitte des Bildschirms ein Foto auf. Es zeigt zwei rote Lederhandschuhe auf einem Tisch, die nebeneinander wie die Flügel eines Schmetterlings ausgelegt sind. Zwischen ihnen, als Leib des großen Insekts, liegt ein Revolver, den Chevrier nicht als eine Beretta erkennt. Er hält das für eine kuriosen Werbegag, weil er nichts von der Technik versteht, durch die er seine mörderischen Kontakte pflegt. Absender der Email ist ein *whitecollar@ munich.com.*

Von rechts nach links läuft unter dem Bild ein blutrot geschriebener Fließtext.

hallo ziege. zwei millionen. beweise an das finanzministerium sind zum schicken bereit. anweisungen folgen. drei tage. kein ausweg.

Bild und Text verschwinden. Dann läuft der Text noch einmal am unteren Rand des Bildschirms ab und hinterlässt nach dem letzten Buchstaben einen roten Faden, der nicht vergeht.

Chevrier schlägt den Deckel seines Notebooks zu. Klein und weiß pulsiert am rechten Rand das Signal für den Ruhezustand.

Der Sturm flaut ab. Auf dem Dach dreht sich der Hahn mit dem Kopf nach Osten, sein Quietschen ist leise, und im Büro unter ihm schaltet der Herr des Schlosses die grüne Bankerlampe auf seinem Schreibtisch aus.

Unfähig, einen klaren Gedanken zu fassen, sitzt er im Dunkeln und sieht zu, wie das ferne Wetterleuchten schwächer wird, bis die Nacht sich schließt.

Sie sind beide zu unruhig, um sich schon in ihre Zimmer zurückzuziehen. Hinter der Bar des Hotels Vent d'Ouest steht ein junger Mann, der wie ein Schüler aussieht, aber zwei perfekte Coupes Colonels serviert, Limonensorbet, Wodka, sogar die Schlagsahne vergisst er nicht. Weil jeder von ihnen zuvor schon zwei Gläser Chablis und ein paar Salzmandeln konsumiert hat, sind sie bereit, die Formen zu lockern.

»Ich bin die Dame, folglich biete ich das Du an.«

»Ich bin der Ältere«, sagt Lecouteux und hebt seinen Coup, »darum biete ich das Du an.«

Der Nachtkellner beugt sich über den Tresen, meint zu begreifen, was vor sich geht, lächelt vertraulich und sagt:

»Ich finde, ihr solltet es einfach machen. Das Leben ist zu kurz für Umwege.«

ANDERE

Berthe Bellier weiß, dass ihre Freundin morgens um zehn nicht gern ans Telefon geht. Oft schläft sie noch, manchmal liegt sie in der Badewanne, meistens hat sie vor zwölf keine Lust zu reden. Die blonde Constance Prud'hon, die im nahen Cany ab und zu in der Bar Tabac ihres Vaters arbeitet, kann ihr Leben leichter genießen als Berthe; sie hat mehr Talent, es zu nehmen, wie es kommt.

Auch heute ist sie nicht erreichbar. Berthe gibt auf und beschließt, im Haus der Druots nachzusehen, ob alles in Ordnung ist. Möglich, dass Césars Eltern das kommende Wochenende hier in Les Petites Dalles verbringen wollen.

Sie schließt auf und tritt ein, wie sie es schon hundert Mal getan hat, sie kennt jeden Winkel bei Tag und bei Nacht; doch heute ist etwas anders, etwas, das sie nicht benennen kann. Sie hebt den Kopf, als sollte sie sich auf eine Begegnung vorbereiten. Nichts an diesem Dienstag, dem vierten Juni, war bisher ungewöhnlich. Noch weiß sie nicht, dass heute etwas an ihrem Leben zerrt und es aus der Bahn werfen wird.

Sie bleibt im Korridor stehen und horcht ins dunkle

Haus. Ihr Herz schlägt schneller. Die Eingangstür steht noch offen, von dort fällt Licht in den Gang, das den Schatten des Dienstmädchens auf den hellen Bodenfliesen ausspart.

Berthe Bellier ist eine schüchterne, aber keine ängstliche Frau. In tiefer Nacht kann sie ohne die geringste Furcht mit ihrem rostigen 2CV durch die kleinen Wälder, zwischen Viehweiden und Kornfeldern zu ihren Eltern nach Dieppe fahren, und auch, wenn sie hier allein war und in ihrem Dienstbotenzimmer unterm Dach schlief, ist ihr das leere Haus nie unheimlich vorgekommen.

Sie fröstelt, schüttelt wie zur Verneinung der aufkommenden Angst heftig den Kopf, greift nach dem Lichtschalter und geht weiter zur Küchentür. Gleich wird sie die Fensterläden öffnen, das Haus durchlüften, die elektrischen Heizkörper kontrollieren. Bestimmt hat Constance vergessen, den Radiator im Gästeschlafzimmer auszuschalten. Wahrscheinlich hat sie wieder den Mülleimer nicht geleert und die Geschirrspülmaschine nicht eingeräumt.

Wann immer Berthe ihre Freundin gebeten hatte, für ein paar Tage das Haus zu versorgen, weil sie selbst sich um ihre Mutter kümmern musste, ließen Spuren darauf schließen, dass Constance Prud'hon das Haus genutzt hatte, um sich darin mit ihren rasch wechselnden Freunden zu vergnügen.

Dieses Mal hatte sie Berthe den Gefallen getan, ihre Stelle einzunehmen: Ein Kriminalkommissar aus Paris hatte seinen Besuch angekündigt, um die einzige Zeugin des Mordes an Alexander Swoboda zu vernehmen.

»Ich will da nicht reingezogen werden, die holen mich nach Rouen, und dann muss ich sagen, ob ich den Mörder erkenne, und am Ende soll ich vor Gericht aussagen, ich kann das nicht!«

»Aber du hast angerufen, das war doch richtig, oder? Was soll denn passieren?«

»Ich will nicht. Bitte. Die haben mich schon mal wegen César ausgequetscht, ich weiß, dass der hier kokst mit seinen Typen. Wenn die was finden? Dann hängen die mir das an, ich bin Mitwisser oder so was. Ich schreib dir auf, was ich gesehen habe, und du sagst es, und dann ist die Sache vorbei. Bitte!«

Constance hatte gelacht. Natürlich wäre nichts vorbei, das war ihr klar. Aber ein kleines Verwechslungsspiel, die Bullen an der Nase rumführen, das gefiel ihr.

»Okay. Ich mach denen klar, dass ich eigentlich nichts gesehen habe. Gar nichts. Keine Lüge! Ich hab ja auch wirklich nichts gesehen!«

Die beiden jungen Frauen hatten sich lachend umarmt.

Berthe erinnert sich an das fröhliche Gesicht von Constance, muss lächeln und entschlossen öffnet sie die Tür zur Küche.

»Können wir sein Zimmer sehen?«

Bernard Lecluse weist seinen Gehilfen an, im Laden zu bleiben, hängt die Mehlschürze an die Türklinke und steigt vor Michaela Bossi und Georges Lecouteux die schmale Holztreppe in den ersten Stock hinauf. Er öffnet Swobodas Zimmer und lässt die Beamten eintreten.

»Ich hab hier nichts verändert. Es ist alles so, wie er es am Samstag zurückgelassen hat.«

Die Achtlosigkeit, mit der das Bett aufgeschlagen ist, ein paar Kleidungsstücke über den Stuhl geworfen und die

Hausschuhe offenbar von den Füßen ins Zimmer geschleudert worden sind, spricht dafür, dass der Bäcker die Wahrheit sagt.

Auf dem Maltisch herrscht die Ordnung, die Michaela Bossi von ihrem Besuch in Swobodas heimischem Atelier in Zungen a. d. Nelda kennt: Angedrückte Tuben, einige vom Ende aufgerollt, liegen ausgerichtet nebeneinander; die alten Pinsel stecken in einem Konservenglas mit braungrüner Terpentinlösung, ein farbverkleckster Lappen, zwei Spachtel und drei Paletten liegen neben ungebrauchten Pinseln und verschlossenen Flaschen mit Malmitteln und Firnis-Ölen, so als habe der Maler gerade erst seine Arbeit an der fast quadratischen Leinwand von etwa einem Meter Seitenlänge beendet, die schräg zum Fensterlicht in die Staffelei eingespannt und von einem Tuch verhängt ist.

Lecluse geht zum Fenster und öffnet es.

»Ich hab ihm immer gesagt, dieser Gestank nach den Farben hier, das kann nicht gut sein, du musst mehr lüften, hab ich gesagt, aber er war ja süchtig nach dem Geruch!«

»Fällt Ihnen irgendetwas auf, das anders ist als sonst?«, fragt Lecouteux.

»Nichts. Ich bin auch nicht oft hier oben. Seine Bilder stehen nebenan in der Kammer, da ist es kühl, die wollte er als Lager, Sie können gern rein.«

»Hat er daran zuletzt gearbeitet?«

Michaela Bossi zieht vorsichtig das Tuch von der Staffelei.

Der Anblick, der sich ihnen bietet, lässt die beiden Männer betreten schweigen, weil sie zwischen ihnen steht.

»Aha«, entfährt es ihr. Die Sicht zwischen die weit geöffneten Oberschenkel einer nackten Frau, die mollig und nicht mehr ganz jung ist, zwingt Lecluse, seinen Blick abzuwenden. Doch der Faszination des Bildes entkommt er nicht, sieht hin, weg, wieder hin und schämt sich offenbar so sehr, dass er sich schließlich umdreht und Swobodas Gemälde den Rücken zukehrt.

Vom Oberkörper der Frau, die in der Diagonalen von links oben nach rechts unten auf hellblauen Tüchern liegt, ist eine Brust zu sehen, die andere ist verhüllt. Kein Kopf, keine Knie, es ist dem Maler offenbar vor allem oder ausschließlich um ihren Unterleib gegangen, um den geöffneten Schoß, und Lecouteux ist froh, dass er von der sexuellen Eindrücklichkeit ab und auf die Kunst hin lenken kann.

»Er bezieht sich auf Courbet, das ist der Ursprung der Welt, L'Origine du monde, den Gustave Courbet gemalt hat, nur dass die Frau bei ihm in der anderen Schräge liegt, von oben rechts nach unten links. Die von Courbet ist auch jünger. Kennen Sie das Bild, Monsieur Lecluse?«

Der Bäcker wendet sich ihm entgeistert zu und hebt die Hände, als müsse er seine Unschuld beteuern.

»Nein! Courbet? Nein, man sagt, er hat unsere Küste gemalt, in Etrétat. Aber so was? Nein.«

»Mir gefällt es«, sagt Frau Bossi. »Und wieso ist das von – Courbet?«

Ihr Kollege aus Paris genießt es, sie aufklären zu dürfen. »Ich glaube, Alexandre hat es einfach gespiegelt, es ist auch nicht so exakt gemalt wie das Bild von Courbet, das übrigens nur halb so groß ist. Wenn Sie mal nach Paris kommen, Lecluse, müssen Sie es sich ansehen, es hängt im Musée d'Orsay und ist das Einzige dort, das einen eigenen Wächter hat!«

»Wie soll ich nach Paris kommen«, murrt der Bäcker und geht hinaus, um die Kammer zu öffnen. »Hier sind seine Bilder vom Meer. Die gefallen mir gut.«

Doch als sie gemeinsam die Keilrahmen durchsehen, die geschichtet an der Wand lehnen, kommen neben Gemälden von der Steilküste, von abgeernteten Stoppeläckern mit ihren goldenen Walzen aus Weizenstroh, den blühenden Leinfeldern in zartem Blau, den düsteren Sturmfluten, den gestreckten Landschaften voll gelb leuchtendem Raps, noch mehr Akte zum Vorschein, und die meisten zeigen keinen Torso, sondern das weibliche Modell vollständig, bleichhäutig, sparsam von Rosétönen belebt, in unzweideutigen Posen. Kein jugendlicher Leib, doch von einer schönen, fast greifbaren Fleischlichkeit.

»Aber das ist ja, das ist, das, mon dieu!«, stammelt Lecluse.

»Wer?«

Michaela Bossis Interesse an der nackten Dame klingt für Lecouteux nach mehr als nur beruflichem Interesse. Der Bäcker versucht, sich zu fassen.

»Das ist, also, nicht, dass ich sie so erkennen würde, Sie verstehen, aber das Gesicht, das ist Madame Desens, sie kauft jeden Tag bei mir ihr Brot, Catéline Desens, aus Straßburg stammt sie, ich glaube, außer ihr kann keiner hier deutsch. Alexandre hat bei ihr Unterricht in Französisch genommen, ich habe ihn selbst hingeschickt, aber sie war nicht oft hier bei ihm, glaube ich, ihr Mann ist ja vor acht Jahren schon gestorben, er hatte sich beim Heckenschneiden –«

»Nun gut«, unterbricht ihn Georges Lecouteux, »dann werden wir sie aufsuchen, diese Madame Desens, wo finden wir sie?«

»Nicht weit, Sie müssen nur am Parc Moutiers vorbei und dann die Gasse hoch, eine stattliche Villa mit weißen Fensterläden. Aber wem gehören denn nun die ganzen Bilder?«

Catéline Desens öffnet ihnen, und noch bevor sie sich namentlich vorstellen können, nickt sie.

»Ich weiß, warum Sie kommen. Treten Sie ein und entschuldigen Sie meinen Zustand, ich habe seit gestern nicht geschlafen, ich weiß nicht, was werden soll, ich kann es immer noch nicht glauben.«

Gestern hatte Radio Normandie die Nachricht gebracht, heute sind auch die überregionalen Zeitungen voll davon.

Madame Desens läuft in einem bordeauxroten, mit goldenen Ornamenten bestickten Samtmorgenmantel und Pantoffeln aus demselben Stoff durch das herrschaftliche Entree zu dem um zwei Stufen erhöhten Salon voran, weist auf die kleinen Louis XVI-Sessel und bietet Wein an, Calvados, Marc de Champagne. Die Besucher lehnen dankend ab, sie schenkt sich in ihr Wasserglas Calvados nach und lehnt sich an das Sideboard aus dunkler Eiche, auf dem die Flaschen stehen.

Michaela Bossi kann sich vorstellen, dass Catéline eine Schönheit gewesen ist und noch immer sein konnte – wenn ihre grauen Locken nicht wie jetzt strähnig um ihr Gesicht hingen, wenn die Augen leuchteten, nicht dunkel und tränenleer waren wie nach den zwei Tagen Trauer und Verzweiflung. Lecouteux starrt auf den Morgenrock von Madame Desens und kann die Leinwände nicht vergessen, auf denen er dieselbe Dame noch vor zwanzig Minuten unverhüllt gesehen hat.

Frau Bossi ist frei von den Bildern und verbindet ihre eigene Trauer um Swoboda mit der seiner letzten Geliebten.

»Es tut mir leid für Sie. Ich mochte ihn auch sehr gern, und mein Kollege Monsieur Lecouteux war mit ihm befreundet.«

»Aber ich habe ihn verehrt.«

Unwillkürlich antwortet Catéline Desens deutsch, als sie den deutschen Akzent von Frau Bossi hört. Sie sieht zum Gartenfenster.

»Im September hat er mich an der Durdent gemalt, im Gras am Ufer, in einem weißen Kleid. Er hat gesagt, das Septemberlicht sei richtig für mich, mild, zart zu meinen Falten.«

Ihr Versuch, zu lachen, misslingt. Sie trinkt.

»Es war mein neunundfünfzigster Geburtstag. Alexander ist das Beste, was mir passieren konnte, er ist ein Mann, der nicht glücklich sein kann, aber er kann glücklich machen, mit ihm fühlte ich mich am Leben!«

»Hat er Ihnen seine Bilder hinterlassen?«

Lecouteux versucht, mitfühlend zu sprechen, doch die Frage klingt amtlich.

»Wir haben nicht an den Tod gedacht. Er hat gar nichts versprochen. Ich will auch nur *meine* Bilder – und das blaue Leinfeld. Und die Serie vom ersten Licht auf den Falaises! Die andern können Sie mitnehmen, er hat mir von der Galerie erzählt und von seiner anderen Geliebten in Deutschland. Das war kein Problem. Sie soll die Bilder haben oder verkaufen. Aber die er von mir gemalt hat, das sind unsere gemeinsamen Stunden, die müssen Sie mir lassen. Die Entwürfe habe ich sowieso, die kennt niemand.«

»Ich glaube, das können wir so regeln«, sagt Martina

Bossi, bevor Lecouteux antworten kann. »Monsieur Lecluse möchte allerdings gern sein Porträt in der Backstube und eine der Sturmfluten.«

»Ja. Soll er. Ja.«

Catéline leert ihr Glas, betrachtet es und flüstert:

»Wir sind alle Geier. Er ist noch nicht unter der Erde, und wir verteilen schon seine Haut. Armer Alex. Gehen Sie jetzt. Bitte.«

Berthe Bellier weigert sich, zu sehen, was sie sieht.

Ihre Lider wollen sich schließen, doch wie unter Zwang reißt sie die Augen auf und lässt den Blick zu.

Ihr Körper revoltiert gegen das, was sie sieht. Er will sich übergeben. Es gelingt nicht.

Sie würgt. Eine Faust schließt sich um ihren Magen.

Sie möchte ohnmächtig werden, bleibt aber in einem Zustand schriller Wachheit vor Constance stehen, die mit zerfetzter Bluse rücklings auf dem Küchentisch liegt. Der Kopf, im Nacken nach hinten gekippt, hängt über die Tischkante und zeigt das rote Gesicht, verkehrt herum, mit aufgerissenem, vollem Mund.

Ein tiefer Schnitt durch die Kehle hat Constance zu totem Fleisch gemacht. Sie war siebenundzwanzig.

Uns geht es, wenn wir dies sehen, ähnlich wie der jungen Berthe, die beim Anblick ihrer Freundin spürt, dass die Welt aus den Fugen ist. Denn niemand von uns ist dafür gemacht, vor einem so entsetzlich zugerichteten Menschen zu stehen. Abgebrüht, wie wir sind durch Fernsehbilder von kunstvoll ausgearbeiteter Scheußlichkeit, will doch keiner die hässliche *Wahrheit* des Todes mit eigenen Augen sehen.

Die entblößten Schultern der Toten reichen an die Kante des Tischs, vom rückwärts hängenden Kopf ist das Blut durchs Haar zu Boden geflossen. Zwischen den Tischbeinen glänzt matt ein See, in dem das Leben von Constance gerinnt. Das Gesicht ist so blutüberströmt, dass Berthe nicht erkennt, was später das Polizeiprotokoll in Rouen feststellen wird:

Im Kopf fehlen die Augen, der Täter hat die Ohren abgeschnitten, die Zunge herausgerissen und Augen, Zunge und Ohren zurück in die Mundhöhle gestopft. Bekannt von Mafiamorden an Verrätern, die sich dem Gericht als Zeugen zur Verfügung gestellt haben. Die Botschaft lautet: Wer redet, wird blind, taub und stumm gemacht. Die Spuren im Badezimmer deuten darauf hin, dass der Täter gründlich geduscht hat. Er hatte es nicht eilig.

Berthe wird vor der toten Freundin von einer Teilnahmslosigkeit befallen, die man Wahnsinn nennen kann. Sie lässt den Unterkiefer fallen und starrt ausdruckslos auf das Blutgesicht. Jetzt erbarmt sich Berthes Geist, und der Körper rutscht besinnungslos in sich zusammen, liegt auf dem Küchenboden und lässt ihr etwas Zeit.

Sie erwacht aus einem entsetzlichen Traum, wie sie hofft, und steht auf. Der ganze Körper ein Schmerz. Weil der Traum nicht vergeht, jagt sie aus dem Haus, die Straße zum Meer hinunter, läuft über den Parkplatz, wo sie drei Tage zuvor den Mord an Swoboda beobachtet hatte und wohin jetzt die tapferen Schwimmerinnen vom Altenheim in Linville-en-Caux, heute später als üblich, aus der hohen atlantischen Brandung zurückkehren. Sie fangen die schreiende, um sich schlagende Berthe Bellier ein und schließen sie in ihre nassen Arme.

Georges Lecouteux hebt einen faustgroßen runden Kiesel vom Strand auf, holt aus und wirft ihn in die anstürmenden Wellen. Michaela Bossi sieht den Stein unter dem grauen Himmel einen Bogen schreiben und im gelbbraunen Schaum einer Wellenkrone verschwinden.

Im nächtlichen Gewitter hat draußen im Ärmelkanal ein Sturm gewütet, am Vormittag erreicht die aufgewühlte See die normannische Küste. Die Wogen bäumen sich auf, kippen über sich selbst, schlagen mit der Wucht ihres Tonnengewichts auf den Boden der Bucht, rennen mit ihren knisternden Schaumfingern über das Geröll, werden zurückgezogen und nehmen die Steine mit sich.

Das Scharren vergeht, wenn die nächste Wasserwand naht, sich hochwölbt, den eigenen Fuß überstürzt, donnernd fällt und die Kiesel ausspuckt, die ihre Vorgängerin in die Tiefe gerissen hat.

Der Commissaire nimmt wieder eine Steinkugel auf, und seine deutsche Kollegen legt ihre Hand auf die seine.

»Das ändert es nicht.«

»Es hilft.«

»Wem?«

Sie greift fester zu, drückt seinen Arm nach unten, und Lecouteux lässt den Stein fallen.

Seit einer halben Stunde stehen sie in der Bucht von Les Petites Dalles, betrachten die unaufhörliche Wiederkehr der Brecher und spüren unter ihren Füßen den donnernden Aufschlag ihrer Ankunft. Es geht ihnen wie allen: Man kann den Blick von der Brandung so schwer lösen wie von einem Sonnenuntergang oder einem Kaminfeuer.

Nach dem Besuch bei Catéline Desens waren sie zur Bäckerei zurückgelaufen und hatten mit Lecluse über die

Bilder verhandelt. Sie waren zufrieden mit dem Ergebnis und hofften, dass inzwischen die Polizei in München im Fall Dunkhase und die in Rouen mit der Ermittlung des schwarzen Range Rovers vorangekommen waren, den Berthe Bellier identifiziert hatte. Immerhin hatten Bossis Kollegen auf einer permanenten Sicherheitskopie sämtlicher Computer der Steuerkanzlei, die sich im Keller des Hauses fand, eine offenbar von Rakowski angelegte verschlüsselte Datei mit dem Namen *Glück* entdeckt und geknackt, in der sich Informationen über Breitstein befanden. Und aus Rouen kam die Vermutung, der Rover sei inzwischen mit neuen gestohlenen Kennzeichen unterwegs.

Auf der Rückfahrt von Varengeville nach Fécamp erreichte ihn Maçons Anruf: Die Zeugin Bellier sei im Haus der Druots tot aufgefunden worden. Er solle sofort nach Les Petites Dalles kommen.

Lecouteux hielt an und bat Frau Bossi um eine Zigarette. Sie hatte vor vier Jahren das Rauchen aufgegeben, wie er. In Cany kauften sie an einer Bar Tabac ein Päckchen, rauchten beide auf der Straße neben dem Eingang zur Poissonnerie und ernteten von den Fischkäufern, die das Geschäft verließen, böse Blicke. Sie ahnten nicht, dass sie die Zigaretten beim Vater von Constance Prud'hon erworben hatten, der noch nichts vom Tod seiner Tochter wusste.

Sie rauchten schweigend, fuhren dann weiter nach Sassetot, gemächlich, weil sie hofften, man werde die Leiche der Berthe Bellier schon abgeholt haben, wenn sie eintrafen. Auf halber Strecke rief Maçon erneut an. Die gefundene Tote sei nicht die Zeugin, sondern eine gewisse Constance Prud'hon, siebenundzwanzig, blond, und sie sei offensichtlich vor dem Mord vergewaltigt worden. Ob Lecouteux eine Frau dieses Namens kenne? Nein? Vielleicht eine Mafiageschichte. Übrigens keine roten Handschuhe mit Pistole wie bei Swoboda. Jedenfalls ein scheußlicher Anblick.

»Ekelhaft. Lassen Sie Ihre deutsche Kollegin besser nicht ins Haus, das ist nichts für Weibernerven.«

Das Wort Weibernerven hatte Lecouteux noch nie gehört, und er knurrte zurück:

»Machen Sie Ihre Arbeit, Maçon, und kümmern Sie sich nicht um die Nerven anderer Leute!«

Seine eigenen Nerven lagen blank, seit er sich entschlossen hatte, Michaela Bossi von seinem Besuch im Haus Druot zu erzählen.

»So viele Fehler wie ich darf man einfach nicht machen. Ich habe die Zeugin nicht erkannt, nicht überprüft, ich habe mit ihr geschlafen, und wenn sie wirklich von diesem Scheusal vergewaltigt worden ist, wird man jedenfalls nicht nur sein Sperma finden. Und das alles muss ich ausgerechnet Maçon beibringen.«

»Ist das am schlimmsten?«, fragte Bossi, »dass dieser Kollege, von dem du nicht gerade begeistert bist, dich in der Hand hat?«

Nach dieser Frage fing er an, Steine in die Wellen zu werfen. Sie beendete das Spiel mit ihrer Geste und hält seine Hand noch immer fest.

»Kann es sein, dass Alexander doch nicht nur malen wollte, sondern etwas wusste? Ich meine, ich traue ihm alles zu. Er hatte immer eine Nase für Kapitalverbrechen.«

»Kann sein. Kann nicht sein. Es gibt keine Aufzeichnung von ihm. Und ich habe ihn fast ein halbes Jahr nicht gesprochen. Und das ist auch im Augenblick nicht mein Problem.«

»Du könntest verschweigen, dass du mit ihr geschlafen hast.«

Er sieht sie erstaunt an.

»Sie wissen, dass ich die Befragung durchgeführt habe. Ich habe protokolliert, dass sie einen Range Rover identifiziert hat.«

»Ihre Aussage ist nichts wert, sie war ja nicht die Zeugin. Steht im Protokoll, dass sie dich verführt hat und so weiter? Also. Das hast du bereits unterschlagen. Und mich werden sie danach nicht fragen.«

»Aber ich schäme mich. Ich schäme mich.«

Michaela Bossi sieht ihn nicht an. Ihr Blick ist starr auf den Horizont gerichtet, wo sich die dunkelgraue Wolkenschicht langsam vom Meer hebt. Ein Sonnenstreifen entsteht und nimmt an Höhe zu.

Er gönnte sich einen langen Schlaf bis in den späten Vormittag. Das Vier-Sterne-Hotel Rathauspark im 1. Wiener Bezirk, ein Stadtpalais aus dem neunzehnten Jahrhundert, hat den Gast, der seinen Wagen mit Wiesbadener Nummer auf einem Parkplatz direkt neben dem Eingang abgestellt hat, zu ungewöhnlicher Zeit, um halb sechs am Morgen, aufgenommen. Rakowski hat darauf bestanden, das Businesszimmer für die gerade vergangene Nacht noch zu zahlen, und sein Gepäck aus dem Wagen in den vierten Stock bringen lassen. Wenige Minuten später schlief er bereits und erholte sich von der Nachtfahrt.

Jetzt finden wir ihn über den Wiener Stadtplan gebeugt, den ihm der junge Concierge ausgehändigt hat, im Hofburgcafé beim Frühstück sitzen, einen wohlgelaunten, mit sich zufriedenen, blonden Enddreißiger, der eine glänzende, man kann sagen *goldglänzende* Zukunft vor sich sieht. Die Kellner unterstützen mit ihrer donaumonarchischen Beflissenheit sein Gefühl, bald Herr über andere zu sein.

Bei üblicher Postlaufzeit wird Frau Zach seinen Erpresserbrief morgen früh lesen und ihre Mobilnummer auf der Website des Restaurants Auberge du Lion Rouge in ihre Gästebewertung einfügen, wonach er den Eintrag in einem Internetcafé lesen und ihr seine weiteren Anweisungen geben wird.

Aus nicht ganz durchsichtigen Gründen hat er sich für den Kontakt mit ihr ein Museum vorgestellt, so als rechnete im Bereich der Kunst niemand mit einer kriminellen Aktion. Er wird sich in einem Touristenshop mit entsprechenden Broschüren ausstatten und den heutigen Tag darauf verwenden, sorgfältig den Ort zu bestimmen, an den er Frau Zach zur Geldübergabe bestellen wird.

Im 1. Bezirk hat er eine gute Auswahl an Museen. Es sollte freilich eines sein, das nicht so überlaufen ist wie die Albertina oder die Hofburg. Und bereits im Kunsthistorischen Museum am Maria-Theresia-Platz oder im Naturhistorischen am Burgring lassen sich Nischen finden, wo Hilde Zach den Schlüssel zu einem der Aufbewahrungsfächer bei den Garderoben unauffällig hinterlegen könnte. Im Fach würde sie zuvor die halbe Summe deponiert haben. Für die ganze Summe sind die Fächer zu klein. Auch will er Frau Zach nicht vor aller Augen die Geldlast schleppen sehen. Fünfhunderttausend Euro aus gebündelten Hundertern wiegen etwas über fünf Kilo. Folglich teilt er in zwei Übergaben auf, zumal das doppelte Spiel doppelten Reiz verspricht, mithin doppelte Bewährung seiner Überlegenheit.

Gibt es Schöneres für einen wie ihn, als sich im touristischen Völkergemisch unerkannt treiben zu lassen und zu wissen, dass keiner in seiner Nähe ahnt, wie raffiniert er seinen Fischzug plant? Er gerät mit Japanern aufs Bild, fotografiert bereitwillig ein Pärchen aus Portugal und ist, so erstaunlich das für seine neue Lebensrichtung klingen mag, ein Menschenfreund, wie er es nie zuvor war. Der Steuerberater Hans Rakowski war meist mit gesenktem Kopf an seinen Mitmenschen vorübergelaufen, hatte keinem ins Gesicht geblickt, wollte selbst möglichst unbemerkt bleiben: ein Rolltreppenmensch. Der Gangster Rakowski ist ein frei blickender, strahlender Mann, den diejenigen, die ihn ansehen, für einen glücklichen Menschen halten.

»Aber Sie müssen sich doch nichts vorwerfen«, beruhigt der kleine Maçon seinen großen Kollegen aus Paris. »Sie konnten ja nicht wissen, dass die beiden Mädels ein Spiel mit uns treiben.«

»Ich hätte es wissen müssen. Nicht können, aber müssen. Vor allem, dass sie als Zeugin in Gefahr war.«

Er hätte es wissen müssen. Spätestens jedenfalls, seit er aus Paris erfuhr, wer den Range Rover ausgeliehen hatte: ein Student, der für den Deal von einem Unbekannten fünfhundert Euro in bar erhalten und sich mit den eigenen Papieren als Mieter hatte eintragen lassen. Den Auftraggeber konnte er nur vage beschreiben. Die Police Judiciaire kannte das Verfahren, es wurde fast nur von organisierten Verbrechern angewandt: Sie bezahlten jemanden für den Abschluss des Mietvertrags, übernahmen den Wagen, versprachen, ihn rechtzeitig zurückzugeben, und benutzten ihn mit gestohlenen oder gefälschten Nummernschildern für Straftaten.

Er hätte es wissen müssen.

Doch er ist so sehr auf mögliche Feinde seines Freundes Swoboda fixiert gewesen, dass er die Gefahr für die Zeugin unterschätzt hat.

Kommissar Jules Maçon glaubt immer noch, Lecouteux beruhigen zu können. »Wer rechnet schon hier bei uns mit so einem Mafiakiller, das hat es hier noch nie gegeben! Für mich gehört so ein Kerl weg, einfach weg!«

Michaela Bossi setzt ihre Tasse Café crème ab.

»Kopf kürzer, ja?«

Gegen die Scheiben des Bistros an der Mole von Fécamp prasselt Regen. Wie Maçon zu sagen pflegt: Hier ist das Wetter schlechter als in Rouen.

Die letzten schweren Wolken entladen sich an der Küste, während der halbe Himmel über der See schon sonnenhell ist. Von draußen könnte man sehen, dass sich ein Regenbogen von Felswand zu Felswand spannt.

Nach Bossis Frage geht Maçon sofort in Verteidigungsstellung.

»Ja was denn sonst! So ein Vieh gehört nicht unter Menschen. Nicht mal im Knast. Wenn's nach mir gehen würde, Rübe ab, raus ins Meer, Fischfutter, und das ist noch gnädig!«

Georges Lecouteux mischt sich nicht ein. Er trinkt langsam seinen Pernod aus, hebt das Glas Richtung Theke, lässt den Eiswürfel darin klingeln, tut, als hätte er Maçon nicht gehört. Er kennt die Sprüche, und sie widern ihn an, doch jetzt dringen sie nicht in seine Gedanken.

Die roten Plastikstühle und -tische sind kalt, in der Ecke

neben dem Tresen läuft im Fernseher, der unter der Decke hängt, die Übertragung eines Trabrennens im Wechsel mit den Tabellen der Pferdewetten. Kein Ton. Die Kellnerin bringt Lecouteux den zweiten Pernod und einen neuen Krug Wasser.

Er hält die Augen geschlossen, erinnert sich an Constance Prud'hon, die er für Berthe Bellier gehalten hat, sie zeigt ihm ihr lachendes Gesicht, während sie ihn auf sich herabzieht und sich ihm entgegenhebt. Er kann ihre Haut spüren. Es war eine hektische und oberflächliche Begegnung, dennoch blieb die Nähe ihres Körpers in ihm zurück.

Dass er um sie trauert, würde er nicht zugeben. Ihre Leiche war schon abtransportiert, als er mit Michaela Bossi nach gemächlicher Fahrt in Les Petites Dalles eintraf. Sie hatten den Anblick erfolgreich vermieden.

Er gießt Wasser ins Glas, halbvoll, der Anisschnaps wolkt milchig auf, und er nippt an ihm, trinkt einen Schluck, zögert, schüttet den Rest in einem Zug hinunter und wälzt mit der Zunge den Eiswürfel im Mund. Stärker als Trauer und Scham wächst ein anderes Gefühl in ihm: Hass auf den Mörder. Ein wütender, wortloser Hass, zu dem die Kopf-ab-Parolen von Maçon passen.

Als Michaela Bossi, weniger aus Überzeugung, mehr, weil sie es für ihre Pflicht hält, zu einer ausführlichen und politisch korrekten Entgegnung ansetzt, klingelt Maçons Telefon, er steht auf und geht ein paar Schritte beiseite, um den Anruf entgegenzunehmen.

»Ich habe mir gleich gedacht, dass der rechts außen ist«, murmelt Lecouteux.

Der Regen hört auf. Plötzlich liegt die nasse Mole vor

dem Fenster in blendendem Licht, die Tropfen auf den Scheiben glitzern, und Michaela Bossi sucht in ihrer Handtasche nach der Sonnenbrille. Die Stille lässt Lecouteux noch tiefer in die Erinnerung an Constance sinken.

Maçon beendet sein Telefonat und kehrt zum Tisch zurück.

»Das waren die Kollegen aus Le Havre. Sie haben den Rover gefunden. Komplett ausgebrannt. Im Wald von Brotonne, nicht weit von der Seinebrücke. Und im Rest des Wagens eine männliche Leiche, unbekannt, vollkommen verkohlt. Hoffentlich war der das Vieh, ich bete dafür, dass diese Drecksau bei lebendigem Leib ins Feuer gegangen ist. Aber jetzt hängt der Student drin, dieser Idiot!«

Die deutsche Kriminalrätin sieht ihn verwundert an. Maçon grinst.

»Für mutwillige Zerstörung des Fahrzeugs zahlt keine Versicherung! Der muss blechen!«

Er lacht, schlägt sich auf die Schenkel, und Georges Lecouteux würde den rasierten dicken Schädel des rouennaiser Kollegen am liebsten rechts und links ohrfeigen. Stattdessen steht er auf und verlässt das Bistro, ohne zu zahlen. Michaela Bossi bedeutet der Kellnerin, dass sie das erledigt, zahlt aber nicht Maçons Kaffee.

Vor der Glastür muss Lecouteux die Augen vor der Blendung schließen. Die ganze nasse Straße ein Sonnenspiegel.

Der Commissaire senkt den Kopf. Im Rinnstein vor seinen Füßen gurgeln die letzten Regenströme in den Gully, und auf dem glitzernden Strudel dreht sich ein weißes Papierschiffchen, tanzt, hält sich, wird nicht hintergezogen. Er bückt sich, hebt es hoch und zieht die Faltung auf, dreht das Papier, um die Schrift lesen zu können: SCHWARZGELD. Vom Asphalt steigt Dampf auf. Der Lichtstrahl aus einer kleinen Wasserwelle schießt Lecouteux ins Auge, er wendet den Kopf ab, und als er wieder auf seine Hände blickt, sind sie leer.

FEHLER

Wenn ich mit Georges über seinen Hass auf den Mörder der jungen Constance Prud'hon sprechen könnte, müsste er zugeben, wie sehr er sich gewünscht hat, es gäbe die Guillotine wieder; dass er sie geradezu herbeigesehnt und sich vorgestellt hat, er würde selbst das Fallbeil auslösen.

Solche Augenblicke der Aufrichtigkeit und der Schwäche kenne ich von mir selbst. Mein Drang, Gewalt mit Gewalt heimzuzahlen, war gelegentlich so stark, dass ich eine Anhörung abbrechen und den Delinquenten Kollegen überlassen musste, um nicht meine Befugnisse zu überschreiten.

Selbstverständlich blieb ich auch dann dem Gesetz verpflichtet, wenn ich es in meiner Vorstellung umging, doch dass ich mir überhaupt, wenn auch nur durch ein phantasiertes Urteil, den Tod eines Mörders wünschen konnte, gab mir zu denken. War ich zivilisiert genug für meinen Beruf?

Die Kunst ließ mir alle Freiheit der Imagination. Ich habe dennoch nie das Bedürfnis gehabt, eine Hinrichtung zu malen. Obwohl in meinen Bildern Grausamkeit, Schrecken und Unheil durchaus großen Raum einnehmen.

Seit meinem Tod muss ich weder politisch korrekt handeln, noch so denken. Ich kann freimütig zugeben: Kein Bulle hält seinen Job ohne den Wunsch durch, einen brutalen Schlächter, der dir beim Verhör frech ins Gesicht lacht, mit zwei gezielten Schlägen zu erledigen.

So, als wäre die Tötung des Mörders eine Reinigung. So, als würde dadurch das Falsche wieder ins Richtige verwandelt. Vielleicht nicht so sehr aus dem Bedürfnis nach Rache, sondern als Heilung unserer tiefen Verstörung. Als Heilung unseres empörten Herzens. Als Heilung der verletzten Ordnung der Welt.

Man sieht im Laufe seines Berufslebens als Kriminaler so entsetzliche Taten, man trifft auf so grauenhaft verwahrloste Seelen, abgestumpfte Bestien, zynische Teufel, dass es kaum erträglich ist, sie unangetastet lassen zu müssen, obwohl sie es doch wahrlich verdient hätten, einen möglichst qualvollen Tod zu erleiden. Du beherrschst dich. Du kontrollierst dich, bis es wehtut.

Georges würde mich verstehen. Mir liegt daran, die Wünsche zu bekennen, sie zu benennen und nicht länger so zu tun, als wären wir alle fähig, an Gerechtigkeit zu denken, ohne in unseren Gedanken die Todesstrafe zu vollziehen.

Es geht nicht darum, sie wieder einzuführen. Das Gesetz muss ohne Henker auskommen, keiner von uns würde daran rütteln. Nicht nur, weil ein Verurteilungsirrtum dann nie mehr korrigierbar wäre; sondern weil der Mord durch die Justiz keine Gerechtigkeit schafft.

Aber wer ehrlich ist zu sich selbst, erschrickt vor seiner heimlichen Bereitschaft, Tod mit Tod aufzurechnen.

»Gut zu wissen und zuzugeben, dass es nicht bloß richtig, sondern auch sehr anstrengend ist, zivilisiert zu sein«, sagt Klaus Leybundgut und zieht den Hut vor mir. »Töten ist einfach und billig; Recht zu sprechen, ist kompliziert und teuer.«

Er scheint gut gelaunt zu sein, nimmt meinen Arm und führt mich mit wenigen Schritten in den Wald von Brotonne, der sich an die große Hängebrücke über die Seineschleife anschließt. Wir laufen durch die Stille im grünen Licht unter Buchen und Eichen, kein Tier ist zu hören, unsere Schritte schweigen im Laub, und die ausladenden Kronen der Bäume lassen zwischen dem Blattwerk winzige Lücken frei, durch die Sonnenstrahlen auf uns fallen.

»Sprich dich ruhig aus«, sagt Leybundgut. »Du wolltest ehrlich sein, oder?«

»Ich glaube, es geht um Hass. Wenn du einen Typen vor dir hast, der Kinder missbraucht und umgebracht hat, dann hasst du ihn. Was sonst. Glaubst du allen Ernstes, in einer solche Lage könntest du abwägen und an die schlimme Jugend des Täters und die Schuld der Gesellschaft denken? Das überfordert uns. Wir wollen ihn bluten sehen, hängen sehen, zerteilt sehen, wir sind innerlich noch immer Menschen des Mittelalters, und nur das hauchdünne Mäntelchen Zivilisation, das wir uns mühsam über die Jahrtausende zusammengehäkelt haben, bewahrt uns vor dem Faustrecht. Ich habe einmal einen Mörder derartig gehasst, dass ich ihn, wäre er da gewesen, vermutlich erschossen hätte. Es war kein Fall von mir. Er war ein General. Einer dieser Rassisten im Kosovokrieg. Einer der *ethnischen Säuberer*. Ich sah ihn im Fernsehen und konnte fühlen, wie gern ich den Kerl vor der Mündung gehabt hätte. Hätte ich es getan? Ich habe mich jedenfalls, als er ins Bild kam, nach dem Tisch umgedreht, auf den ich meine Dienstwaffe gelegt hatte.«

Klaus Leybundgut bleibt stehen und lacht leise.

»Hier kommt einer, den du noch mehr hasst. Und der, der dich von deinem Hass erlöst …«

Wir treten an den Rand einer Lichtung, in die von der anderen Seite ein schwarzer Range Rover fährt. Dobrilo Moravac steuert ihn und hält an. Neben ihm ist Vedran Sjelo hinter der Windschutzscheibe zu erkennen, der dem Fahrer eine Waffe an den Kopf hält. Über ihren Gesichtern liegt die Spiegelung der blauen Himmelspunkte im Blätterdach. Ich kann erkennen, dass Sjelo seinem Komplizen ein helles Tuch auf Mund und Nase drückt, einen Augenblick später kippt Moravac nach vorn und liegt über dem Lenkrad.

Sjelo steigt aus. Eine weißblonde Haarlocke klebt an der Stirn, sein Gesicht glänzt schweißnass. Er trägt einen Anzug aus braunem, glattem Leder, ein blütenweißes Hemd mit offenem Kragen, das Silberkettchen, schwarze Cowboystiefel mit Messingnieten. Diesmal keine roten Handschuhe, die Goldringe schimmern im Waldlicht.

Während er um den Kühler des Wagens zur Fahrerseite geht, sehe ich meinen schmutzigen Engel aus dem Dunkel zwischen den Bäumen treten. An seiner Hand führt er Gestalten, die ihm folgen wie eine lange Reihe meines Lebens; Martina, die ich geliebt habe, mein Kollege Rüdiger Törring, den ich wegen der Hastigkeit seiner Ermittlungen *Turbo* nannte und der mir zweimal das Leben gerettet hat; nach ihm Klantzammer, mein Vorgesetzter und ein kluger, freundlicher Kriminalrat; ich sehe meine Mutter, Edith

Swoboda, die mich allein aufzog, dafür die Häuser betuchter Familien putzte und nun schon über vierzig Jahre unter der Erde liegt – und wundere mich, wie da Tote und Lebende sich mischen; Michaela Bossi folgt ihr, dann meine Tochter, Lena, die nach dem Tod ihrer Mutter, für den sie mich verantwortlich macht, jede Verbindung zu mir abgebrochen und nie wieder aufgenommen hat; mein Klassenkamerad und Lebensfreund Max Niehaus, der sanfteste von uns allen, den ein wahnbesessener Mörder auf dem Gewissen hat; hinter ihm sehe ich Maria kommen, die ich betrogen habe, die sich von mir scheiden ließ und zehn Jahre später starb; meinen alten Lehrer am Eichendorffgymnasium in Zungen a.d. Nelda, Dr. Stehling, Latein, den ich zwanzig Jahre nach dem Abitur zu bewundern, ja zu lieben begann. Die Reihe will kein Ende nehmen, ich erkenne Gewalttäter, die ich überführt, Schulfreunde, die ich lange schon aus den Augen verloren habe; die Polizeischülerin Jutta, mit der ich ein Verhältnis hatte, das zu meiner Scheidung und Strafversetzung führte; das alte Naziarschloch Sinzinger, ohne den ich keine Schule besucht hätte; meinen kleinen Vater, der nicht aus der russischen Gefangenschaft heimkam und ein halbes Jahr vor dem Frieden dort morgens tot auf seiner Pritsche lag; den drogensüchtigen Dichter Volker Winkels, der versuchte, mich umzubringen; Aminata Mboge, die Weiße mit den schwarzen Eltern, deren Vater ein französischer Soldat aus dem Senegal gewesen war; den selbsternannten Großabt der *Engelslegion*, Leicester Burton, der die Inquisition wieder in Gang gesetzt hatte, und mein Freund Georges Lecouteux, der nun meinen letzten Fall lösen muss. Sie alle bilden einen Kreis um die Lichtung, stehen ruhig an ihrem Rand und richten ihre Blicke auf mich.

Klaus Leybundgut legt mir die Hand auf den Arm.

»Vedran Sjelo wird Dobrilo Moravac töten. Eine gerechte Strafe, findest du nicht? Auch wenn er ihn nicht wegen des Mordes an Constance Prud'hon umbringt, sondern weil er ihn aus dem Weg schaffen will und schon seit Sarajewo hasst. Das Zweckbündnis hat ausgedient, also weg mit dem Kerl, der immer mehr Geld verlangt. Bist du einverstanden?«

»Er hat ihn doch schon längst getötet.«

»Die Zeit spielt hier keine Rolle, wie du weißt. Alle sind gekommen, um zu erfahren, ob du es zulässt.«

Sjelo hat die Fahrertür geöffnet, den bewusstlosen Dobrilo in den Sitz zurückgelehnt und wickelt ihn jetzt mit weißem Klebeband an der Rückenlehne fest. Lage um Lage zieht er um Körper und Arme, fesselt mit weiteren Windungen die Füße, bindet es um den Kopf, verklebt den Mund.

Er arbeitet, bis die gesamte Rolle verbraucht ist.

»Malerabdeckband«, sagt Leybundgut anerkennend, »nicht schlecht, Papier, ziemlich reißfest, es wird verbrennen, und nicht einmal die Techniker von der Police Judiciaire werden die Reste von der übrigen Asche unterscheiden können.«

Dobrilo erwacht langsam aus der Betäubung. Sein Komplize hat einen Kanister Benzin in den Fußraum des Wagens ausgeleert, öffnet einen zweiten und gießt ihn über der Hose des Gefesselten aus, tränkt mit dem Rest die Rücksitze, das Opfer öffnet die Augen, begreift, will schreien, bäumt sich vergeblich gegen die Schichten der Verbände auf, wir hören sein wütendes Stöhnen, während Sjelo eine Benzinspur auf den Waldboden gießt, den leeren Kanister in den Range Rover wirft und ein Feuerzeug zückt.

Er hebt es und sieht zu mir herüber.

»Und?«, fragt Leybundgut.

»Ich konnte es nicht verhindern, ich war bereits tot.«

»Aber du hast ihn gesehen, als er aus dem Haus der Druots kam, als Constance schreiend über die Brücke lief, die Edvard Munch ihr gemalt hat, du weißt noch, Dobrilo verbrannte am Strand in der Bucht, du hast ihn als Bronzeskulptur von Giacometti gesehen, dürr und schwarz wie ein Kohlestift, und du warst einverstanden damit! Etwa nicht?«

»Ja! Ich wollte, dass er leidet und stirbt.«

Ich rufe mein Bekenntnis denen zu, die mich eingekreist haben.

Sjelo nestelt mit der linken Hand sein Silberkreuz an der Halskette aus dem offenen Kragen, legt es an die Lippen und küsst es, schließt die Augen, spricht ein Gebet, verstaut das Kreuz wieder im Hemd, kniet sich und hält sein brennendes Feuerzeug an die nasse Lunte am Boden. Blaue Flämmchen laufen durchs vorjährige Laub auf den Wagen zu, wummernd verpufft die Wolke aus Benzindunst und schlägt in den Range Rover, auf dessen Fahrersitz Dobrilo Moravac seinen Kopf hin und her wirft und seinen Mund unter dem Klebeband aufreißen kann. Die Pfützen im Fußraum stehen sofort in Flammen.

Ein wilder, tiefer Schrei. Er hält noch an, als das Feuer schon im ganzen Wageninneren auflodert. Dann bricht er ab.

Die Stille erleichtert mich.

Plötzlich bricht aus dem Höllenbrand noch einmal Dobrilos Stimme hervor, und ein langer klagender Ton dringt zu uns, in dem das ganze Leid eines Sterbenden schwingt, alle Hilflosigkeit der Kreatur im Angesicht des Todes. Und ich kann nicht anders: Die Klage ergreift mich. Rührt mich. Sie verwandelt meinen Hass in Mitleid.

Der Sterbende verstummt, ich höre ein prasselndes Geräusch und begreife langsam, dass es der Applaus all der Menschen meiner Lebensstrecke ist, die im Kreis um mich stehen. Es hat ihnen offenbar gefallen, einen Mörder brennen zu sehen.

»*Gefallen* würde ich nicht sagen. Sie sind zufrieden.«

Leybundgut fächelt sich mit seinem Panamahut Luft zu, als sei ihm warm geworden.

Ich muss ihm widersprechen.

»Mich erschreckt dieser Beifall. Am Ende gilt er auch noch mir.«

»Wem sonst? Du hast entschieden.«

»Ein Fehler! Ein schwerer Fehler.«

»Sie würden es niemals selbst tun. Genauso wenig wie du. Sie haben nur eine gewisse Genugtuung empfunden, dass ein Mörder einen anderen ermordet. Willst du ihnen das übelnehmen?«

Ich starre in die Flammen, die das Fahrzeug jetzt ganz umhüllen und in ihrem feurigen Licht den Toten hinter dem Steuer nur noch ahnen lassen.

»Du hättest mir helfen können, mich richtig zu entscheiden.«

Klaus sieht mich verwundert an.

»Du bist tot genug, um selbst zu wissen, was richtig und falsch ist.«

»Aber wenn wir uns nicht helfen können und wenn sogar Sjelo vor dem Mord betet – wo, bitte, bleibt dann Gott?«

Er zögert keinen Augenblick mit der Antwort, die ihm nicht wichtig zu sein scheint.

»Das hättest du fragen müssen, solange du noch drüben warst. Hier spielt das keine Rolle.«

Der Applaus um mich herum nimmt kein Ende.

DIE
WELT

Mit seinem östlichen Sonnenglanz steht der Morgen über Wien, die kaiserliche Geschichte der Stadt strahlt aus den grauweißen Fassaden der Palais, leichter Wind führt den Honigduft der Winterlindenblüten durch die Straßen, Spitzahorn und Scheinakazie stehen frisch im Grün, die Fiakergäule tragen den Kopf höher, und im Schatten der Tore hält sich die unvergangene, mürbe Monarchie.

An solchen Tagen geben die Demokraten ihr Geld leichter aus, sind die Busse der Stadtrundfahrten ausgelastet, meiden die Melancholiker die Cafés. Ein Touristentag ist dieser sechste Juni, wie ihn sich die vielen, die hier von den Reisenden leben, nicht besser wünschen könnten.

Wäre der Himmel grau und der Tag voller Regen, vielleicht ließe sich Hans Rakowski die Zeit, an seinem Vorhaben zu zweifeln, es zumindest noch einmal auf seine Schlüssigkeit und Durchführbarkeit hin zu bedenken.

Doch das Licht dieses Morgens lässt kein Zögern zu, es ruft nach Entscheidung und Tat, und Rakowski wird von einer Siegesgewissheit erfüllt, die Gefahr nicht kennt und Vorsicht nicht duldet.

Freilich weiß er einiges nicht, was wir über ihn wissen

können. Wüsste er es, wäre er nicht derart unbekümmert in den Tag gegangen. Wir schreiben inzwischen Donnerstag und müssen, um Rakowskis Lage und seinen Irrtum über dieselbe zu begreifen, uns an den übersprungenen Mittwoch, den fünften Juni, erinnern.

Der Münchener Kriminalhauptkommissar Meidenhauer hatte seinem Vornamen Emil, dessen Bedeutung, *der Eifrige*, ihm seit der Kindheit bewusst war, alle Ehre gemacht.

Nicht nur hatte er eine Kopie von Rakowskis Datei *Glück* in dem ständigen Sicherheitsupdate der Kanzlei vollständig entschlüsseln lassen und die Spur von Breitstein zu einem gewissen Pascal Thierry Chevrier entdeckt – der Schluss lag nahe, dass der Steuerberater seine Schnüffelei zum Zweck der Erpressung unternommen hatte; sondern man hatte daraufhin auch seine Fingerabdrücke aus der Kanzlei mit der Spurensicherung der französischen Kollegen abgeglichen und festgestellt, dass sie sich an den Türgriffen des weißen Audi Q7 auf den Klippen von Les Petites Dalles fanden, der Lukas Breitstein gehört hatte, bevor sein Leasingvertrag durch den Tod erloschen war.

Es dauerte keine Stunde, um Rakowskis Fahrtrouten am vergangenen Freitag, Samstag und Sonntag, von München in die Normandie und zurück, anhand seiner Zahlungen an Tankstellen und französischen Mautstationen zu ermitteln. Die Kameraaufzeichnungen ließen keine Zweifel zu: Seine Kreditkarte war von ihm selbst benutzt worden.

Kriminaloberkommissar Horst Flade ließ Rakowskis Wohnung aufbrechen, stellte fest, dass der Vogel ausgeflogen war, und versiegelte sie. Das Mobiltelefon des Flüchtigen war nicht zu orten. Nach Absprache mit der Police Judiciaire und dem deutschen BKA erwirkte Meidenhauer einen Haftbefehl gegen Hans Rakowski und schrieb ihn europaweit zur Fahndung aus: Der Steuerberater stehe im dringenden Tatverdacht, den Unternehmer Lukas Breitstein, den Kriminalhauptkommissar a.D. Alexander Swoboda und den Steuerberater Dr. Axel Dunkhase getötet zu haben. Ersteren habe er nach erfolgreicher Erpressung beseitigt, Letzteren erschossen, als der ihm auf die Schliche gekommen sei.

Für Horst Flade war er so gut wie überführt.

So schloss sich ein Dreieck, dessen Seiten von Meidenhauer, Lecouteux und Bossi gezogen wurden. Die drei Winkel bildeten den engen Hof, der Rakowski zur Bewegung blieb, während er noch meinte, die Welt stünde ihm offen.

In Michaela Bossis Auftrag hatte das BKA die Täterprofile der Morde an Breitstein, Swoboda, Dunkhase und Constance Prud'hon auf Gemeinsamkeiten hin untersucht. Der Tote im ausgebrannten Range Rover wurde vorerst nicht einbezogen; er würde, wenn überhaupt jemals, erst in Wochen identifiziert sein.

Vor allem das Arrangement der roten Handschuhe mit der Tatwaffe, inzwischen als *Schmetterlingsmorde* aktenkundig, war mit ähnlichen Fällen abgeglichen worden.

Als sie das Ergebnis im E-Mail-Eingang ihres Telefons las, pfiff sie undamenhaft laut über den Tisch, und Georges Lecouteux hob die Augenbrauen.

Sie saßen unter freiem tiefblauen Himmel, windgeschützt hinter den hohen Glasscheiben des Restaurants Le Corsaire neben der Strandpromenade, vor einer mit gestoßenem Eis gefüllten Schale, auf der zwei Dutzend Austern gelegen hatten. Die Hälfte war bereits geschlürft. Ein trockener Sauvignon, dunkles Brot, Salzbutter begleiteten das Mittagsessen auf der Terrasse in der Bucht von Etrétat, zu dem der Pariser Commissaire die deutsche Polizeirätin eingeladen hatte.

»Wenn du Etrétat nicht gesehen hast, dann bist du nicht in der Haute-Normandie gewesen! Die spektakulärsten Kreidefelsen, Tore ins Meer, Bögen, alle haben sie gemalt, nicht nur Monet, du wirst sie wiedererkennen!«

»Aber ich esse keine Seeschnecken und keine kleinen Krabbelmonster oder so was.«

Er hatte gelacht. »Wir werden Austern essen. Mittags Huîtres de Pleine mer vom Cotentin, ein Fläschchen Pouilly Fumé, unter der Sonne sitzen, die ganze Bucht im Blick! Die Falaises! Das ist Gott in Frankreich, du wirst es mögen.«

Als die vierundzwanzig Meeresfrüchte serviert wurden, fühlte er sich bemüßigt, anzugeben.

»Was schätzt du, wie viele Tonnen Austern die Normandie im Jahr produziert?«

»Keine Ahnung.« Sie träufelte Vinaigrette auf das Muschelfleisch und sah, wie das Tier sich unter dem Essig zusammenzog.

»Ungefähr!«

»Hundert Tonnen? Nein? Tausend? Nein, tausend doch nicht. Oder?«

Lecouteux triumphierte. »Fünfunddreißigtausend Tonnen!«

Ihr Telefon meldete einen E-Mail-Eingang.

»Am meisten wiegen ja die Schalen! Entschuldige.«

235

Sie leerte die Auster, legte sie zurück aufs Eis und las auf dem Display die umfänglichen Nachrichten aus dem BKA.

Er wartete geduldig, nahm zwei weitere Muscheln zu sich, weder mit Zitrone, noch mit Vinaigrette. Lecouteux verachtete jede Verfälschung des Meeresgeschmacks und leitete sein tiefes Misstrauen gegenüber den USA von der amerikanischen Unsitte ab, das Aroma der Tiere mit Tabasco zu vernichten.

Dann griff er scheinbar aus Langeweile zu dem Stift, den der Kellner nach der Bestellung liegen gelassen hatte, und malte gedankenverloren mit großen Buchstaben GELD-WÄSCHE schräg über die Papiertischdecke, zog die Schrift mehrmals nach, bis sie, fett und blau, auch von der anderen Seite des Tisches zu entziffern war.

Als er den Pfiff seiner Kollegin hörte, legte er den Stift beiseite.

»Und?«

»Treffer! Es gab bereits zwei andere Schmetterlingsmorde. Einen in Perugia und einen in Florida, und beide Male lagen rote Handschuhe und die Waffe neben der Leiche, wie bei Alexander.«

Im Februar 2009 war der Schiffsbauer George W. Perlmutter neben dem Pool seines Hauses in St. Petersburg/Florida, 60th Avenue South, erschossen aufgefunden worden. Perlmutter, der Luxusyachten baute und in der Villa mit sechs Bädern und vier Schlafzimmern seit seiner Scheidung allein lebte – mit Köchin und zwei Dienern im Nebenhaus –, war neunundfünfzig Jahre alt geworden. Die amerikanische Finanzpolizei, Financial Crimes Enforcement Network, hatte ihn schon länger im Verdacht, Geldwäsche zu betreiben, und stellte seinen Tod in diesen Zusammenhang.

Der Mord wurde nie aufgeklärt. Neben dem Toten lagen rote italienische Lederhandschuhe wie Flügel ausgebreitet, maximale Damengröße, Marke Elma, und zwischen ihnen die Tatwaffe, eine Springfield Armory M 1911. Im Magazin des Revolvers fehlte nur eine Patrone. Die Kugel fand man im Hinterkopf von Perlmutter an der Innenseite der Schädelkalotte. Der Schuss war vermutlich vom gegenüberliegenden Rand des Schwimmbeckens auf seine Stirn abgegeben worden. Der Polizeibericht sprach von einem hochprofessionellen Killer.

Das zweite Foto, das Manuela Bossi an dem sonnigen Mittag in der Meeresbucht von Etrétat auf dem Display ihres Smartphones sah, zeigte die auf dem Bauch liegenden sterblichen Überreste des Italieners Valerio Lulli, sechsundvierzig – zu seinen Lebzeiten vielfacher Millionär und Besitzer einer Kette von Hotels und Resorts in Rom, Mailand, Bologna und Turin. Seine Leiche war in Perugia entdeckt worden, als am Morgen des 4. März 2011, einem Freitag, das Collegio del Cambio geöffnet worden war.

Die ersten Besucher gehörten zu einer Gruppe holländischer Touristen, auf deren Programm das Geldwechslerkollegium stand. Sie betraten unter der von Pietro Vanucci, genannt *Perugino*, ausgemalten Lünette mit Sibyllen und Propheten die Kapelle Johannes des Täufers und fanden den kleinen, schwammigen Mann auf dem Bauch und mit dem Gesicht in einer Lache seines Blutes vor dem Altarbild liegen. Außer roten Lederhandschuhen, die auf seinem Rücken ausgebreitet waren, erwähnt das Polizeiprotokoll eine französische Manurhin MR 73; von dieser Handfeuerwaffe waren mit den Jahren fast hundertfünfzigtausend Stück hergestellt und in Umlauf gebracht worden, davon vermutlich dreißig Prozent längst in illegalem Besitz. Auch hier fehlte nur eine Kugel, die mit aufgesetztem Schuss in Valerio Lullis Schädel durch das linke Ohr eingedrungen war und ihn durch das rechte wieder verlassen hatte. Die Delphische Sibylle über dem Eingang zur Kapelle versprach auf dem Schriftband, das sie um den Leib trug, sie könne Tote wieder lebendig machen: *Vivificavit mortuos.*

Lulli stand wegen des Verdachts auf Steuerhinterziehung seit vier Jahren im Visier der Guardia di Finanza, ohne dass diese ihm bis zu seinem schrecklichen Ende auch nur die Spur von Illegalität hatte nachweisen können. Zweimal war er in die Via Marcello Boglione 84 in Rom vorgeladen worden, ohne etwas preiszugeben.

»Da bleibt doch eine Frage«, gab Lecouteux zu bedenken. Er hatte während ihres Berichts das Austernplateau fast abgeräumt.

»Nur eine?« Manuela Bossi nahm sich die letzte Muschel, drückte die halbe Zitrone über ihr aus, löste sie mit der kleinen Silbergabel vom Schalengrund, führte sie in den Mund und trank den Saft.

Als sie die Schale zurücklegte, sah sie, was er auf die Tischdecke geschrieben hatte. Sie legte den Kopf schief, um sich zu vergewissern, dass sie richtig gelesen hatte, runzelte die Stirn und fragte: »Habe ich was übersehen?«

»Nein. Wieso?

»Aber da steht Geldwäsche, und wir haben eine Mordermittlung, also was willst du mir damit sagen?«

Er stöhnte leise.

»Keine Ahnung. Ging mir grade nur so durch den Kopf.

238

Kinderhände beschmieren Tisch und Wände, pflegte meine Mama zu sagen.«

»Du glaubst, dass die Steuern nicht bloß hinterzogen, sondern auch gewaschen worden sind.«

»Ich glaube gar nichts. Möchtest du einen Nachtisch?«

Michaele Bossi schüttelte den Kopf und sah ihn prüfend an. Er wich ihrem Blick aus, schenkte ihr Wein nach und wartete. Wenn sie mehr Fragen als er hatte, sollte sie beginnen.

Das Rauschen der Brandung drang bis zur Terrasse des Restaurants, der Atlantik hatte sich über Nacht beruhigt, die anrollenden Wogen waren nur noch halb so hoch. Die Möwen ließen sich wieder weit draußen nieder und schaukelten auf den Wellen.

»Was meinst du, Georges, warum lag bei Axel Dunkhase keine Waffe zwischen den Handschuhen?«

»Genau das wollte ich dich fragen. Der Münchener Schmetterling war unvollständig. Aber er ist das Markenzeichen des Mörders. Darum glaube ich: Er hat seine Waffe nicht mitgenommen. Jemand ist später gekommen und hat sich die Waffe geschnappt.«

»Es war Rakowski. Ich bin sicher, dass er es war. Er muss sehr früh in München zurückgewesen sein, ist in die Kanzlei gegangen –«

»Aber dann hat er ihn nicht getötet. Was deine Kollegen in München sagen, ist, pardon, aber es ist Quatsch. Nichts passt zusammen. Wieso sollte Rakowski unseren Alexandre töten? Und wer ist sein Komplize, denn der Mord in Les Petites Dalles hatte zwei Täter. Jetzt auch noch Perugia und Florida. Das soll alles der Steuerberater Rakowski gemacht haben? Das glaubst du selbst nicht.«

»Wenn du recht hast, ist er bewaffnet.«

»Er schießt nicht, da bin ich sicher. Aber am meisten interessiert mich, warum du Breitstein bereits gekannt hast, bevor er umgebracht worden ist.«

»Beim Staatsschutz hatte ihn das Referat Finanzermittlungen im Auge, wir glauben, dass er einen Kriegswaffenkontrollgesetzverstoß begangen hat.«

»Was für einen Verstoß? Ihr Deutschen macht solche Wörter nur, damit keiner außer euch versteht, worum es geht.«

Michaela Bossi lachte, hob ihr Glas und prostete ihm zu.

»Wir konnten ihm nicht nachweisen, dass er illegal Waffen in Krisengebiete ausgeführt hat. Und weißt du warum?«

»Du wirst es mir gleich sagen.«

»Weil er nicht seine Waffen ausgeführt hat, sondern ganze Fabriken, die seine Mörser und Minen und Granaten vor Ort produziert haben. Die hießen dann anders, enthielten aber seine Technik und wurden weiterverkauft, in Länder, in die er von uns aus niemals hätte liefern dürfen. Er war raffiniert und ein Massenmörder, verstehst du? Und ich bedaure überhaupt nicht, dass jemand ihn von den Kreidefelsen geschmissen hat, wer auch immer das war. Ein Dreckskerl weniger auf der Welt.«

Georges Lecouteux senkte den Kopf und schwieg. Er ahnte, dass ihr Gespräch wieder zur Frage der Todesstrafe führen könnte, und hatte das Gefühl, dieser Diskussion nicht gewachsen zu sein.

Bossi trank ihr Glas aus und griff nach der Flasche im Kühler. Sie war leer.

»Und die arme Constance Prud'hon? So ein Schlachtfeld hätte unser Schmetterlingsmörder nicht angerichtet!«

»Ja«, sagte Lecouteux, »das war eine Bestie. Ein Unmensch. Ein Barbar! Ich habe das Gefühl, als ob ich sehen könnte, wie er in dem Range Rover verbrennt. Dabei wissen wir gar nicht, ob er es ist. Aber ich sehe ihn. Als hätte ich dabeigestanden. Sehr seltsam. Und ich muss zugeben, es tut mir verdammt gut.«

Am Vormittag jenes Mittwochs entdeckte Hilde Zach in Wien unter der ungeöffneten Privatkorrespondenz auf ihrem Schreibtisch einen in Salzburg aufgegebenen Brief des Hotels Vier Jahreszeiten in München und riss ihn in der Erwartung auf, darin die Einladung für eine Modenschau zu finden.

Zuerst las sie die Unterschrift: *LUKAS BREITSTEIN*.

Man kann Hilde Zach vieles nachsagen, vor allem ihren eisenharten Geschäftssinn, nur nicht, dass sie bis ins Innerste ihres Herzens ein aufgeklärter Charakter sei. Vielmehr hatte sie Regeln des Aberglaubens verinnerlicht, die sie als Mädchen von ihrem Urgroßvater, einem Kärntner Bauern, gehört hatte. Wichtige Dinge galt es zu beachten: *Ist die erste Person, die dir am Morgen begegnet, eine alte Frau, wird der Tag unglücklich verlaufen, ebenso, wenn dir am Morgen ein Hase vor die Füße läuft. Sind jedoch Schafe die ersten Lebewesen, auf die du nach dem Aufstehen triffst, bringt das Glück; sind es Schweine, hast du Pech.*

Nun sind die Chancen in Wien gering, den genannten Tieren auf der Straße zu begegnen, doch eine alte Frau, so erinnerte sich Hilde Zach, war ihr am Morgen fast vors Auto gelaufen.

Der Erpresserbrief eines Toten.

Ihr wurde kalt bis ins Gesicht, die Hände zitterten, sie

musste das Schreiben auf den Tisch legen, um die Forderungen lesen und begreifen zu können. Doch auch auf der massiven Palisanderplatte wackelten die Buchstaben, verschwamm der Text, der ganze Schreibtisch schien zu schwanken, unter ihren Füßen waberte der Boden, sie wollte aufstehen, traute ihren weichen Knien aber nicht zu, sie zu tragen, lehnte sich zurück in ihren Chefsessel und versuchte, sich zu beruhigen. Ihr Herz jagte, sie öffnete die Knöpfe der eng anliegenden Kostümjacke, spürte Erleichterung, und langsam begann ihr Kopf wieder zu arbeiten wie gewohnt. Sie nahm den Brief auf und las ihn ein zweites Mal.

Sie werden gebeten 500000 € (in Worten fünfhunderttausend Euro) bereitzuhalten. Falls nicht, wird Ihr Prozess gegen WoodWorld Ltd. auf den Caymans öffentlich als ein Geldwäschegeschäft mit dem Londoner Börseninvestor Sinclair Kerlingsson bekannt gemacht.

Veröffentlichen Sie auf der Website von Henri Bonnet und seinem Restaurant Auberge du Lion Rouge in Ypreville sur Aubette (www.lionrouge-bonnet.com) im Feld »Gäste urteilen:« folgenden Text:

»Wir sind begeistert von Ihrem einzigartigen Menu und wünschen Ihnen mindestens … Gäste! Luise und Jörg aus Hamburg.«

In den hier freien Raum für die Zahl fügen Sie Ihre Mobiltelefonnummer ohne Landesvorwahl und ohne Null ein. Unter dieser Nummer werden Sie von nun an Tag und Nacht erreichbar sein.

Weitere Anweisungen folgen. Ob Sie die Polizei einschalten oder nicht, steht in Ihrem Belieben.

LUKAS BREITSTEIN

Selbstverständlich würde sie die Polizei nicht einschalten. Der Poststempel aus Salzburg war vom Dienstag, drei Tage nach Breitsteins Tod. Wer verbarg sich hinter seinem Namen? Er musste wissen, dass Breitstein tot war. Und wie viel noch? Dass er das Restaurant Auberge du Lion Rouge kannte, sprach dafür, dass er auch über ihre Weinproben im Schloss Charme-des-Tilleuls informiert war.

Sie griff zum Telefon auf dem Schreibtisch, zögerte und versuchte, ihre Gedanken zu ordnen. Wer immer bisher Pascal Thierry Chevrier gestanden hatte, dass ihm die Finanzbehörden oder ein Mitwisser auf den Fersen waren, hatte seine Ehrlichkeit mit dem Leben bezahlt. Ohne Absprache waren die übrigen Gesellschafter damit jeweils einverstanden gewesen, dass Chevriers *Gehilfe* die Bedrohung beseitigte. Würde es ihr anders ergehen, weil sie so etwas wie Chevriers Back Street Mistress war? Reichte das aus? Stimmte es überhaupt? Liebte er sie? Oder brauchte er sie nur für gelegentliche Höhepunkte?

Sie entschloss sich, ihm zu vertrauen, und wählte das Château an.

»Es ist derselbe Erpresser, sonst wüsste er nichts von Breitstein«, folgerte Chevrier aus ihrem hastigen Bericht.

»Und wenn es einer von uns ist?«

Er lachte.

»So dumm ist keiner, unsere ungefährliche Methode gegen eine gefährliche einzutauschen. Rufst du aus dem Festnetz an oder mobil?«

»Mein Bürotelefon.«

»Nimm das private Handy!«

Als sie ihn wieder erreicht hatte, versuchte er sie zu beruhigen – erfolglos, sie spürte seine eigene Besorgnis.

»Ist bei dir alles in Ordnung?«

»Was soll bei mir nicht in Ordnung sein?«

»Du klingst so anders.«

»Wie anders?«

Gegenfragen waren Geständnisse – das hatte sie im Verlauf ihrer vier gescheiterten Ehen gelernt.

»Ich weiß auch nicht. Bist du ehrlich zu mir?«

Die Frage konnte nur ihre private Beziehung betreffen, denn alles andere zwischen ihnen beruhte auf organisierter Unehrlichkeit.

Chevrier gab sich empört.

»Wie kannst du so was nur fragen, habe ich dich jemals belogen?«

Sie war sich nicht sicher, schwieg und wartete darauf, dass er durch wiederholte Beteuerungen ihr Misstrauen rechtfertigen würde.

Stattdessen bat er sie, den Erpresserbrief vorzulesen.

»Am Telefon?«

»Ihn zu faxen wäre keine gute Idee.«

Als sie den Brief verlesen hatte, blieb er still.

Sie konnte nicht abwarten.

»Was rätst du mir?«

»Kannst du zahlen?«

Sie lachte. »Peanuts. Darum geht es nicht. Du weißt so gut wie ich, dass das erst der Anfang ist. Das geht weiter und wird teurer.«

»Mach alles so, wie er es verlangt. Ich kümmere mich darum, dass uns dieser Blutsauger ein für allemal in Ruhe lässt.«

»Es tut mir leid, dass ich dir Sorgen mache. Aber du verstehst, dass ich es nicht verschweigen konnte.«

»Vollauf«, sagte Chevriers, »du machst alles richtig, vertrau mir nur.«

»Wem sonst.«

Um etwa dieselbe Zeit waren Monsignore Pierferdinando Caprese und sein Schweizerbübchen Fabio Schlatter, nach ausgiebigem Genuss des Spa del Monastero und seiner Salzhöhle – Caprese schätzte es, nackt zu sein und nahm in Saunen weder auf prüde Italiener, noch auf die mindestens so prüden Amerikaner Rücksicht –, zur Weiterfahrt aufgebrochen.

Ihr nächstes Ziel lag in Lyon: Im Hotel Le Pavillon de la Rotonde hatte Caprese eine *Escapade gastronomique* für zwei Personen gebucht, die eine Junior-Suite und ein üppiges Menu im Zweisternerestaurant sowie den Zugang zum Spa einschloss und nur siebenhundertzehn Euro pro Nacht kostete. Getränke extra. Aus vatikanischer Sicht ein Spottpreis.

Das Monsignörchen ruhte schlechtgelaunt im Fond des Wagens, kämpfte trotz der morgendlichen Schwitzkur im Monastero mit Kopfschmerzen und seinem revoltierenden Magen, wünschte das Restaurant Guido da Costigliole zur Hölle, das er gestern Abend noch in alle Himmel gehoben hatte, und stöhnte Fabio, der schweigend am Steuer saß, in regelmäßigen Abständen vor, wie schwer das Leben eines Vatikanbankers sei.

Als Christ habe er eine so tiefe Liebe zur Armut, dass seine unvermeidliche Berührung mit dem Reichtum ihm schwere Gewissensqualen bereite. Zumal die Neider im apostolischen Palast ihm nachsagten, er zweige Prozente des von ihm bewerkstelligten Kapitaltransfers zu Briefkastenfirmen auf ein privates Konto ab, das sich nicht im Istituto per le Opere di Religione befinde, sondern in einer Luxemburger Bank. Natürlich sei das frei erfunden, doch immer bleibe von solchen böswilligen Nachreden etwas hängen.

»Semper aliquid haeret! Und nolens volens jagen sie dich durch die Medien. Wie es schon im Brief des Jakobus, drei zwei, heißt: Die Zunge ist ein kleines Glied und richtet große Dinge an: Siehe, ein kleines Feuer, welch einen Wald kann es entzünden! – Sag selbst, bin ich nicht ein armer Mann?«

Fabio beschleunigte den Stola S85 und nickte.

»Ja, Monsignörchen, du bist ein armer reicher Mann.«

Caprese lachte meckernd, zog sich die purpurrote Kaschmirdecke über seine Soutane und beschloss, den Rest der Strecke zu träumen.

Bevor er einschlief, fragte er: »Du wirst mich doch nicht verlassen, Fabio, wenn ich alt bin und hinfällig?«

Der Fahrer wandte den Kopf zu ihm um.

»Verlassen? Aber nein. Warum sollte ich?«

»Du lügst«, flüsterte der Banker. »Du weißt es noch nicht, aber du lügst.« Und laut sagte er: »Schau nach vorn auf die Straße, *mio ragazzetto svizzero*, sie ist nämlich deine Zukunft, wenn du mich verlässt.«

Das Globenmuseum in Wien hat eine lange Geschichte. Von einem Privatmann gegründet, gehörte es seit 1956 zur Österreichischen Nationalbibliothek und war auch dort am Josefsplatz untergebracht, bis es fünfzig Jahre später im renovierten Palais Mollard in der Herrengasse neu eröffnet wurde – als weltweit einzigartige Präsentation von Erd-

und Himmelsgloben, Falt- und Taschengloben, aufblasbaren und Glasgloben, geheimnisvollen Mond- und Planetengloben sowie mechanischen Planetarien, Armillarsphären, Tellurien und Lunarien.

Die staatliche Sammlung wird bereichert durch private Dauerleihgaben in einem schönen Kabinett, das sich am Ende des hintersten Raumes rechterhand öffnet. Wer sich die Zeit nimmt, unter all diesen kostbaren Erd- und Himmelskörpern zu wandeln, die Vitrinen zu umrunden, sich an den zahlreichen Mitteilungstafeln kundig zu machen, schließlich auf einem Bildschirm digitale Globen der verschiedenen Zeitalter übereinanderzuschieben und so den Fortschritt der menschlichen Erderkundung zu bewundern, der kann durchaus den Eindruck gewinnen, wir hätten die Welt im Griff. Die wenigen Flaneure zwischen den riesigen Kugeln aus Holz, Leinen und Leder, den winzigen aus Pappe oder Blech, können sich auch bei demütigster Bescheidenheit bald fühlen wie der Schöpfergott, der auf die Früchte seiner Arbeit blickt. Einigen wird dabei bewusst, wie winzig der Ball ist, auf dem wir durch ein kaltes All treiben.

Vermutlich war es die Perspektive der Allmacht, die Rakowski bewog, die erste Geldübergabe an dem kaum frequentierten Ort stattfinden zu lassen.

Die Garderobe und die abschließbaren Fächer für Taschen und Schirme sind im Erdgeschoss zu finden. Man muss dazu die Kasse passieren.

Eine Treppe führt in den ersten Stock, wo sich in den einstigen Salons berühmte Exponate studieren lassen. Das älteste, der goldglänzende sogenannte *Mainzer Himmelsglobus*, stammt aus dem zweiten nachchristlichen Jahrhundert.

Ein langer, getäfelter Korridor mit allegorischen Barock-malereien verbindet die Ausstellungsräume. Kunstvolle Holzintarsien im Fußboden, perfekt erleuchtete Glasvitri-nen. Auf dem Deckengemälde und den Wandbildern trei-ben nackte, geflügelte Kleinkinder mit leicht geschürzten Damen Schabernack, ein Faun blickt lüstern, und Zeus leckt als blumenbekränzter liebesseliger Stier Europas Füßchen.

Statt in das uns umgebende All führt die Dekoration die-ses Flurs mit ihrer bukolischen Putto-Szenerie, die schon im ursprünglichen Palais Mollard bestand, den Besucher in die erotische Sinnenwelt des siebzehnten Jahrhunderts ein.

Dafür hatte der Erpresser keinen Blick. Er suchte den Ort, an dem Hilde Zach seiner Anweisung gemäß den Schlüssel zum Schließfach ablegen könnte, und entschied sich für ein Kaminportal aus rotem, weiß geäderten Mar-mor im Gang zwischen dem ersten und dem zweiten Saal. Das Schlüsselchen würde offen unterhalb eines großen Wandspiegels auf dem Kaminsims liegen, er könnte es en passant an sich bringen, die Treppe zur Garderobe hinun-tergehen und das Geld aus dem Fach nehmen.

Während er scheinbar interessiert die Erd- und Him-melsgloben von Gerard Mercator aus dem sechzehnten Jahrhundert betrachtete, sah er sich nach Fluchtwegen um, für den Fall, dass Frau Zach es doch riskieren sollte, ihn verhaften zu lassen.

Die halbrunde, konkav gebogene Panoramavitrine an der Stirnseite des letzten Saales, die Planeten- und Mond-globen in geheimnisvollem Halblicht enthält, grenzt rück-wärtig an eine Wand mit verschlossenen hohen Holzfens-tern und einer verglasten Tür, die auf der Außenseite mit braunen Papierbahnen abgedunkelt sind.

Diese Scheiben einzuschlagen, wäre kein Problem, dahinter lag vermutlich das Treppenhaus des alten Dienstbotenaufgangs.

Zufrieden mit seiner Besichtigung, verließ er das Globenmuseum und brach zum Kunsthistorischen Museum auf, wo er die Übergabe der Restsumme stattfinden lassen wollte.

In einem Internetcafé an seinem Weg wählte er sich in die Website des Restaurants Auberge du Lion Rouge ein und fand unter den Gästebewertungen die Nachricht vor:

Wir sind begeistert von Ihrem einzigartigen Menu und wünschen Ihnen mindestens 1905354659 Gäste! Luise und Jörg aus Hamburg.

Mit einer vorangestellten Null erreichte das Telefonprogramm des Computers unter der Ziffernfolge, die Hilde Zach als herbeigewünschte Gästeanzahl eingefügt hatte, ihr Handy, und als sie sich meldete, kappte Rakowski die Verbindung, schloss den Browser, bezahlte seine Gebühr und ging. Auf der Straße wählte er sie mit dem eigenen Telefon ein zweites Mal an, hörte wenige Sekunden ihrem Atem zu, sagte wieder nichts und beendete den Anruf.

Mittels einer aufgebogenen Büroklammer öffnete er den Simcard-Schlitten in seinem iPhone, entnahm die eben verwendete Prepaidkarte, warf sie in einen Papierkorb am Straßenrand, zog von seinem Vorrat eine neue Simcard aus der Jackentasche und setzte sie ein. Er wartete, bis das Gerät sich in das Netz eingewählt hatte und rief sein Opfer ein drittes Mal an. Jetzt zitterte ihre Stimme. Sie bat ihn nicht wieder aufzulegen. Ihre Angst gefiel ihm.

»Hören Sie genau zu, Frau Zach. Ich werde mich nicht wiederholen.«

Er beschrieb den Ablauf der Geldübergabe am folgenden Vormittag, elf Uhr, im Globenmuseum.

»Sie schließen die Plastiktüte mit den Zweihundertfünfzigtausend in eines der Schließfächer ein und dann gehen Sie mit dem Schlüssel in den ersten Stock. Dort erhalten Sie weitere Anweisungen.«

Sie bestätigte, dass sie alles verstanden habe, er beendete das Gespräch, entfernte auch diese Karte und ersetzte sie wiederum durch eine unbenutzte.

Die alte Telefonkarte fiel auf den Bürgersteig, der Erpresser kickte sie in den Rinnstein und wusste, dass er alles richtig gemacht hatte und auch alles richtig zu Ende bringen würde. Da die Voraussetzungen stimmten, konnte das Ergebnis nicht falsch sein.

Er kam an einem Eisverkauf vorbei und hatte plötzlich Lust auf Veilcheneis und Pistazie. Der Steuerberater Rakowski hatte immer nur Vanille und Schokolade verlangt. Seit er sich erinnern konnte, Vanille und Schokolade. Diesen zuverlässigen Langweiler Hans Rakowski gab es nicht mehr.

Zwei Kugeln, Veilchen und Pistazie, im Waffelhörnchen. Das neue Leben. Er schleckte sein Eis und schlenderte zwischen den Touristen weiter, mischte sich unter eine Gruppe Kanadier, die zur Hofburg wollten, und genoss es, so zu tun, als sei er einer von ihnen.

Dichte Regenschleier trieben über das Schloss an der Aubette, das unter dem grauen Himmel den Charme verlor, den es im Namen trug. Sturzbäche schossen von den steilen Schieferdächern in die Kupfertraufen, von dort zu den Fallrohren, die solche Mengen nicht aufnehmen konnten.

Das Wasser quoll über, pladderte an der Fassade hinunter, sie war dunkel vor Nässe, Rinnsale sickerten in die Fensterkästen, und das Gebäude mit dem schönen Namen Liebreiz der Linden verwandelte sich in ein unansehnliches graues Haus, das wehrlos dem Wetter ausgesetzt war.

Chevrier stand im Salon des ersten Stocks, in dem sich vier Tage zuvor die Gesellschaft der Trinker versammelt hatte, und blickte aus dem Fenster. Er konnte den Taubenturm und das Einfahrtstor kaum erkennen. Die Scheiben waren von einem Wasserfilm bedeckt und ließen den Park verschwimmen. Der Schlossherr folgte dem unablässigen senkrechten Fließen mit den Augen, richtete sie nach oben, ließ den Blick mit dem Regen nach unten gleiten und wusste, dass er dem Verrinnen der Zeit zusah.

Nichts würde so bleiben, wie es bisher war.

Die Entscheidung, die er zu treffen hatte, fiel ihm schwer.

Seit elf Jahren kannte er Hilde Zach, seit zehn Jahren hatten sie ein Verhältnis, das zwar nur sporadisch auflebte, beiden aber genügte. Dass ihre Begegnungen sich auf die Zusammenkünfte der Geldwäscher und zwei gemeinsame Urlaubsreisen im Jahr beschränkten, verlieh ihnen eine besondere Spannung und verhinderte die Abnutzung der Neugier.

Jetzt musste er Hilde töten lassen. So verlangte es die unausgesprochene Regel, durch die sich die Gesellschaft der Trinker schützte. Als Frau Zach ihm Ort und Zeit der Geldübergabe mitteilte, hatte er sich bemüht, liebevoll zu klingen.

»Du machst alles genau, wie er sagt. Geh kein Risiko ein, ich möchte nicht, dass du dich in Gefahr begibst. Überlasse mir das Weitere.«

Dass er selbst erpresst wurde, hatte er verschwiegen. Durfte er sich von der Regel ausnehmen? Und wenn ja, mit welcher Begründung? Außer der verständlichsten in solcher Lage: Feigheit.

Der kleine Mann wandte sich vom Fenster ab, ging zum Tisch und setzte sich vor sein Laptop. Plötzlich störte ihn sein Toupet, er löste es vom Kopf und legte es neben den Computer. Dann zog er das Stäbchen aus dem Hemdkragen, auf dem er das Passwort notiert hatte, und wählte sich in die Cloud ein, in der er mit Vedran Sjelo kommunizierte.

Er bot dem Gehilfen fünfzigtausend. Für den Mord an Hilde Zach. Und den an ihrem Erpresser. Am nächsten Vormittag, im Globenmuseum Wien. Frau Zach werde die erpresste Summe in eines der Schließfächer an der Garderobe deponieren und dann nach oben gehen.

Nach Sjelos Einverständniserklärung hatte Chevrier geschrieben:

Erwarte Anruf des Gehilfen Straßentelefon.

Sjelo meldete sich, und der Schlossherr wies ihn auf einen irritierenden Umstand hin.

»Der Erpresser hat Frau Zach ein Foto übermittelt. Zwei rote Handschuhe. Und eine Pistole dazwischen. Er hat dir dein Markenzeichen geklaut.«

»Ein Grund mehr, ihn umzulegen.«

»Ich frage mich natürlich, wo er das Foto her hat. Von der Polizei? Wohl kaum. Aber woher dann?«

Sjelo bat ihn, das Bild zusammen mit einem Foto von Hilde in die Cloud zu senden. Als er es empfangen hatte, wusste er, dass Chevrier log und ihn prüfen wollte. Nicht Hilde Zach, sondern *die Ziege* selbst hatte das Handschuhbild mit dem Erpresserbrief von Wout de Wever empfangen.

»Das hat er in der Steuerkanzlei aufgenommen. Eindeutig. Die Waffe ist eine Beretta.« Er lachte. »Ich habe sie ja dort hingelegt.«

Chevrier schwieg und dachte nach.

»Der Beweis, dass du das falsche Schwein geschlachtet hast.«

»Ja, leider. Aber morgen das richtige.«

»Viel Glück.«

Sjelo musste grinsen. Sein Kalkül war aufgegangen.

»Eine Frage noch, Chevrier. Sie sind ganz sicher, dass ich Frau Zach …? Ich meine, sie ist doch, wie man sagt –«

Sein Auftraggeber unterbrach ihn.

»Meine Privatangelegenheiten sind hier nicht von Belang. Regeln sind Regeln. Es tut mir leid.«

Dann legte er auf, löschte die Texte in der Cloud und schloss sie.

Unmittelbar darauf buchte der Killer seinen Flug. Um einundzwanzig Uhr traf er, aus Paris kommend, in Wien-Schwechat ein, bezog wenig später ein Zimmer in der Pension Kibi Rooms in der Landstrasser Hauptstraße 33 und traf gegen dreiundzwanzig Uhr in einem Pizzarestaurant im ersten Bezirk mit einem Landsmann zusammen, der ihm auf der Toilette gegen eintausendachthundert Euro eine geladene kroatische Neunmillimeterpistole HS2000 von Hrvatski Samokres sowie eine Walther P22 mit ausgeschliffener Registriernummer, ein volles Magazin und einen Trockenschalldämpfer SD22 übergab.

Zur selben Zeit erreichte Pascal Thierry Chevrier den Vatikanbankbeauftragten Pierferdinando Caprese an dessen

Mobiltelefon und drängte ihn, bereits am morgigen Donnerstag ins Schloss zu kommen. Der Monsignore zierte sich, die Strecke sei zu lang, er brauche noch eine weitere Übernachtung, doch Chevrier konnte ihn mit einer knappen Bemerkung überzeugen.

»Du hast ja einen tüchtigen Fahrer. Und das Geld ist hier nicht mehr sicher.«

Dies ist nicht alles, doch das Wesentliche, was von jenem Mittwoch zu berichten ist, den Hans Rakowski zwischen den Himmelskörpern unserer Milchstraße mit der Vorbereitung seiner zweiten Erpressung verbrachte – ohne zu ahnen, welch gesteigertes Interesse die deutsche und die französische Polizei und ein bedenkenloser Killer inzwischen an ihm hatten.

Und selbst wenn – in seiner Heldenlaune hätte er es dennoch nicht unterlassen, den Schatz des Drachen zu erobern. Die Aussicht auf eine halbe Million lässt ihn jenseits aller Vernunft handeln. Dass er bereits mehr als eine Million erpresst und gestohlen hat und sich glücklich schätzen könnte, mit dieser Beute bisher davongekommen zu sein, fällt ihm nicht ein. Dieses Geld betrachtet er längst als sein ehrlich erworbenes Vermögen, das ihn nicht mehr in Hochstimmung versetzt.

Es muss wohl eine Art Besinnungslosigkeit sein, die den zukünftigen Reichtum dem Glück zuschlägt, den gegenwärtigen nur der Gewohnheit.

MÄRCHEN

Sein Porträt gefällt ihm nicht, noch weniger die Unterzeile, die ihn als flüchtigen Schwerverbrecher ausweist. Eine unwürdige Charakterisierung. Andererseits empfindet er als beleidigend, dass keine Belohnung für Hinweise zu seiner Ergreifung ausgelobt wird, wenn man ihn schon solcher Taten verdächtigt.

Boulevardzeitungen halten sich nicht mit differenzierten Formulierungen auf, und so findet Hans Rakowski sich unter seinen Initialen H. R. als gesuchten dreifachen Mörder im Blättchen mit dem einfallsreichen Namen *Österreich* vorgestellt – allerdings in seiner einstigen Erscheinung, hinter der wir, gängigen physiognomischen Gewissheiten zufolge, zwar einen Steuerberater, nicht aber einen gewieften Gangster vermuten würden. Eines der ihm zugeordneten Mordopfer ist ihm unbekannt, vom Tod eines weiteren, Lukas Breitstein, erfährt er erst durch die Zeitung, und seinen Kompagnon Dunkhase hatte er bereits tot vorgefunden, freilich den Fehler begangen, sich die Waffe anzueignen.

Doch solange er mit seinem alten Passfoto zur Fahndung ausgeschrieben bleibt, würde ihn auf der Straße keiner identifizieren.

Nach dem ersten Schrecken der Seele legt er beruhigt die Zeitung zusammen, faltet sie längs und steckt sie ein, verlässt im Café Central seinen Tisch unter den Gemälden von *Franzl* und *Sissi*, geht an der nahe dem Ausgang zum ewigen Sitzen verdammten Skulptur des Schriftstellers Peter Altenberg vorüber, dreht sich noch einmal um, steht mit dem Rücken zur Tür und blickt in den Saal. Heute ist sein großer Tag.

Das Café verwandelt sich. Es scheint auf ihn zurückzuschauen. Woher kommt diese Begeisterung?

Hört er nicht Bravorufe? Neigen die Kellner sich nicht tiefer als hier ohnehin üblich zu ihm hin, nicken die Herren an den Tischen ihm nicht anerkennend zu? Und winkt nicht die Altenberg-Figur an ihrem kleinen Tisch aufmunternd mit dem rechten Händchen?

Alle, die ihn sehen, sind anscheinend davon ergriffen, dass sie einen historischen Augenblick erleben. Hier, unter den säulengestützten Kreuzgewölben des Palais Ferstl, hat jener Hans Rakowski gesessen, wird man einmal sagen, bevor er zu einem der bedeutendsten Männer Europas aufgestiegen ist: Er, der den raffgierigen Reichen ihr Schwarzgeld abgepresst hat, wie wir es alle gern getan hätten, doch nur er war dazu im Stande! Hier hätte man ihn noch einfach ansprechen können, den großen Rakowski, der jetzt hinter den Mauern seines Loire-Schlosses ein geheimnisvolles Leben mit häufig wechselnden Konkubinen führt.

Lächelnd wendet er sich zur Tür. Es ist halb elf. Er verlässt das Café Central, zum Globenmuseum sind es nur ein paar Schritte.

Der ungewöhnlich gekleidete Gast an einem der Fenstertische, weinroter Samtanzug, offenes rosafarbenes Hemd, für Touristen vielleicht ein Wiener Dichter, dem die weiß-blonde Genielocke in die Stirn fällt, hat in der Zeitung ebenfalls den Steckbrief seines Opfers gelesen und zufrieden festgestellt, dass man jenem H. R. zwei Morde in die Schuhe schiebt, die er selbst begangen hat.

Vedran Sjelos Aufmerksamkeit wird von dem Gast mit blondem Bürstenhaarschnitt erregt, der sich auffällig benimmt – und doch erkennt er in ihm, der sich vor dem Verlassen des Cafés noch einmal dem Saal zugewandt hat und mit einem leicht irren Ausdruck zurückblickt, nicht den H. R., den ihm das Boulevardblatt *Österreich* zur Denunziation empfiehlt und den sein Auftraggeber Chevrier zum Abschuss freigegeben hat.

Sjelo schaut auf die Uhr. Er winkt dem Kellner.

Heute trägt sie das strenge und elegante anthrazitgraue Schneiderkostüm mit hellgrauen Nadelstreifen. Das Vorstandskostüm. Es sitzt wie angegossen. Untadelig, hätten wir früher gesagt. Anders kennt man sie nicht in der Öffentlichkeit. Die perfekte Geschäftsfrau.

Wenn die innere Haltung nicht nach Wunsch ist, wie an diesem Vormittag, zwängt sie sich in straffe Kleidung, die von außen Halt gibt.

Ihre roten Locken sind frisch gewellt, die schwarzen Stilettos schimmern neu, und dem hart geschminkten Gesicht der Holzgroßhändlerin und Mehrheitseignerin des Bankhauses Zach&Co würde niemand die Nervosität ansehen, die sie seit der schlaflosen Nacht zu beherrschen versucht.

Hilde Zach hat nach dem Frühstück – einen Joghurt, eine Orange, eine Tasse grüner Tee – fünf Milligramm Diazepam genommen, was das Zittern dämpfte, ihr aber nicht half, die gewohnte Souveränität zurückzugewinnen.

Die Plastiktüte an ihrem linken Arm könnte Gemüse enthalten, sie scheint schwer zu sein, ihr Aufdruck weist auf einen Bioladen hin.

In der Herrengasse fällt sie unter den Turnschuh- und T-Shirt-Touristen auf, die Tüte passt nicht zur eleganten Kleidung, Hilde Zach registriert Blicke und findet in jedem Männergesicht den Erpresser. Ihre Handtasche am Schulterriemen, die einen überdimensionierten Goldbarren vortäuscht, sichert ihr die Aufmerksamkeit der Frauen.

Im Globenmuseum, das sie forsch betritt, verlangt sie in herrischem Ton eine Karte, beim Bezahlen fallen ihr Münzen aus dem Portemonnaie auf den Boden, niemand hilft ihr, und sie verzichtet darauf, sich nach dem Geld zu bücken, das unter den Kassentresen gerollt ist. Sie müsste den Rock hochschieben, um in die Knie zu gehen.

»Ach, es ist nicht viel«, sagt sie der Kartenausstellerin. »Geben Sie mir einen Katalog.«

Sie kauft die schmale Broschüre und läuft zur Garderobe, findet unter den vielen freien Fächern, in denen Schlüssel stecken, eines mit der Nummer dreizehn und wählt es, um ihre Plastiktüte zu verstauen. *Möge die Zahl dem Erpresser Pech bringen.* Erst jetzt sieht sie, dass sie eine Euromünze braucht, um das Fach schließen zu können.

Da kommt die Kassiererin ihr nach. Sie hat sich nach dem verlorenen Geld gebückt und bringt ihr einen Euro und dreißig Cent. Hilde Zach wird rot im Gesicht, sie spürt es, fragt sich, warum sie sich ertappt fühlt, vielleicht ist es der vorwurfsvolle Blick der jungen Frau, die monatlich nicht in Tausendern rechnet, sondern jeden Fünfer umdrehen muss.

In ihrer Hilflosigkeit nimmt sie ihr den Euro aus der offenen Hand, will aber die dreißig Cent nicht zurück, die andererseits für eine Belohnung zu gering sind, worauf die Kassendame die beiden Münzen zu zehn und zwanzig Cent in das offene Fach wirft, sich umdreht und zurück hinter ihren Schalter läuft.

»Hören Sie! Ich danke Ihnen!«

Hilde Zach ruft ihr nach und wäre bereit, sich zu entschuldigen. Aber sie wird ignoriert.

Sie steckt Schlüssel und Katalog in ihre Goldbarrenhandtasche und geht noch einmal vor die Tür in die Sonne.

Für alle bisherigen Aufträge hatte eine einzige Waffe genügt. Diesmal spannt sein Hosenbund. Am Rücken hat er sich zwei Pistolen in den Gürtel gesteckt. Den Schalldämpfer für die Walther PK22 trägt er in der Innentasche des Jacketts.

Er hat sich entschieden, nicht nur die Morde auszuführen, sondern auch das erpresste Geld an sich zu nehmen. Fünfzig für die Schüsse und gewiss ein Mehrfaches davon im Schließfach der Garderobe: Das bedeutete, die Besitzerin des Geldes und den, der es ihr wegnehmen wollte, gemeinsam und möglichst gleichzeitig auszuschalten.

Die lässigen Bewegungen des roten Mannes hält der Museumswärter – er tritt gerade aus dem Lift, sieht Sjelo zur Kasse kommen und läuft ins Büro, um ein Glas Wasser zu trinken – für eine weibische Attitüde. Doch der Kroate verschafft sich durch diese Art schweifender Hüftschwünge die innere Ruhe, die er braucht, um präzise schießen zu können. Seine Beine tun so, als habe er kein Ziel, kein besonderes Interesse; als sei er zufällig an diesen Ort geraten und wisse nicht recht, warum.

Absichtslosigkeit ist seine sicherste Tarnung.

Zudem verlässt er sich wie jedes Mal auf den Beistand der Mutter Gottes. Er kauft sein Billett, sieht sich in dem Garderobenraum um, der leer ist, und steigt die Treppe zu den Ausstellungsräumen hinauf.

Die Kassiererin blickt ihm nach. Sein Lächeln hat ihre schlechte Laune vertrieben.

Bevor er den ersten Stock erreicht, greift er sich in den Kragen, zieht das Silberkreuz hervor, küsst es und lässt es außen am Hemd hängen. Nicht weil er dem Kreuz die Kugelform der Welt zeigen will, sondern weil es ihn in den Augen der wenigen Besucher hier zu einem gläubigen Menschen macht, in dessen Gegenwart man unbesorgt sein sollte.

Seine Aufgabe ist leicht und schwierig zugleich. Er hatte nie gezögert, in der Öffentlichkeit zu töten. Die Erfahrung zeigte, dass die Zeugen eines solchen Verbrechens zutiefst verängstigt waren und nur hofften, dass es sie selbst nicht auch treffen würde. Nie war ihm einer in den Arm gefallen, nie einer gefolgt.

Aber hier zwei Menschen zugleich umzubringen, wo es Zeugen geben könnte und die Fluchtmöglichkeit eingeschränkt ist, erfordert mehr als Routine. Ein Korridor, eine Treppe, ein Ausgang – das sind alle Wege, die ihm nach der Tat offen stünden. Noch hat er die Tür in der Rückwand des letzten Saales nicht entdeckt.

Hilde Zach erkennt er an ihren roten Haaren. Im Schloss Charme-des-Tilleuls sind sie sich nie begegnet.

Er hat sie vor dem Museum stehen und eine Zigarette rauchen sehen. Offenbar hatte sie das Geld bereits deponiert. Außer ihrer goldenen Handtasche trägt sie nichts bei sich. Laut Chevrier hatte der Erpresser verlangt, dass sie das Geld für ihn in einer Einkaufstüte mitbringt.

Das Gesicht dieses Mannes ist ihm nun aus der Zeitung bekannt. Der wird, wenn er klug ist, jeden Kontakt mit seinem Opfer vermeiden. Er muss ihn dabei erwischen, wie er den Schlüssel an sich nimmt.

Ein älteres Paar studiert die Hinweistafeln in der Vitrine mit den schlaffen Hüllen aufblasbarer Ballongloben.

Ein junger Mann macht sich Notizen oder zeichnet etwas in ein Heft, während er vor dem Glaskasten mit Armillarsphären steht.

Etwas tiefer im Gang ein Pärchen. Die beiden jungen Leute halten einander an der Hand. Ihr Interesse an der Welt ist allenfalls nebensächlich.

Der Lift kommt nach oben und bringt den Museumswärter zurück, der sofort seine Patrouille aufnimmt, bis in den hintersten Raum läuft, das Kabinett mit den Privatsammlungen inspiziert und geräuschlos zurück durch den Korridor mit den Nacktbildern an den Wänden geht, im ersten Saal eintrifft, wo er neue Besucher ins Auge fasst, um dann wieder seinen Kontrollgang nach hinten aufzunehmen.

Ado Gruber ist hier seit fünf Jahren im Dienst. Der mittelgroße Mann mittleren Alters, grauer Anzug mit Weste, weißes Hemd, blauer Schlips, trägt sein schwarzes Haar mittelgescheitelt und hat ein so allgemeines Gesicht, dass man ihn, kaum gesehen, sofort wieder vergisst. Doch er nimmt es genau mit seiner Aufgabe, die Himmelsgloben und Planeten und Monde zu schützen. Während er sein Museum abschreitet, fühlt er sich manchmal als Bodyguard der Schöpfung.

Auf der gegenüberliegenden Seite der Herrengasse wartet Hans Rakowski. Er hat sich als Tourist verkleidet, hellgrüne Jeans, graugrünes T-Shirt, blaue Sneakers mit weißer Sohle. Er nimmt seine Sonnenbrille ab und beobachtet Hilde Zach, die bereits die dritte Zigarette raucht. Hat sie das Geld schon eingeschlossen, oder will sie nicht zahlen?

Sie wirft die Kippe in den Rinnstein und wendet sich dem Eingang zu. In diesem Augenblick entscheidet sich Rakowski, den Plan zu ändern, und ruft sie an, sieht, wie sie in der goldenen Handtasche nach ihrem Telefon gräbt und es ans Ohr hebt. Er stellt sich in den Schatten eines Hauseingangs.

»Haben Sie das Geld hinterlegt?«

»Ja, es ist im Fach dreizehn.«

»Haben Sie den Schlüssel? Halten sie ihn hoch.«

Mit der Linken greift sie in die Tasche, wühlt, hebt den Arm, lässt zwischen Zeigefinger und Daumen etwas hin und her schwingen, als würde sie mit einer Glocke um Hilfe läuten. Gleichzeitig sieht sie die Straße hinauf und hinunter, um ihren Erpresser ausfindig zu machen.

»Nehmen Sie den Arm runter und lassen Sie den Schlüssel fallen, gehen Sie ins Museum, die Treppe hoch, bis ganz hinten in den Saal der Privatsammlungen, bleiben Sie dort fünf Minuten, dann können Sie meinetwegen wieder rausgehen oder sich ansehen, was es da alles zu sehen gibt, nehmen Sie sich ruhig etwas mehr Zeit, es lohnt sich.«

Er schaltet aus und sieht, wie Hilde Zach seinen Befehl befolgt, den Arm senkt, den kleinen Schlüssel fallen lässt, wie zuvor die Zigarettenstummel, sich dem Eingang zuwendet und darin verschwindet.

Mit wenigen Schritten überquert er die Straße und bückt sich, wo sie gestanden hat, nach dem Schlüssel, steckt ihn ein, betritt das Museum, sieht sein Opfer die Treppe hinaufsteigen, murmelt der Kassiererin, die soeben mit einem Karton voll neuer Kataloge aus dem Büro tritt, zu, er habe in der Garderobe etwas vergessen, und sucht vor der Wand der Schließfächer das mit der Nummer dreizehn.

Als er aufschließt und die Plastiktüte mit zweihundertfünfzigtausend Euro herausnimmt, steht lauernd die Frau von der Kasse neben ihm.

»Ihre Frau hat das Geld ja nicht gewollt. Nehmen Sie es mit?«

Er starrt sie entgeistert an und versucht, zu begreifen, was die Kassiererin von der Erpressung weiß. Sie streckt ihre Hand in den Holzkasten, klaubt die beiden Münzen zu zwanzig und zu zehn Cent heraus, entnimmt dem Innenschloss den freigegebenen Euro und drückt ihm das Geld in die Hand.

»Wer der Pfennig nicht ehrt. Sagen Sie das Ihrer Frau.«

»Ja«, stammelt er, »Ja. Genau! Sag ich ihr.«

Er zwingt sich zu ruhigem Gang, grüßt, als er den Ausgang erreicht hat, noch einmal zurück, versagt sich, auf der Herrengasse davonzulaufen. Er ist ein Spaziergänger mit einer Einkaufstüte, etwas müde vom langen Bummeln, weswegen er sich vor der Hofburg einen Fiaker leistet.

»Hotel Rathauspark, bitte.«

»Mit einem schönen Umweg oder ohne?«

»Fahren Sie. Fahren Sie, welchen Weg Sie wollen. Aber am Ende muss ich am Hotel sein.«

Als er Hilde Zach durch den Korridor kommen sieht, dankt er still der Jungfrau Maria. Sie lenkte seine Wege in der bestmöglichen Weise.

Hilde sieht sich verwundert die Wand- und Deckenmalerei an. So viele rosige Putto-Hintern hatte sie im Globenmuseum, das sie zum ersten Mal besucht, nicht erwartet. Langsam geht sie weiter.

Im abschließenden Ausstellungssaal hört sie dicht hinter sich jemanden atmen, dann eine leise, rauhe Stimme.

»Wo ist der Schlüssel. Bleib stehen. Wo ist der Schlüssel.«

Die Stimme am Telefon war hell und glatt und nicht überzeugend kriminell gewesen; diese hier ist grob, tief, und ihrem Träger ist alles zuzutrauen.

»Aber den haben Sie doch«, sagt sie.

Der Atem schlägt warm an ihren Nacken.

»Jetzt weiter. Geradeaus. Ich bin bewaffnet.«

Sie bleibt vor der halbrunden Panoramavitrine mit Venus, Mars und Monden stehen und sucht die Spiegelung des Raums in den Scheiben nach Menschen ab, die ihr helfen könnten. Sie kann keine anderen Besucher entdecken. Das schummrige Licht unter den Globen, das wie aus den Tiefen des Weltalls zu kommen scheint, macht ihr Angst.

Ein Gefühl, das sie sich nicht gestattet. Sie hatte sich immer gewehrt. Schon als Mädchen. Wo ist ihre Kraft jetzt, ihre Empörung? Kann eine anonyme Erpressung, das Verbrechen der Feiglinge, sie so schwächen, so demütigen? Sie dreht sich um und sieht dem Mann mit der weißen Stirnlocke, der kindlich kleinen Nase und dem zu großen Kopf ins Gesicht.

»Was wollen Sie noch? Sie haben mir das Geld gestohlen, also verschwinden Sie!«

Sjelo hält einen Moment lang für möglich, dass sie die Wahrheit sagt. Dann durchschaut er den Bluff und lächelt. Mit der rechten Hand schiebt er sein Jackett auf, greift hinter sich, zieht die Walther aus dem Gürtel und richtet sie auf Hilde Zach.

»Den Schlüssel. Glaub nicht, du kannst mich verarschen.«

Jetzt begreift sie: Er ist nicht der Erpresser. Es würde ihr nicht helfen, die Wahrheit zu sagen und zu beteuern, dass sie den Schlüssel draußen aufs Trottoir geworfen hat. Dieser Mann, der sie ansieht wie ein altes Kind, das nichts mehr glaubt und durch keine Bitte mehr erreichbar ist, tut unbeirrbar das, was er sich vorgenommen hat.

»Geh nach rechts.«

Sie gehorcht, er folgt ihr und drängt sie zwischen die Rückseite der Panoramavitrine und der Saalwand mit ihren verhängten Türfenstern. Im gedämmten Licht öffnet sich ein keilförmiger Zwischenraum, groß genug, um dort einen Menschen abzulegen.

»Dreh dich um.«

Er hat rote Lederhandschuhe angezogen. In diesem Augenblick hofft sie noch, einen verrückten Mitwisser vor sich zu haben, mit dem sie reden kann.

»Ich habe den Schlüssel wirklich nicht mehr.«

Sjelo überlegt. Mit der Linken entnimmt er der Innentasche seiner Jacke den Schalldämpfer und schraubt ihn auf den Pistolenlauf.

»Wenn du jetzt schreist, sterben alle hier. Ich lasse keinen übrig. Also wo ist der Schlüssel?«

Hilde Zach blickt ihn mit offenem Mund an, so, als könne sie nicht genug staunen. Dennoch weiß sie in diesem

Augenblick, wen sie vor sich hat. Es ist der, den Chevrier immer nur den *Gehilfen* genannt hat, *L'aide*, der die Gesellschaft der Trinker vor Verrat schützt.

»Ich habe ihn nicht mehr.«

»Wo?!«

»Das Geld ist längst weg. Wie ist Ihr Name? Sagen Sie mir wenigstens, bevor Sie es tun, Ihren Namen. Ich möchte wissen, dass ich von einem Menschen getötet werde, und nicht bloß von einem Werkzeug.«

Er schüttelt den Kopf. Sjelo lässt sich nicht als Mensch ansprechen, er hasst es, wenn er tötet, identisch zu sein mit sich selbst; der eine wird schießen, der andere ist der gehorsame Sohn der Muttergottes.

»Sie werden bezahlt! Ausreichend? Ich biete Ihnen mehr! Sagen Sie, dass es irgendjemand aus unserer Gesellschaft ist, aber nicht Chevrier.«

»Nur er gibt die Befehle. Es tut ihm leid, Frau Zach, aber wenn er Ausnahmen von der Regel zulässt, wohin soll das führen? Es tut ihm leid, ich weiß es, er hat es mir gesagt.«

Hilde breitet die Arme aus und beginnt, beide Hände langsam zu heben. Eine mariengleiche Geste der Hilflosigkeit? Eine Bitte? Der Anfang eines Segens? Die Hoffnung auf Verschonung? Ihr Mörder kennt diese Haltung. So hatte seine Mutter vor dem vierten Soldaten gestanden, der seine Gürtelschnalle öffnete. So hatte sie ihn angefleht, sie zu verschonen und zu erschießen. Und so hatte der halbwüchsige Sohn sie zuletzt gesehen, bevor er hinten aus dem Haus gerannt war, in die Arme der anderen Soldaten, die unter den Pflaumenbäumen warteten, um auch dran zu kommen.

Sie hatten seiner Mutter den Wunsch, zu sterben, erst er-

füllt, als alle zufrieden waren. Dann hatten sie ihn mitgenommen.

Er schließt die Augen und schießt.

Die Vorsicht, mit der er der Leiche seine roten Handschuhe
und die Pistole auf den Leib legte; wie er Hilde Zach sanft
über die Lilien-Intarsien des Holzbodens gezogen und ihren Kopf auf die goldene Handtasche gebettet hat, sich
dann aufrichtete und aus dem Winkel zurücktrat, sich ab-
wandte, wie er dann sein Silberkreuz an die Lippen hob –
all dies hat Ado Gruber mit angehaltenem Atem beobachtet.

Er steht, seit die Frau mit den roten Haaren und der
Mann im roten Anzug vor die halbdunkle Panoramavitrine
getreten sind, rechts von ihnen in dem hell erleuchteten Kabinett der Privatleihgaben, das sich an den Saal der Planeten
anschließt. Gerade hatte er den Raum überprüft und wollte
wieder seinen Kontrollgang zum ersten Saal aufnehmen,
als er sah, dass der Mann die Frau mit einer Waffe bedrohte.

Gruber zog sich auf das hölzerne Podest in die Mitte
zwischen die hohen Glasschränke zurück und bewegte sich
nicht mehr.

Auch jetzt wagt er nicht, sich umzudrehen und die Stufe
zum hinteren Teil der Sammlung hinunterzugehen, wo er
sich vielleicht in die Ecke kauern und verbergen könnte.
Erstarrt blickt er auf den Mörder, schließt die Augen, reißt
sie wieder auf. Gruber ist ein anständiger Mann, furchtsam,
zivil und bemüht, gut zu handeln. Vor allem, nicht aufzu-
fallen.

Die Angst erfasst den ganzen Körper. Er spürt nicht,
dass sich seine Blase entleert und der Urin aus dem rechten

Hosenbein über die schwarzen Halbschuhe auf das Podest läuft, einen See bildet, der sich bis zum Rand erweitert, dann die erste Stufe hinunterrinnt und von der zweiten auf den Boden des Kabinetts tropft.

Sjelo will durch den Saal zum Gemäldekorridor und zum Ausgang gehen, hört aber in der Stille des Todes ein Tropfgeräusch, sehr leise, fremd an einem solchen Ort.

Er wendet sich um, zieht die kroatische HS2000 aus dem Gürtel und entdeckt am Eingang zum Kabinett die wässrige Spur.

Ado Gruber wäre in der Spiegelung der Glasscheiben und hinter den Globen kaum zu erkennen, würde er nicht angesichts der Pistole in Sjelos Fingern abwehrend die rechte Hand heben.

Der Schuss verfehlt den Wärter, lässt die Glaswand einer Ausstellungskabine neben ihm einbrechen und trifft einen *Coronelli-Globus* von 1678. Im Indischen Ozean bleibt ein Loch zwischen den Komoren und der Straße von Mosambik zurück.

Gruber geht in die Hocke, schützt seinen Kopf mit den Händen und erwartet, dass der Mörder ihn hinrichtet.

Dessen Schritte knirschen auf den Splittern.

»Gibt es jetzt Alarm?«, fragt er.

Gruber nickt und sieht nicht auf.

»Auf die Beine, Pisser, und geh ruhig vor mir her. Dir passiert nichts. Wir gehen raus. Wo ist der Notausgang?«

Wie Vedran Sjelo kalkuliert hatte, wagt niemand, sich ihm und seiner Geisel in den Weg zu stellen. Das junge Pärchen hält sich fest in den Armen, er sein Gesicht in ihrem Haar, sie ihres an seiner Schulter verborgen; Mann und Frau des älteren Paares drehen ihm den Rücken zu und heben die Hände; der junge Mann mit dem Zeichenblock kniet sich auf den Fußboden und sieht seltsam demütig aus.

Ungehindert laufen Ado Gruber und Vedran Sjelo, der Gruber den linken Arm auf den Rücken biegt und die Pistole an den Hals hält, die Treppe hinunter, auf der ihnen ein Japaner entgegenkommt. Der nimmt nicht wahr, was hier geschieht, und steigt zügig weiter.

Die Kassiererin hat sich hinter den Tresen geduckt und wimmert.

Gruber lenkt seinen Entführer nach links, in einen Bürogang, an dessen Ende er auf das grün leuchtende Notausgang-Zeichen deutet.

»Leg dich hin, ganz hin, Arme nach vorn, ausgestreckt, aufs Gesicht.«

Der Bodyguard der Schöpfung folgt sofort.

Im Palais und vor dem Portal gehen die Feuersirenen los.

Sjelo öffnet den Notausgang und ist frei.

FISCHERSFRAU

Der Tag verliert sein Licht über Charme-des-Tilleuls. Noch bewahrt der Himmel den Anschein von Bläue, über dem Horizont im Westen brennen Wolkentürme, und Riesen, die in Flammen stehen, jagen einander nach. Ihr Feuer spiegelt sich in den Scheiben des Schlosses, dessen Fenster den goldenen Glanz in die Auffahrt zurückwerfen und das Dach des Taubenturms und die schmiedeeisernen Flügel des Tors unwirklich aufleuchten lassen.

Der Stola S85 biegt in die Auffahrt ein und rollt zur Schlosstreppe. Zwischen Reifen und Kies entsteht das rauschende Knistern, von dem Pierferdinando Caprese erwacht.

»Sind wir endlich da?«

Fabio schweigt, setzt die Sonnenbrille ab und stellt den Motor aus. Wout de Wever eilt die Treppe herunter, öffnet die hintere Tür und hilft Caprese aus dem Wagen.

Chevrier steht oben im Portal, breitet die Arme aus und wartet auf den Banker, der seine Aktenmappe aus dem Wagen nimmt, stöhnt, sich streckt, an den Rücken fasst, mühsam die Stufen erklimmt und sich vom Schlossherrn umarmen lässt.

Fabio hat den Kofferraum geöffnet und überlässt es Wever, die Geldzählmaschine herauszuheben.

»Vorsicht damit, die ist neu, und sie rechnet nicht nur und sortiert, sie prüft die Scheine auch, jetzt werden wir sehen, ob uns einer Falschgeld untergejubelt hat!«

Wout der Wever lacht und trägt den Karton mit dem Banknotenzähler Safescan die Treppe hinauf.

Als hätte es ihn zum Ort seiner Erpressung zurückgezogen, war Rakowski in seinem 5er BMW in die Herrengasse gefahren und hatte den Menschenauflauf vor dem Museum gesehen. Zuvor hatte er die zweihundertfünfzigtausend Euro im Kleiderschrank seines Hotelzimmer hinter den Zusatzkissen verstaut und versucht, Hilde Zach zu sprechen. Er hatte mit ihr noch nicht die Übergabe der zweiten Tranche im Kunsthistorischen Museum geregelt. Keine Antwort, keine Mailbox, obwohl vereinbart war, dass sie ständig am Mobiltelefon erreichbar zu sein hatte. Wollte sie ihn provozieren?

Die Schaulustigen vor dem Palais Mollard standen bis auf die Straße, er musste halten und fragte aus dem Fenster einen älteren Herrn, was da los sei.

»Ein Mord. Im Museum ist eine Frau totgeschossen worden. Am helllichten Tag! Und so was passiert direkt neben dem Innenministerium, eine Schande!«

»Unglaublich!« Seine Empörung klang ehrlich, weshalb der Herr sich ihm zuneigte und flüsterte:

»Man sagt, es war ein Irrer mit roten Frauenhandschuhen!«

Dabei zwinkerte er wie unter Brüdern, ohne darzulegen, was er damit meinte.

Dreißig Minuten später checkte Rakowski aus, ließ ein üppiges Trinkgeld am Empfang zurück und verließ Wien. Er tankte vor Sankt Pölten, machte die erste Pause in Seewalchen am Attersee und genoss den Sonnenuntergang.

Am Abend – im Schloss an der Aubette sprechen Chevrier und Caprese bei einem 1996er Barolo Riserva Triumviratum von Michele Chiarlo über die Verbringung der 5,6 Millionen Euro Bargeld nach Rom, während Wout de Wever und Fabio Schlatter im Weinkeller den Banknotenzähler mit Scheinen füttern und die zu Päckchen gebündelten Summen den Besitzern zuordnen – an diesem Abend des sechsten Juni also steht Rakowski hinter Salzburg im Stau.

Zeit genug, die Lage zu analysieren. Auch wenn wir ihm inzwischen jede Überheblichkeit unterstellen dürften – ganz und gar bedenkenlos fährt er nicht nach München, wo er morgen hunderttausend Euro in seinem Bankschließfach deponieren will, in dem bereits dreihunderttausend aus der Breitsteinbeute liegen, und die Kreditkarten seiner neun Bankkonten abholen wird. Könnten wir ihn jetzt befragen, würde er zugeben, dass er seine Rückkehr in die Stadt, in der sowohl die Polizei als auch ein Auftragskiller nach ihm suchen, als Abenteuer einschätzt.

Wien war ihm eine Lehre. Ohne Gefahr ging es nicht. Er hatte sich mit Leuten eingelassen, denen jedes Mittel recht war, ihren Reichtum zu vermehren, und die keinerlei Risiko scheuten, wenn es darum ging, ihre Pfründe zu schützen. Das war Krieg. Krieg um Geld. Wer es hatte, wollte mehr davon und fuhr seine ganze Artillerie auf, um zu siegen.

Die Vorstellung, in einem Krieg zu kämpfen, steigert seine Selbstachtung. Eigentlich hat er sich immer für einen

Pazifisten gehalten, doch jetzt sieht er sich als Kämpfer vor dem qualmenden Horizont eines Schlachtfelds stehen. Einsam. Die Comic-Heftchen seiner Kindheit behalten recht: Hans ist unerschrocken, risikobereit und tapfer wie keiner.

Er wendet den Kopf und sieht sich im leeren Wagen um, als gäbe es da jemanden, der ihn bestätigt.

Wir würden mit geringem Aufwand an Nachdenklichkeit einwenden, dass es sich weniger um Mut als um Hochmut und Gier handelt – beides Schwestern der Dummheit – und dass sein größtes Risiko darin besteht, den Überblick zu verlieren.

Leider weiß Hans Rakowski weder sein Glück noch sein Pech richtig einzuschätzen. Dass er nur die Hälfte des erpressten Geldes bekommen hat, ärgert ihn, sollte ihn jedoch froh stimmen. Hätte der Killer am nächsten Tag im Kunsthistorischen Museum zugeschlagen, hätte er vermutlich nicht nur Frau Zach, sondern auch den unerschrockenen Hans ins Jenseits befördert. Für die ganze Summe hätte der sein ganzes Leben geben müssen. Und fünfhunderttausend Euro sind für einen Toten nun einmal weniger wert, als es die Hälfte für einen Lebendigen ist.

Wenigstens ist ihm klar, dass der Auftragskiller, der Dunkhase erschossen und vielleicht auch Breitstein von den Klippen der Normandie geworfen hat, nach seinem dritten Opfer, Hilde Zach, jetzt sein viertes sucht: H. R.

Zweifelsfrei will er ihn vor der Polizei finden – und liquidieren.

Die Behörden wiederum lasten demselben H. R. die Morde an Dunkhase, Breitstein und Hilde Zach an und werden im Zuge der Ermittlungen demnächst seinen vollen Namen preisgeben.

Nicht ganz so folgerichtig wie hier aufgeführt, doch mit denselben Ergebnissen, entwickeln sich seine Überlegungen, während er auf die glühenden Bremslichter des Vordermannes blickt. Als rot leuchtender Pfad windet sich die Autobahn vor ihm in die Nacht.

Er wird sich durch die Jagd, die auf ihn eröffnet ist, nicht von seinem Weg abbringen lassen.

Vollenhoven würde als Nächster bluten. Eine Million. *Warum nicht in Diamanten?*

Dann Chevrier, den er zusätzlich mit den Mordaufträgen erpressen konnte; keine Beweise, gewiss, doch auf den Busch zu klopfen, hatte sich schon bei Breitstein gelohnt. *Zwei Millionen.*

Von da an würde er, gewissermaßen korrespondierend, zu ihrem Kreis gehören und als abwesend Beteiligter bei jedem Treffen zehn Prozent kassieren. *Warum nicht fünfzehn? Sagen wir: zwölfeinhalb.*

Schließlich, weil auch die Gewinne seiner investierten Erpressungsgelder jenseits der Steuer untergebracht werden mussten, würde er Mitglied der Gesellschaft werden, die er gemolken hatte. Was sollten sie dagegen einwenden? Er hat sie alle in der Hand. *Alle.*

Der Stau löst sich langsam auf. Zugleich verflüchtigt sich Rakowskis Traum vom Glück. Er beschleunigt und reiht sich auf der äußersten linken Spur in die Kolonne ein.

Auf dem nächsten Parkplatz prüft er im Bordcomputer die Angebote einer Hotelapp und bucht eine Executive Suite im The Charles Hotel in der Münchener Sophienstraße, mit Blick auf den alten Botanischen Garten. Die tausendfünfhundert Euro pro Nacht sind es wert, angenehm unterzutauchen. In solchen Größenordnungen, meint er, suchen Polizisten nicht. Als er unter falschem Namen, Dr. Marowski, anruft, bittet eine Damenstimme ihn um eine Kreditkartennummer.

»Ich zahle ausschließlich und immer bar. Und im Voraus. Ich verachte Kreditkarten. Aber wenn Sie mein Geld nicht wollen, gehe ich eben ins Mandarin.«

Kurze Stille, dann beeilt sie sich zu bestätigen, dass man sein Geld gerne akzeptiert. Er hat nichts anderes erwartet.

Geld wollen alle überall. Und Arroganz ist in arroganten Kreisen ein Zeichen von Bonität.

Der Zettel, den der Schweizergardist in der Hand trägt, ist fünf Millionen und sechshunderttausend Euro wert. Handschriftlich sind die Beträge der Gesellschafter verzeichnet und von ihm und Wout de Wever paraphiert worden.

Chevrier und Caprese fordern ihn auf, bei ihnen Platz zu nehmen. Die beiden kleinen Männer sitzen beim Abendessen. Henri Bonnet von der Auberge du Lion Rouge hat Kalbsbries und Kalbsnieren mit frischen Gartensalaten, einer klaren Tomaten-Thymian-Essenz und kleinen Pommes Dauphines angeliefert, dazu im flachen, mit einem weißen Tuch bedeckten Weidenkorb eine Auswahl vom Käsewagen des Restaurants, zwölf Sorten, genug für mehr als sechs Personen.

Die beiden Servicedamen des Schlosses haben aufgetragen.

Man bleibt bei dem siebzehn Jahre alten Barolo. Italienische Weine hat der Schlossherr nur zu Ehren seines vatikanischen Gastes und mit Rücksicht auf seinen Mitgesellschafter, den Olivenölpanscher Silvestro Dimacio sowie den Millionär Valerio Lulli eingelagert, der bis zu seinem überraschenden Tod vor drei Jahren im Collegio del Cambio zu Perugia ein hochgeschätztes Mitglied der Gesellschaft gewesen ist. Italiener sind rasch beleidigt, wenn man ihnen keine Weine ihres Landes anbietet. Doch ginge es nach Chevrier, bedarf es eigentlich keiner Weinanbaugebiete außerhalb Frankreichs.

Wie immer gibt es bei ihm kein Dessert, obwohl Caprese, der von sich selbst sagt, er sei ein Süßer, jedes Mal darüber klagt. Wenigstens werden ihm zum Espresso frische, glasierte Petits Fours gereicht.

Er blickt auf den Zettel, den Fabio ihm gegeben hat, liest stumm die Zahlen und deutet auf den freien, eingedeckten Platz gegenüber.

»Iss nur, Fabio, es ist wohl leider schon kalt.«

Das letzte der mit Marzipan gefüllten Biskuitstückchen verschwindet im vatikanischen Mund. Caprese schließt die Augen und genießt, während sein Geschirr abgeräumt wird. Dann entscheidet er sich, zum geschäftlichen Teil überzugehen, und wendet sich Chevrier zu, der links von ihm sitzt.

»Also, mein lieber Pascal, wir haben fünf Komma sechs Millionen, acht Konten, wie immer.«

»Sieben«, korrigiert Chevrier. Caprese sieht noch einmal auf den Zettel, bestätigt, »Sieben, ja«, und fragt: »Ist jemand entfallen?«

Der Schlossherr nickt. »Wir trauern.«

»Das ist bedauerlich, doch der Herr in seiner unendlichen Gnade wird auch diesem Leben die Auferstehung am Jüngsten Tage zuteil werden lassen. Also sieben. Dann kann ich ein Konto weglassen.«

Der Monsignore öffnet seine Aktenmappe und entnimmt ihr ein Konvolut großer Briefe, schiebt einen davon zurück in die Tasche und fächert den Rest vor sich auf dem Tisch aus.

Jede der Hüllen enthält ein mit Vatikanwappen geprägtes und unterzeichnetes Blatt seiner Bank mit einer Kontonummer.

Sorgfältig überträgt Caprese von Fabios Zettel die jeweilige Summe, unterzeichnet die Urkunde und übergibt Chevrier das Blatt samt Umschlag. Der vergewissert sich auf Fabios Zettel der Richtigkeit von Capreses Eintragung, schreibt den zur Summe gehörenden Namen auf das Kuvert, tütet das Kontoblatt ein, leckt die Verschlussklappe an und verklebt sie.

Zugleich notiert sich Caprese in einem schwarzen Moleskine Kontonummer, Name und Geldmenge, faltet dann Fabios Zettel und legt ihn in das Büchlein.

So hat man es immer gemacht, und so geschieht es auch heute. Die Gesellschafter werden die Umschläge mit ihren kurzfristig geltenden Kontonummern bei der Vatikanbank und den hinterlegten Beträgen erhalten, und Caprese hütet in seinen Aufzeichnungen die entsprechenden Einträge. Mehr braucht man nicht für so intime Geschäfte, bei denen Misstrauen sehr umständlich wäre. Man verlässt sich wechselseitig auf eine gewisse Gesetzesignoranz und stellt einen durchaus gültigen Vertragszustand jenseits des bürgerlichen Rechts her.

Sieben Umschläge sind geschlossen und namentlich gekennzeichnet. Dass Chevrier das Konto seiner dahingegangenen Geliebten Hilde Zach gleichsam treuhänderisch in Gewahrsam nimmt, kommt nicht zur Sprache.

»Nun aber endlich zum Käse«, sagt Pierferdinando Caprese, und wieder fällt Fabio auf, wie sehr er schmatzt.

Der Schlossherr fragt, wie noch bei jedem Besuch des
Bankers:

»Wie schaffst du es nur, so viel zu essen und dabei so dürr
zu bleiben?«

Caprese hebt die Hand und deutet mit gestrecktem Zeigefinger nach oben.

»Ich esse nicht für mich, ich esse für Jesus!«

Der doppelseitige Fernseher, dessen vorderer Bildschirm
zum Wohnzimmer, der hintere zum Kingsize-Bett zeigt,
stammt von Bang & Olufsen und begrüßt den Gast groß-
formatig mit den üblichen Nettigkeiten und Verlockungen.
Hans Rakowski ist inzwischen an derlei Luxus gewöhnt
und nimmt seine herrschaftliche Suite von dreiundsiebzig
Quadratmetern als einen Zustand hin, auf den er Anspruch
hat.

Dass in den Nachrichten kurz vor dem Sport der spekta-
kuläre Mord an einer bedeutenden Unternehmerin im Wiener Globenmuseum Erwähnung findet, wundert ihn nicht.
Er rechnet damit, das alte Fahndungsbild mit seinem vollen
Namen zu sehen.

Der Mann jedoch, der ihm aus dem polizeilichen Aufruf
zur Mithilfe unter dem Stichwort *Schmetterlingsmorde*
entgegensieht, ist ein Fremder.

Das Phantombild, nach Aussagen des Museumswärters
Ado Gruber und der Kassiererin erstellt, zeigt einen weiß-
blond gelockten, fast kindlichen Mann mit kleiner Nase
und ausgelebten Augen, dem niemand mehrfache eiskalte
Morde zutrauen würde. Sein dunkelroter Samtanzug ist

allen Museumsbesuchern aufgefallen. Einigen das Silberkreuz am Hals.

Die Kassiererin, die ihren Namen nicht genannt wissen will, schwört in die Kamera, dass der Mörder »beim Hinaufgehen auf der Stiege sehr nett gelächelt« habe.

Ado Gruber hingegen sagt: »So ein Loch wie in dem Coronelli-Globus könnt jetzt auch in meinem Schädel sein, wenn ich mich widersetzt hätt! Na, und was dann?«

Der Täter habe, erfährt Rakowski, vermutlich noch mindestens vier andere Morde in Deutschland, Frankreich, Italien und den USA auf dem Gewissen und werde als äußerst gefährlich eingeschätzt. Für Hinweise, die zu seiner Ergreifung führen, sei eine Belohnung von zehntausend Euro ausgesetzt.

Etwas neidisch und fast bedauernd registriert Rakowski angesichts der Berühmtheit des Unbekannten, dass er selbst nicht mehr der öffentliche Schurke ist. Andererseits meint er, sich nun wieder frei bewegen zu können, und reserviert sich in einem Anfall von Nostalgie für den kommenden Mittag einen Tisch im Restaurant Vue Maximilian des Hotels Vier Jahreszeiten, wo er zum ersten Mal Freude daran empfunden hatte, unüberlegt Geld ausgeben zu können.

Der Zimmerservice im Charles bringt ihm aus der Küche des Restaurants Da Vero etwas zur Nacht, Tagliatelle mit Languste und Bottarga-Kaviar, dazu eine Flasche Champagner Jacquesson Millesime 2002; der Kellner lässt gegenzeichnen und verbeugt sich für den Fünfziger, den Rakowski ihm in die Hand drückt.

Nicht, dass er früher geizig gewesen wäre; doch der Steuerberater hatte ein rationales Verhältnis zum Geld, das dem Erpresser mehr und mehr abhandenkommt. Und weil er gern zeigt, wie wohlhabend er jetzt ist, profitiert von seiner Großspurigkeit manch einer, der das für Generosität hält.

Außerdem weiß Rakowski, dass er sich von nun an Freundschaft kaufen und Vertrauen bezahlen kann.

Erstaunlich bleibt, bei allem Verständnis für seine Freude am Reichtum, dass er nicht den geringsten Zweifel daran hegt, den richtigen Weg zu gehen.

Hat nicht auch seine Mutter das Märchen vom Fischer und seiner Frau erzählt, die in ihrer grenzenlosen Habgier begehrt, Herrgott zu sein und, weil der seinen Platz nicht räumen will, auf null zurückfällt? Fast alle Eltern erzählen ihren Kindern diese plattdeutsche Geschichte, seit sie bei den Brüdern Grimm zu finden ist, und hoffen, damit zur Bescheidenheit als Lebensziel anzuleiten.

Vielleicht hat sie der kleine Hans ebenso verstanden, wie offenbar viele andere auch; dass man es nämlich mit unersättlicher Gier und beständiger Unzufriedenheit in wenigen Stufen bis zum Kaiser und gar zum Papst bringen könnte – und einzig der verteufelte Wunsch, Gott zu sein, die ultimative Strafe nach sich zieht. Mithin eine Empfehlung der Habsucht, wenn man den letzten Schritt nach oben vermeidet.

Oder hat er sich eingeprägt, die angebliche Moral des Märchens gelte nur für Frauen?

Wie auch immer es um ihn steht: Er sieht für Bescheidenheit keinen Grund, genießt sein Nachtmahl und entnimmt der Plastiktüte das Geld von Hilde Zach, betrachtet es zum ersten Mal und wird sich bewusst, dass er nicht einmal geprüft hat, ob die Summe stimmt.

Der Champagner – er hat die Flasche gut zur Hälfte geleert – lässt ihn sorglos sein. Er möchte jetzt kein Geld zählen. Doch ein fast verschwundener, buchhalterischer Teil seines Charakters ermahnt ihn, korrekt zu bleiben, und sei es als Krimineller.

Hans Rakowski stapelt die mit Banderolen versehenen Geldbündel vor sich auf den Tisch. Es sind fünfundzwanzig. Jeweils hundert Hunderter. Hätte alles geklappt, lägen da jetzt fünfzig solche Päckchen in Bandschleifen.

Er flucht leise. Die Nachlässigkeit, die er sich eben noch gestatten wollte, vergeht hinter dem Zorn, nicht so reich zu sein, wie er geplant hat – und wie es ihm zusteht.

Er nimmt die Champagnerflasche aus dem Kühler und schenkt sich ein. *Warum ist kein Diener da, der das erledigt?* Er trinkt aus und gießt nach. Den Rest.

Da kann Hans plötzlich sehen, was er begehrt: Die fünfundzwanzig fehlenden Geldpäckchen entstehen in der Luft, lagern sich neben die bereits auf dem Tisch liegenden und materialisieren sich. Leuchten. Tanzen. Sie sind bunter als die echten. Wertvoller.

Er bekommt feuchte Augen und streckt die Hand nach dem Traumgeld aus.

Wout de Wever hat sich entschieden.

Er lässt den Banknotenzähler das Schlussprotokoll ausdrucken, schaltet die Maschine ab und besieht sich die sieben Aluminiumkoffer, die zu seinen Füßen auf dem Ziegelboden des Weinkellers stehen. Das Zählwerk hat es bestätigt: *Fünf Komma sechs Millionen Euro.* Alles echt.

Das Metall schimmert silbrig. Wenn er nun jedem Koffer einhunderttausend entnähme, hätte er, jedenfalls bei seinen Ansprüchen, ausgesorgt.

Die Erpressung Chevriers hatte ihm von Anfang an nicht

geschmeckt. Dann schon lieber Diebstahl. Erpressung ist hinterhältig, man quält die Menschen, macht ihnen Angst. Ein Diebstahl dagegen ist eine glatte, ja eigentlich eine ehrliche Sache. Und er geht schnell. Man schnappt sich, was einem nicht gehört, und bringt es an einen anderen Ort, wo es sich in Eigentum verwandelt. Es gibt Meisterdiebe. Aber keine Meistererpresser.

Unter diesen stillen Rechtfertigungen hat er begonnen, die Koffer einen nach dem anderen zu öffnen, jeweils hunderttausend Euro herauszunehmen und in eine Holzkiste zu packen, die einst 24 Flaschen Wein beherbergte.

Wever arbeitet still und mit gleichmäßigen Bewegungen. Das schlechte Gewissen, das er seit der Zustimmung zur gemeinsamen Erpressung mit Sjelo hat, verflüchtigt sich. Er spürt sogar etwas, das er kaum kennt, Freude, als er das Deckbrett auf die Kiste legt und vernagelt.

Den Wagen, mit dem er gelegentlich einen Gast der Gesellschaft der Trinker aus Orléans abholt, einen dunkelblauen siebensitzigen Grand C4 Picasso, betrachtete er längst als sein Eigentum, außer ihm fährt nie jemand mit dem Citroën. Der Kleinbus steht auf dem Parkplatz hinter dem Schloss, der an die Uferbüsche der Aubette und den Bootssteg grenzt. Den Wagen wird er mit in sein neues Leben nehmen.

Der Mond ist orange und groß wie eine Abendsonne fast voll gerundet aufgegangen und steht inzwischen klein und weiß im klaren Nachthimmel über dem Flüsschen. In seinem kalten Licht werfen die italienische Limousine mit Vatikankennzeichen, der hohe Citroën und Chevriers schwarzer Jaguar kurze Schatten auf dem Kies, der zu leuchten scheint.

Wout de Wever öffnet die Hecktür des Kleinbusses, stellt seinen Koffer ein, eine Reistasche, kehrt zurück ins Schloss und kommt mit der Weinkiste in beiden Armen zurück.

»Wo soll der Wein denn hin?«

Vedran Sjelos Stimme klingt ruhig und leise. Wever hält kurz inne, läuft weiter zum Wagen und setzt die Kiste im Laderaum ab.

Er dreht sich um und sieht Sjelo mit seinem schwarzen Hut am Rand des Platzes vor dem Ufer stehen. Sein Schatten fällt ins Dunkel der Büsche. Der Kroate trägt einen langen Mantel, der im Mondlicht grau aussieht.

»Der hat Kork. Geht zurück.«

»Ach ja?«

»Du warst lange weg.«

»Wien. Hatte was zu tun. Ist die Ziege nervös?«

»Kann sein. Er zeigt es nicht.«

»Dann ziehen wir mal die Zügel an.«

Wever nickt und schließt die Hecktür.

Gemächlich kommt Sjelo auf ihn zu. Beide Hände in den Hosentaschen. Der Schatten seines offenen Mantels flattert über den Boden.

»Ich hatte so eine Ahnung, dass du mich brauchen würdest. Habe mich beeilt. Die Ziege sollte nicht wissen, dass ich hier bin. Wir könnten in die Bar nach Ypreville fahren, einen trinken und besprechen, wie wir dem Alten die Daumenschrauben anlegen. Was hältst du davon? Ich hab meinen Wagen draußen stehen, an der Straße.«

Er hatte sich tatsächlich beeilt. Nach der Erledigung seines Auftrags im Globenmuseum war er die HS2000, mit der er Gruber bedroht hatte, in einem Bauschuttcontainer am Straßenrand losgeworden, hatte in der Pension Kibi

Rooms ausgecheckt und Wien fünf Minuten nach vier mit dem Flug Air France 1739 verlassen, war pünktlich um zehn nach sechs in Paris CDG gelandet und hatte die Reise mit einem Leihwagen nach Orléans fortgesetzt. In seiner Wohnung hatte er sich frischgemacht und war weitergefahren zum Charme-des-Tilleuls.

Wout der Wever schüttelt den Kopf.

»Keine Lust heute. Wenn er das Geld rausrücken will, kann er das jederzeit, es ist genug da.«

»Wie viel?«

»Fünf Komma sechs Millionen.«

»Nicht schlecht. Warum haben wir von ihm nur zwei verlangt?«

»Deine Idee.«

»Und morgen fährt die ganze Ladung in den Vatikan.«

»Richtig. Schlatter sagt, sie fahren um sechs.«

Der Kroate lächelt, streckt den linken Arm aus und stützt sich an den Kleinbus. Die rechte Hand verschwindet in der Manteltasche, und Wever weiß, dass sie dort nach einer Waffe greift.

»Also der Wein korkt.«

»Ja.«

»Und die Kiste ist im Wagen.«

»Ja.«

»Ich würde mir gern mal so einen Wein ansehen, der korkt, machst du mal die Klappe hinten auf?«

»Klar«, sagt Wever, öffnet die Hecktür und zieht die Kiste nach vorn. »Aber die ist zu.«

»Du kannst sie doch bestimmt aufmachen, Wout. Für mich. Oder?«

Der Belgier nickt, sieht Sjelo nachdenklich an, läuft ins

Schloss. Sjelo bückt sich in den Citroën und zieht Wevers Reisetasche zu sich, öffnet den Reißverschluss und findet, was er erwartet hat. Chevriers Faktotum will sich aus dem Staub machen. Und das sicher nicht mit verdorbenem Wein. Er schließt die Tasche, stößt sie zurück an ihren Platz und tritt beiseite.

Wout de Wever kommt mit dem Latthammer in der Hand zurück, schlägt ihn mit der Finne in die Ritze zwischen Wand und Deckel, winkelt ab und lockert den Deckel. Er wendet den Hammer und setzt den Nagelzieher an.

»Das war der erste.«

»Jetzt kommt der nächste«, stimmt Sjelo zu und beugt sich vor.

Doch der Hammer wandert nicht zum nächsten Nagel.

Er fliegt in Wevers Hand auf den Kroaten zu, und der Hammerkopf trifft ihn mitten in die Stirn.

Sjelo taumelt zurück, richtet sich auf, sieht Wever mit erhobenem Arm auf sich zukommen, wendet sich um und flieht zum Fluss, seine Füße schlingern in Kreisen, ein zweiter Schlag trifft ihn auf den Hinterkopf, der Filzhut mildert die Wucht kaum, der Kroate taumelt weiter, hat noch immer die rechte Hand in der Manteltasche, der linke Arm rudert in der Luft und sucht nach Halt, ein heiseres Gurgeln kommt aus seinem Mund, seine Beine stellen sich einander in den Weg, er stolpert, reißt die rechte Hand aus der Manteltasche, fängt sich noch einmal und dreht sich wie ein Kreisel um sich selbst, streckt beide Arme nach oben, die goldenen Ringe blitzen im Mondlicht, er kippt neben dem Steg der Bootstelle nach vorn und stürzt in die Aubette. Wever hört den Körper ins Wasser klatschen, eine Welle schwappt an den Steg.

Stille.

Sjelos Mantel schwimmt als schwarzer Riesenflügel auf der glitzernden Fläche, der Hut treibt im Mondlicht auf dem Fluss davon.

Wever ist stehengeblieben. Er lässt den Hammer auf den Kies fallen.

Er friert. Zuletzt hat er Sjelos Hände gesehen. Sie griffen in die Nacht und waren leer.

Er nickt, als wolle er sich sagen, dass er richtig gehandelt hat, geht zu dem Kleinbus zurück und schließt die Hecktür.

Noch einmal wendet er sich um und blickt zum Schloss auf.

Die Fenster im ersten Stock sind erleuchtet.

DER

STAUB

»Ja, Georges, da sitzen wir nun am Totenfluss, du musst
demnächst Vedran Sjelo an unser Ufer bringen, und es
scheint so, als ob die Gangster, die wir fangen sollten, sich
selbst der Bestrafung zuführen, nur die ganz oben erwischst
du nicht.«

»Abwarten.«

Lecouteux hat seinen hellen Nachen halb auf die Böschung gezogen, das Ruder hineingelegt und seine nackten
schmutzigen Füße ins Gras gestreckt.

Der Fluss trägt heute die Farbe von Malachit, an seinem
gegenüberliegenden Ufer hat der Maler Edward Hopper
seine leeren Häuser errichtet: Hart stoßen ihre Lichtseiten
und die mit Schatten beladenen Wände aneinander und
spiegeln sich im Acheron. Ich sehe zwischen ihnen einen
einzigen Menschen, der dasteht, als gehöre er nicht dorthin. Als wisse er gar nicht, weshalb er überhaupt in der
Welt ist. Ich glaube, dass kein Maler vor Edward Hopper
durch so viel Helligkeit so dunkle Melancholie verbildlicht
hat: eine gepflegte sterile Welt, in der aus den Fenstern
Menschen blicken, deren Seelen und Zimmer leblos zu sein
scheinen.

Warum sehe ich heute seine Kunst der Einsamkeit am Fluss? Gauguins braune Menschen am Ufer drüben waren mir lieber, oder vorgestern die Badenden von Cézanne, mit ihrer in Farben aufgelösten Bewegung, gestern die schönen Adligen von Mantegna mit ihren roten Kappen, und seine Engelchen mit bunten Schmetterlingsflügeln. Jeden Tag sehe ich andere Kunst, begreife etwas von der Vielfalt und Schönheit des Lebens – doch was soll ich von Hopper lernen?

»Du siehst drüben alles, was drüben geschieht.«

»Aber Georges! Was ich dort sehe, ist eine eingefrorene Welt. Ein entsetzlicher Mangel an Wärme. Hopper hat die Hölle ohne Feuer gemalt! Ist das dein Diesseits? Bin ich dort hergekommen?«

»Ich finde ihn großartig.«

»Verdammt, Georges, ich rede nicht von Kunst, ich rede vom warmen Leben und vom kalten Tod!«

»Ich vom kalten Leben und vom warmen Tod. Ich verstehe vielleicht nicht genug von Malerei, das habe ich dir schon damals in Zungen gestanden, ich kann nur sagen, was mir gefällt und was nicht, und du hast mich trotzdem mit in dein Atelier genommen. Übrigens: Was soll daraus werden? Was machen wir jetzt in Zungen? Du bist freigegeben.«

»Was bin ich?«

»Dein Körper ist freigegeben. Michaela und ich können dich nach Hause überführen.«

»Ihr duzt euch.«

»Ich dachte, das weißt du.«

Ich versuche, einen Witz zu machen:

»Ich habe einige Kriminelle überführt. Weswegen wollt ihr mich überführen?«

Georges versteht nicht und sieht mich verwundert an.

»Hast du vergessen? Du bist tot! Du musst unter die Erde, du brauchst einen Sarg, und den muss man auf einem Friedhof vergraben. Es sei denn, du willst verbrannt werden.«

»Scheußliche Vorstellung.«

»Also eine Bestattung. Pomp funèbre. Sie werden dich gut beerdigen. Dein Tod hat in Zungen Entsetzen und Trauer ausgelöst.«

Seltsam, wie unwichtig mir das ist. Mein ehemaliger Chef, Jürgen Klantzammer, wird eine Rede vor Kollegen halten, von denen die meisten nur noch wissen, dass ich pensioniert bin; Martina wird Rosen, vielleicht krapplackrote, in die Grube werfen; Törring, dem ich alles beigebracht habe, wird ihr zur Seite stehen; ich hoffe, die beiden haben eine gute Zeit.

Freunde sind keine mehr da. Max Niehaus schon vor sieben Jahren auf fürchterliche Weise umgebracht, Klaus Leybundgut aus Trauer um seine Frau gestorben. Ich hatte nur diese beiden nahen, lebensbegleitenden Freunde. Und beide verloren. Nicht ungewöhnlich, es geht uns allen so. Du wirst alt, und es wird leer um dich.

Vielleicht würde meine Tochter zur Beerdigung kommen, wenn sie mir endlich verzeihen könnte, dass ich ihre Mutter betrogen und verletzt habe. Aber wer soll sie benachrichtigen? Ich habe niemandem ihre Adresse gegeben.

Die Zungerer werden sich kaum mehr an mich erinnern. Die Stadt hatte mir Räume in der Prannburg als Atelier und Wohnung überlassen. Das war freundlich. Jetzt können sie was anderes daraus machen. Kein Swoboda-Museum, das lohnt nicht. Ein paar Ausstellungen hatte ich, in Martinas

Galerie. Und ein paar verdrehte Fälle habe ich aufgeklärt. Das gehörte zu meinem Job. Tiefer ist die Spur nicht, die ich hinterlasse.

Fast hätte ich vergessen, dass meine Mutter auf dem alten Friedhof von Zungen liegt. Ich habe mich die letzten zehn Jahre nicht mehr um das Grab gekümmert. Vermutlich ist es längst aufgelassen. Läge sowieso nicht gern unter ihrem Stein.

Sie würden mich also im neuen Teil des Zungerer Gottesackers einscharren, ich glaube, meine Mitgliedschaft in der Polizeigewerkschaft hat sogar eine Sterbeversicherung beinhaltet, für ein Grab, fünf Jahre Pacht, reicht es vielleicht. Aber Martina würde sich verpflichtet fühlen, es zu pflegen.

Will ich das? Ganz sicher nicht. Meinem Körper kann es natürlich gleich sein, ob er in der feuchten Erde zwischen den Flüssen liegt oder woanders. Wieso ist es mir dann nicht egal?

Was ist das für eine verrückte Idee, dass man sich als Toter wohlfühlen und eine schöne Aussicht haben sollte?

»Wenn du dich nicht entscheidest, entscheiden wir für dich.«

»Du und Michaela.«

»Wer sonst? Hast du eine Verfügung getroffen? Nein. Also.«

Georges kommt mir ungeduldig vor, eine Eigenschaft, die ich völlig verloren habe. Wo will ich meine letzte Ruhe finden? Er hat Recht, ich muss mich entscheiden. Was verbindet mich noch mit Zungen a.d. Nelda? Ich habe das Städtchen nie geliebt, oft gehasst. Ich bin dort aufgewachsen und, sobald ich konnte, abgehauen, aber wie ein riesiges

Chamäleon lauert diese Stadt, rollt ihre Lochaugen in alle Richtungen und schleudert die klebrige Zunge nach jedem, der sie verlässt und anderswo sein Glück suchen will. Ich hoffte, einer der wenigen zu sein, denen es gelungen war, davonzukommen. Trotzdem holte sie mich zurück. Strafversetzung. Wegen eines Dienstvergehens. Und dann hing ich fest. Ohne meine Beziehung zu Martina wäre ich nicht geblieben.

»Sag mir erst, Georges, warum du so dreckige Füße hast. Dann entscheide ich mich, ob ich dir meine Bestattung anvertrauen kann. Du warst immer elegant, schwarze Seidensocken, blanke Schuhe, was ist das jetzt für eine ungepflegte Mode?«

»Nennt sich Jenseits. Ist hier der angesagte Stil.«

Und plötzlich lächelt mich dort, wo eben noch Lecouteux im Gras gesessen hat, mein schmutziger Engel an. Sein wirres Haar hängt ihm in die Augen, sein Hemd ist inzwischen nicht gewaschen worden, seine Fingernägel haben schwarze Ränder, aber er strahlt eine Ruhe und Zuversicht aus, die mir alle Erinnerung vertreibt.

»Du bist auf einem guten Weg. Dennoch hat er recht, unter die Erde musst du. Er will es bloß richtig machen, in deinem Sinn.«

»Was weißt du schon von Georges.«

»Alles. Sagte ich dir schon mal. Ich bin jeder. Komm. Ich zeige dir, wo du liegen willst.«

Er führt mich vom Ufer ins Land, eine Wiese öffnet sich, ein Weg führt aufwärts zwischen baumhohen weiß, rot und gefleckt blühenden Rhododendren, wir steigen, wenige Schritte nur, und stehen auf den Klippen von Varengeville in strahlendem Licht und blicken aufs Meer. Es spielt in allen Farben von tiefstem *Ultramarin* über *Preußisch-blau* bis ins hellste *Türkis.*

Die Doppelschiffkirche von Varengeville, die eigentlich Kirche von St. Valéry heißt, steht mitten zwischen Gräbern auf dem höchsten Punkt der Falaises. Aus Kalkstein und Backstein, Feuerstein und Sandstein errichtet, hebt sie sich grau und weiß ins Licht über der See.

Unter dem azurblauen Himmel mit wenigen, zerfasernden Wolkenfedern zieht sich vor uns die Steilküste als weite, gelb leuchtende Sichel am hellgrünen Meeressaum hin, bis Dieppe, wo sie, zur Linie vermindert, ausbleicht.

»Hier?«, fragt das Waldkind.

Hätte ich noch ein Herz, würde es jetzt kräftig schlagen. Ich spüre nichts, weiß aber noch, wie es in großer Freude schlug.

Hier, dem Wind ausgesetzt, findet sich zwischen den letzten Ruhestätten von Bürgern, Seefahrern, Fischern und Künstlern das Grab von Georges und Marcelle Braque, er wurde 1963, sie zwei Jahre später unter der hellgrauen Granitplatte bestattet. Der Grabstein zeigt als Mosaik seine berühmte Taube, weiß und grau auf Sternengrund.

In der Kirche habe ich oft vor seinem Fenster *L'arbre de Jessé* in der Südkapelle gestanden und die mystischen Blautöne dieses Stammbaums Jesu bewundert. Braque hat das Einsetzen des Fensters noch erlebt, wenige Monate vor seinem Tod.

Als hätte er den Blick auf den Horizont damit eingeübt, sind seine letzten Ölbilder schmale, gestreckte Querformate, Erde und Himmel, Wolken und Meer, fast naturalistisch, von großer Ruhe.

Was wäre gut daran, in seiner Nähe zu sein? Spekulation

über die Ewigkeit – und doch: Hier in den Kalkstein gebettet zu werden, würde mir gefallen. Warum? Würde ich mich verstanden fühlen? Und was wäre das für eine seltsame Nähe, Hülle neben Hülle, Staub neben Staub?

Kein sicherer Platz zudem. Schwere Unwetter, die hohen Brandungswellen an der Plage de Vasterival, die in den Winterstürmen gegen den Fuß der Kreidefelsen anrennen, haben den Kirchenbau hier oben schon ins Rutschen gebracht, und auch wenn man erfolgreich saniert, wird der Atlantik irgendwann stärker sein und sich die Falaises samt Friedhof einverleiben.

Doch bis dahin wird Georges Braque längst als alter Meister einer fernen Epoche gelten.

Der Engel ergreift meine Hand.

»Ich wusste, dass es dir hier gefallen würde.«

»Aber sie nehmen keine Deutschen in normannischer Erde auf, und ich kann es ihnen nicht verdenken.«

»Vielleicht doch. Der Name war mal germanisch, Warengierville.«

»Danke, ich war nie ein Germane. Meine Vorfahren stammen aus Polen. Außerdem ist der Platz hier eng, alles besetzt.«

»Du musst zuhören«, sagt er. »Dem Wind!«

DER
FALL

Das Foyer des Hotels Vent d'Ouest an der Avenue Gambetta in Fécamp ist trotz des schwarzen Empfangstisches kein Ort für ein Gespräch über Begräbnisse. Allenfalls könnte man hier eine Seebestattung im Kanal auf dem halben Weg nach England planen. Der neonumkränzte Tresen ist mit Seglerutensilien behängt, neben der Sitzgruppe aus Rattanlehnstühlen mit weißen Polstern lässt sich auf einer Wandtafel das richtige Binden von Seemannsschlägen erkunden, und wäre es nicht zu windig an diesem Freitagmorgen, hätten Lecouteux und Michaela Bossi ihren Gast hinaus in den kleinen Innenhof, der hier *Patio* genannt wird, gebeten.

Sie hatten das Frühstück beendet und wollten in Ruhe aufbrechen, als Catéline Desens überraschend das Hotel betrat.

Nach der Begrüßung setzte sie sich unter die Tafel mit den Knotenanleitungen und kämpfte sichtlich darum, den Grund ihres Besuchs angemessen zu formulieren. Mit Rücksicht auf Frau Bossi hatte sie sich vorgenommen, deutsch zu sprechen.

Lecouteux lässt ihr einen Grand Crème bringen.

Michaela Bossi stellt ihren kleinen Reisekoffer neben die Rezeption und setzt sich Swobodas letzter Geliebten gegenüber. In eineinhalb Stunden geht ihr Zug von Yvetot nach Paris, wo sie ihren Rückflug nach Frankfurt antreten wird.

»Sie müssen wissen, dass Alexander mir beigebracht hat, Bilder anders zu sehen«, beginnt Madame Desens unvermittelt.

Sie atmet schnell, trinkt einen Schluck Kaffee, legt ihre Hände wieder im Schoß zusammen.

»Früher konnte ich sagen, was ich schön fand und was nicht, aber jetzt kann ich sagen, warum. Er war wirklich ein bedeutender Künstler, ganz gleich, ob die Welt draußen ihn kennt oder nicht.«

Michaela Bossi betrachtet die Frau im Sessel, die ein beigefarbenes Jackenkleid und flache Schuhe in derselben Farbe trägt, offenbar kürzlich beim Friseur war und sparsam, doch erkennbar Make-up aufgelegt hat.

Sie ahnt, dass die füllige Sechzigerin Unterstützung sucht.

Hatte sie bei der ersten Begegnung noch so etwas wie Neid empfunden, weil Catéline Desens eine Beziehung zu Swoboda gelebt hatte, die auch ihr selbst lieb gewesen wäre, so spürt sie jetzt sogar Sympathie für die mehr als zehn Jahre ältere Frau, die noch immer nicht den Grund für ihr Kommen genannt hat.

»Wie können wir Ihnen helfen?« Georges Lecouteux neigt sich in seinem Sessel vor. »Frau Bossi muss zurück nach Wiesbaden, ich werde sie gleich zum Zug nach Yvetot fahren. Vielleicht sagen Sie uns, was Sie auf dem Herzen haben?«

»Ein Traum. Es kommt Ihnen gewiss seltsam vor, es geht um einen Traum.«

»Ah ja.«

Lecouteux lehnt sich zurück.

»Ich weiß, was Sie denken, die trauernde Geliebte kann nicht loslassen und muss alle Welt mit ihrem Schmerz überschütten. Aber ich –«

»Ich denke das nicht«, unterbricht Michaela Bossi und entschuldigt sich. »Bitte fahren Sie fort.«

Catéline schweigt und blickt auf ihre Tasse Grand Crème. Dann hebt sie den Kopf und erklärt:

»Ich biete ein Grab für Alexander an. In Varengeville. Auf dem alten Seemannsfriedhof bei der Eglise St. Valéry. Es ist die Grabstelle der Großeltern meines Mannes. Er liegt im neuen Friedhof an der Route de Dieppe, da werde auch ich liegen, wenn es so weit ist. Aber das alte Grab auf den Falaises ist im Familienbesitz, ich kann darüber verfügen. Und ich biete an, dort den Maler Alexander Swoboda bestatten zu lassen. Als einen der Künstler von Varengeville. Ich habe bereits mit dem Pfarrer und mit dem Bürgermeister gesprochen. Man will es möglich machen. So. Das wollte ich Ihnen mitteilen.«

Bossi und Lecouteux schweigen. Er steht auf. Die Frauen folgen. Überrascht und gerührt sagt er: »Ich danke Ihnen, Madame. Das ist eine wunderbare Liebeserklärung an unseren toten Freund. Und ich glaube, dass Alexandre glücklich darüber wäre.«

»Er ist es, das weiß ich«, widerspricht sie. »Ich sagte doch, es geht um einen Traum.«

»Dann darf ich Sie bitten, sich um die Formalitäten zu kümmern?«, fragt Lecouteux.

»Das ist alles, was ich für ihn tun kann.«

Michaela Bossi kämpft mit den Tränen, geht auf Madame Desens zu und umarmt sie.

Der Commissaire wartet ab. Dann verbeugt er sich.

»Ich glaube, Catéline, wir werden uns alle drei bald wiedersehen, auf den Kreidefelsen von Varengeville.«

Die Tournedos Rossini sind so gut wie am vergangenen Montag. Hans Rakowski hat im Vue Maximilian einen Tisch am Fenster erhalten, ist bester Laune, denn er hat alles erledigt, was er sich vorgenommen hatte. Unbehelligt konnte er sein Schließfach und seine Banken aufsuchen, um Teile seiner Wiener Beute einzulagern und einzuzahlen sowie seine Girokarten und zwei Kreditkarten abzuholen. Er kleidete sich neu ein, kaufte eine Flasche Eau de Toilette der Marke 1 Million, weil ihm die Werbung des Herstellers Paco Rabanne passend scheint: *1 Million ist ein Duft für selbstbewusste Siegertypen, die gerne alles auf eine Karte setzen.* So will er riechen.

Es wird Zeit, mit offenem Visier zu kämpfen und die unwürdige Anonymität zu beenden. Ihm wird ohnehin niemand auf die Spur kommen, doch die Erpressten sollen wissen, dass sie es mit einem Profi zu tun haben, der sich in ihrer Welt der Geldwäsche auskennt.

Neue Prepaid-Simcards von vier verschiedenen Telefon-Providern trägt er in der Jackentasche und einen Brief an Willem van Vollenhoven, den er, mit vollem Namen unterzeichnet, morgen in Amsterdam einwerfen wird und in dem er einen Vorschlag unterbreitet:

Eine Million Euro, vorzugsweise der Gegenwert in Diamanten, im Austausch für das Stillschweigen des Erpressers über einen Schadensersatzprozess gegen die Firma WestMineCommodities auf Antigua, bei dem Vollenhoven eins Komma drei Millionen Dollar Entschädigung für nicht gelieferte Diamanten und dadurch entgangene Gewinne zugesprochen worden waren. Wodurch Schwarzgeld zu Weißgeld wurde. Und nicht zum ersten Mal. Für die Übergabekonditionen der Million Schweigegeld werde man sich mit ihm in Verbindung setzen, sobald er in der *Süddeutschen Zeitung* folgende Traueranzeige aufgegeben habe:

Hans Rakowski/11. 2. 1976 – 5. 6. 2014/Tief erschüttert geben wir bekannt, dass unser langjähriger Teilhaber am 5. Juni plötzlich und unerwartet verstorben ist./Die Beerdigung fand in aller Stille im Kreis der Angehörigen statt./ Steuerkanzlei Dunkhase&Partner

Die neue Reisetasche, cognacfarbenes Straußenleder, steht unter seinem Tisch im Restaurant und enthält einen Teil der Einkäufe. Den dunkelbraunen Canali-Anzug, das lindblaue Keaton-Twill-Hemd von Ralph Laurens Purple Label und die Schuhe, Oxfords aus Teju-Eidechsenleder, hat er sofort nach dem Kauf angezogen und die Geschäfte gebeten, »meine alten Sachen wohltätigen Zwecken« zuzuführen.

Stück für Stuck erobert er sich die Welt des teuren Geschmacks und freut sich an der eigenen Lernfähigkeit. Es fällt leicht, mit den Preisen nach oben zu steigen.

Der siebente Juni hat über München den milden Glanz des Vorsommers ausgeschüttet, im Föhn steht die Alpenkette mit Zugspitze und Wettersteingebirge blauschwarz und hoch am Horizont, als wäre sie über Nacht um Kilometer an die Stadt herangerückt. Bereits am frühen Nachmittag bilden sich auf den Autobahnen nach Garmisch, nach Salzburg und nach Lindau die ersten Staus, an Freitagen mit solchem Wetter spuckt die Stadt ihre Menschen ins Wochenende und saugt sie erst am Sonntagabend wieder ein.

Rakowski kann dies gleich sein. Er hat vor, um zweiundzwanzig Uhr fünfzig per Nachtzug im Einzelabteil Deluxe nach Amsterdam-Centraal zu fahren. Zum Mittagessen versagt er sich Weingenuss, hält sich an Mineralwasser, ist beim Dessert jedoch nicht zurückhaltend, das Spargelsorbet mit Kaktusfeigenschaum und Gelee von der Blutorange bestellt er sich ein zweites Mal.

Beim Anzugkauf hatte er festgestellt, dass sich das gute Leben, das er sich seit der Breitsteinerpressung gönnt, im Leibesumfang bereits bemerkbar macht. Die Tatsache erfreut ihn, große Männer müssen, glaubt er, Gewicht haben, Umfang, Bedeutung ist auch Verdrängung.

Er nimmt einen Espresso, zahlt bar, verlässt das Restaurant durch die Hotellobby und tritt auf die Maximilianstraße.

Hier fühlt er sich angekommen. Hier liegen die Geschäfte für die Reichen. Auf dem Trottoir ist man in guter Gesellschaft, wenn auch nicht ganz geschützt vor ausgestreckten Händen, flehenden Blicken und selbstgemalten Pappschildern, auf denen in wenigen Worten bejammernswerte Schicksale zusammengefasst sind.

Gestalten, die den Flaneuren der Maximilianstraße auf solche Weise ein schlechtes Gewissen machen wollen, hocken bevorzugt an den Treppen der Tiefgarage unter dem Max-Joseph-Platz, am Zugang zur Oper oder zum Residenztheater. Selten findet man sie schräg gegenüber neben der Tür zur Akademie der Schönen Künste in der Residenz, weil sie wissen, dass die meisten der dort Aus- und Eingehenden nur über geistigen Besitz verfügen.

An Tagen wie diesem, an denen sich der Alpenföhn gegen den herandrängenden Westwind behauptet und in manchem Passanten ein sonntägliches Gefühl aufkommt, sind einige eher als sonst geneigt, etwas zu geben. Und so zückt auch Hans Rakowski, als eine schmutzige Hand sich ihm in den Weg streckt und eine leise, junge Stimme fragt »Haste mal fünf Euro?«, sein Portemonnaie, in dessen Scheinfächern die Hunderter und Fünfziger dicht gepackt sind, öffnet das Münzfach und sagt:

»Na zwei tun's doch auch, ja?«

Als er den Zweier in die linke Hand legt, die sich sofort schließt und das Geldstück in der Hosentasche verschwinden lässt, blickt er auf und sieht den Beschenkten an. Ein zugleich altes und jugendliches Gesicht, übermüdet, mürrisch, verschlagen. Offenbar unzufrieden mit der Münze, blickt der Bettler herausfordernd zurück – und plötzlich begreift Rakowski, wer vor ihm steht.

Er senkt den Kopf, schließt seine Geldbörse, steckt sie ein und will weitergehen, da erkennt Josef auch ihn.

Seine Augen weiten sich, sein rechter Arm schießt vor, er greift Rakowski am Revers des Anzugs und zerrt ihn zu sich.

»So? Zwei sind genug? Und ich hab keinen Job mehr, du hast mich hingehängt, du Drecksau, die haben mich am nächsten Tag gefeuert, du Verbrecher!«

Sein Geschrei macht Passanten aufmerksam. Rakowski versucht, sich Josefs Griff zu entwinden, schreit zurück, mehr für die Umstehenden als für Josef:

»Lassen Sie mich los, Sie sind ja betrunken, loslassen! Soll ich die Polizei rufen?«

»Ja! Ruf die Bullen, ich hab deine Visage in der Zeitung gesehen, die suchen dich, du kannst noch so blond sein, du bist der Verbrecher!«

Rakowski sieht sich hilfesuchend um, ein kleiner Kreis ratloser Bürger hat sich gebildet, niemand schreitet ein.

Josef lässt ihn los und zeigt mit ausgestrecktem Arm auf ihn. »Das ist ein Mörder!«

Der Denunzierte bahnt sich seinen Weg durch die Zuschauer, deren Kreis sich hinter ihm schließt und Josef den Weg verstellt, ihn aber, als er die Fäuste hebt, durchlässt, er nimmt die Verfolgung auf, schreit fortwährend »Verbrecher! Verbrecher!« und deutet auf den Flüchtigen, der seine Schritte beschleunigt, sich im Lauf umdreht, Josef kommen sieht, sich wieder nach vorn wendet und im selben Schwung vom Bürgersteig auf den Platz vor der Oper tritt.

Es ist der Platz, auf dem die Busse mit Theaterbesuchern aus anderen Städten eintreffen. Es ist der Platz, auf dem die Doppeldecker der Sightseeing-Touren wenden, während die Reiseführer den Touristen Geschichte und Bedeutung der Münchener Residenz erklären.

Und es ist der Platz, auf dem Hans Rakowski stirbt.

Der Fahrer der Städtetour konnte ihn nicht kommen sehen. Er war eben aus der Maximilianstraße rechts abgebogen, als der Mann ihm plötzlich vor den Kühler lief.

Der Bus ist gut besetzt, das offene Oberdeck bis auf den letzten Platz, nur wenige Innensitze sind frei. Niemand wird bei der Vollbremsung verletzt, der Bus hat Rakowski sehr langsam überrollt und schon nach dreieinhalb Metern gehalten.

Eine junge Frau, die auf der Treppe zur Oper auf jemanden zu warten scheint, sieht den Mann fallen und unter dem Bus verschwinden. Sie schreit auf und schlägt die Hände vors Gesicht.

Josef konnte sehen, was geschah.

Er bleibt stehen, besinnt sich, rennt zurück, überquert die Maximilianstraße und verschwindet durch den Hofgraben in der Altstadt.

Zwei Streifenpolizisten, die vor dem Notarzt und den Sanitätern am Ort sind, durchsuchen den Inhalt der Reisetasche, die auf die linke Seite des Busses gerutscht ist. Zu ihrer Überraschung finden sie darin eine Menge gebündelter Geldscheine. Sie zählen nicht genau, schätzen den Betrag aber auf mindestens achtzigtausend, informieren, wie für solche Fälle vorgesehen, die Kriminalpolizei und beginnen mit der Feststellung der Zeugenpersonalien.

Wenig später ist der Platz abgesperrt.

Ein Sanitäter behandelt den Busfahrer, der einen Schock erlitten hat und mit aschfahlem Gesicht auf der Treppe des Nationaltheaters sitzt.

Der Arzt sieht sofort, dass er bei dem Überfahrenen nur noch den Tod feststellen kann.

»Bei dem Zustand hätte ich ihm auch nicht gewünscht, dass er überlebt.«

Als sich anhand der Papiere herausstellt, dass der Tote jener Hans Rakowski ist, der vor kurzem, wenn auch irrtümlich, wegen Mordes zur Fahndung ausgeschrieben war, wird Emil Meidenhauer mit dem Unfall befasst. Er flucht, weil er in Gedanken schon zu seiner Hütte im Allgäu unterwegs ist, doch seinem Kollegen Flade will er diese Ermittlung nicht überlassen.

Eine Stunde später, Rakowski ist anhand einer Visitenkarte als Gast des Charles Hotels identifiziert worden, hält Meidenhauer den USB-Stick in der Hand, der im Zimmersafe deponiert war – neben einer Beretta 92 FS, 9 Millimeter, in deren fünfzehnschüssigem Magazin eine Kugel fehlt.

»Ich wette«, sagt er zu sich selbst, »damit ist dein Partner Dunkhase umgelegt worden.«

Im Kommissariat K11 schließt die Auswertung von Stick und Notebook einige Wissenslücken im Fall *Schmetterlingsmorde*, die meisten Informationen aber sind für das Referat Finanzermittlungen beim Staatsschutz im BKA wertvoll und ergeben das umfängliche Bild einer europäischen Geldwäscher-Gesellschaft. Besonders aufschlussreich ist ein Diagramm, das der Erpresser offensichtlich zur eigenen Vergewisserung entworfen und fortgeführt hat.

Hier laufen Verbindungslinien zwischen Silvestro Dimacio in Castiglione del Lago und Hilde Zach in Wien, Ludwig Hadinger in Regensburg und Lukas Breitstein in München, Lieke van Vollenhoven in Amsterdam und Sinclair Kerlingsson in London, zwischen Pascal Thierry Chevrier in Ypreville sur Aubette und Wilhelmus van Vollenhoven. Der Brief an Letzteren, den man im Jackett des Toten findet, vervollständigt die Einsicht in Rakowskis System.

Meidenhauer liest, dass der Diamantenhändler eine Todesanzeige für seinen Erpresser aufgeben sollte, um sein Einverständnis mitzuteilen, und murmelt vor sich hin:

»So ein Idiot. Den eigenen Tod in die Zeitung setzen. Als würde ich darauf reinfallen. Mit sowas spielt man nicht. Das hat er jetzt davon. Die Leute werden immer blöder.«

Dann wählt er die Nummer von Michaela Bossi.

An diesem schicksalhaften Freitag hatte Fabio Schlatter kurz nach sieben Uhr begonnen, die Geldbündel aus den Aluminiumkoffern in die Ladegrube des Stola S85 zu schichten.

Östlich des Schlosses zeigten sich im bleichen Grau des Himmels die ersten Spuren von Morgenlicht: ein Rosa, so zaghaft angedeutet, dass der Schweizergardist es nicht wahrnahm.

Der Westen hielt noch die nächtliche Dunkelheit fest, doch Schlatters Augen hatten sich an das geringe Frühlicht gewöhnt, und er konnte zweifelsfrei erkennen, dass die Summe, die er in den Stola S85 eingelegt hatte, nicht identisch war mit der, die von ihm und Wever gestern bestätigt worden war.

Noch einmal packt er aus, lagert sorgfältig Bündel auf Bündel, schichtet um, legt Bündel für Bündel zurück, notiert sich die Anzahl. Es bleibt dabei: siebenhunderttausend Euro weniger als gestern Abend.

Der Schweizergardist setzt sich auf die Stoßstange des Wagens und versucht, klar zu denken. Chevriers Geld, Capreses Geld – das ist ihm egal. Nicht gleichgültig ist ihm der eigene Verlust. Seit sein Entschluss feststeht, sich die Summe anzueignen, betrachtet er das Geld als sein eigenes. Der Dieb, wer immer es war, hat folglich nicht Chevrier oder Caprese oder gar die Schwarzgeldwäscher in der Gesellschaft der Trinker bestohlen, sondern ihn, Fabio Schlatter.

Je länger er nachdenkt, umso mehr konzentriert sich sein Verdacht auf Wout de Wever.

Und als die Sonne auch die letzten westlichen Reste der Nacht vertreibt, fällt ihm auf, was er die ganze Zeit schon hätte sehen können: Der Citroën-Kleinbus fehlt auf dem Parkplatz.

Er sucht nach Reifenspuren im Kies, findet einen Latthammer und bringt ihn ins Haus.

Zeit, zu handeln.

Im Parterregang des Schlosses gibt Schlatter sich keine Mühe, leise aufzutreten, er rennt ans Ende des Korridors zu Wout de Wevers Zimmer und schlägt mit der Faust an die Tür. Sie gibt nach. Das Zimmer ist leer, das Bett unbenutzt, eine schnelle Inspektion ergibt, dass Wever hier nicht mehr wohnt. Schlatter legt den Hammer auf den Tisch zwischen das schmutzige Geschirr und begibt sich in den ersten Stock.

Die beiden Herren sitzen bei einem üppigen Frühstück im kleinen Salon, als der Gardist eintritt und knapp und bündig den Tatbestand schildert, als habe er Order, eine militärische Lage zu umreißen.

Caprese springt auf und tritt ans Fenster, als könne er den Dieb noch flüchten sehen. Chevrier lehnt sich in seinen Stuhl zurück.

»Und kein Irrtum möglich, genau gezählt?«, fragt der Schlossherr.

»Mehrmals.«

Der Monsignore wendet sich Schlatter zu und schreit: »Dann sind wir bestohlen worden!«

»Zweifellos.«

Chevrier scheint die Tatsache zu amüsieren. »Ich werde das natürlich ersetzen. Pierferdinando, rege dich bitte nicht auf. Es geht doch hier wirklich um Kleinbeträge. Keiner von uns braucht das Geld wirklich. Wir spielen nun mal gern. Am liebsten mit der Steuer. Also nimm dir die Siebenhunderttausend von meinem Festkonto in deiner Bank, ich gleiche das aus, und wir spielen weiter! Ich habe wirklich keine Lust, mich über ein paar lächerliche Hunderttausend zu ärgern. Schon gar nicht so früh am Morgen.«

»Du sagst das so, ich habe deinen Gesellschaftern die Kontoblätter ausgestellt, ich stehe dafür gerade, nicht du, ich, und mir wird man es vorhalten, wenn ich mit weniger Geld ankomme, als ich quittiert habe, basta!«

Chevrier lächelt. »Dann beichtest du eben, dass hier die Sicherheitsvorkehrungen nachlässig waren, und holst dir von höchster Stelle Absolution und von mir den Fehlbetrag. Wir kriegen das schon wieder. Ihr solltet jetzt fahren, sonst kommen noch die Elstern aus dem Hainbuchenpark und klauen den Rest!«

»Wever ist nicht in seinem Zimmer«, sagt der Schweizergardist leise. »Und der Kleinbus ist auch weg.«

Chevrier nickt.

»Gut, dass er nicht eure Riesenlimousine genommen hat, das war doch anständig, nicht?«

Der Abschied der vatikanischen Geldboten an diesem Morgen ist weit weniger freundschaftlich, als es der gestrige Empfang gewesen ist.

Caprese fragt sogar, ob er die Banknotenzählmaschine nicht wieder mitnehmen solle, weil die Gesellschaft der Trinker künftig vielleicht keine Geschäfte mehr mit der Vatikanbank tätigen wolle.

»Nein, nein«, antwortet Chevrier, »das steht doch außer Frage: Wir spielen weiter! Nur mit Spielverderbern machen wir Ernst. Gute Fahrt.«

Als der Stola S85 zum Tor fährt, nach links abbiegt und vor dem Hainbuchenwald verschwindet, steht Pascal

Thierry Chevrier an einem Fenster seines Schlafzimmers im ersten Stock und sieht dem Wagen nach.

Seine zur Schau gestellte Souveränität weicht der Enttäuschung über Wout de Wever. Dessen Undankbarkeit hat er nicht erwartet. Wever, den er für sich, ohne das je auszusprechen, *Weberknecht* genannt hat, weiß, dass Chevrier ihm mit der verräterischen Summe im Wagen keine Polizei auf den Hals hetzen kann. Der Schlossherr, dessen Vermögen zu vier Fünfteln von Bergarbeitern in indischen, chinesischen und liberianischen Erzgruben erarbeitet wird, fühlt sich nicht nur hintergangen. Er fühlt sich ausgenutzt. Ausgebeutet. *Was läuft falsch?*

Und wenn die Gesellschaft der Trinker ihre Steuerspiele trotz der Opfer in dieser Woche nicht mehr fortsetzen würde? Keine Besuche mehr? Keine Spannung. Kein Abenteuer. Plötzlich fehlt ihm Hilde Zach.

Er öffnet sein Notebook, liest von seinem Kragenstäbchen das Passwort ab und nimmt in der Cloud Kontakt auf zu Sjelo. Der meldet sich nicht. Er wartet. Schließt die Verbindung. *Wo ist der verlässliche Gehilfe?*

Chevrier spürt, dass seine Schultern kalt werden.

Der Taxifahrer flucht über den Pariser Stau, und Michaela Bossi versucht, ihn zu beruhigen. Sie habe Zeit. Selbst wenn es zum Flughafen Charles de Gaulle noch eine Stunde dauern sollte. Der westafrikanische Fahrer, der ihr am Bahnhof St. Lazare bereits angekündigt hat, die Fahrt zum CDG werde länger dauern, dreht sich um und lacht. Solche Fahrgäste hätte er gern häufiger, sagt er. Er selbst fluche nämlich nur für die Gäste über den Stau. Das mache ihnen ihre Unruhe leichter. Ihm selbst sei es egal, ob die Straßen frei oder verstopft sind. Denn das Leben sei manchmal langsam, manchmal schnell.

»Ist es nicht so, Madame?«

»Oh ja, das ist wahr, da haben Sie recht, ja«, beeilt sie sich, zuzustimmen.

Dann erfährt sie, dass er aus Mali kommt, Christ ist und vor den islamistischen Banden fliehen musste. Ihr Telefon klingelt, sie will den Anruf abweisen, weil ihr die Nummer unbekannt ist, erkennt aber die Münchener Vorwahl und meldet sich.

In den folgenden zwanzig Minuten ist sie dankbar für den Stau. Was Meidenhauer ihr zu berichten hat, schreibt sie ruhig in ein Notizbuch auf den Knien. Sie dankt und beendet das Gespräch mit einem vergifteten Kompliment.

»Es war natürlich eine Menge Zufall dabei, aber Sie haben es großartig gemacht. Das Glück des Tüchtigen brauchen wir ja alle. Dass es um groß angelegte Geldwäsche geht, hat Lecouteux allerdings bereits vermutet. Ich informiere ihn. Und Sie fahren ins Wochenende? Erholen Sie sich gut von all den Anstrengungen!«

Der Wagen schleicht meterweise voran.

»Wann kommen wir zur nächsten Ausfahrt?«, fragt sie.

Der Fahrer schüttelt den Kopf.

»Das geht auch nicht schneller, das machen alle, und die Straßen sind eng, und die Ampeln sind rot.«

»Ja, ja, aber wir müssen zurück, zurück zum Bahnhof, St. Lazare, bitte, so schnell wie möglich.«

Sie ruft Lecouteux an und nennt ihm die Adresse, an der sie sich treffen werden. Ein Schloss an einem Nebenfluss der Loire.

Der malische Flüchtling zuckt mit den Schultern, schert

aus, nimmt die Standspur und fährt an der stehenden Kolonne vorbei zur nächsten Ausfahrt. Er nickt vor sich hin. Schon immer war ihm klar, dass die Weißen nicht wissen, was sie wollen.

Zehn Minuten hat das Jammern von Pierferdinando Caprese über die Schlechtigkeit der Welt gedauert, dann schläft er im Fond des Wagens ein.

Sein *ragazzetto svizzero* wählt die Autoroute 10 Richtung Tours, lässt seinen *monsignorino piccolino* schlafen, verlässt die Autobahn bei La Chaussée Saint Victor und gelangt über Blois auf der D 766 in das dichteste Waldgebiet des Départements Loir-et-Cher. Die Satellitenkarte im Navigationsgerät zeigt ihm Wälder, Wälder, Wälder, durchzogen von winzigen, einspurigen Pfaden und Forstwegen.

Auf einem schnurgeraden Asphaltsträßchen, das auf dem Display als Allée de Coulanges bezeichnet wird, gelangt er zur rechtwinkligen Abbiegung eines noch schmaleren, gleichwohl geteerten Pfades, der, wenn die Angaben des Gerätes zutreffen, Allée de Saint-Lubin à la Vicomte heißt und bis in ihr fernes Ende einsam und leer ist. Die Allee ist nicht breit genug für den Stola S85. Schlatter hält an der Kreuzung an, stellt den Motor ab, steigt aus, öffnet die Türen des Fonds und atmet die frische, würzige Waldluft.

Sie weckt Caprese.

»Du machst eine Pause, das ist sehr gut, ich finde oft bedenklich, wie lange du ohne Unterbrechung durchfährst!«

Der Monsignore steigt aus und beginnt sofort, mit nach vorn gestreckten Armen Kniebeugen zu machen.

»Streng dich nicht zu sehr an«, sagt Schlatter, »du wirst

deine Kräfte brauchen, es sind mindestens dreißig Kilometer bis zum Bus.«

Caprese ist so überrascht, dass er in der Hocke bleibt.

»Ist das Auto kaputt?«

»Für mich nicht. Für dich schon.«

Langsam erhebt sich der Banker.

»Du sprichst in Rätseln, *mio ragazzetto*.«

Jetzt erst sieht er, dass Schlatter seine Dienstpistole lässig in der Hand hält. Obwohl die Waffe nicht auf ihn gerichtet ist, ängstigt sie den Monsignore.

»Was hast du vor, Fabio?«

»Nichts Schlimmes. Ich werde fahren, und du wirst bleiben. Hast du nicht gesagt, dass meine Zukunft die Straße ist, wenn ich dich verlasse? Siehst du, es stimmt. Ich verlasse dich hier und fahre auf der Straße, und du läufst durch den Wald. Die Bewegung tut dir gut, und irgendwann findest du Menschen, die einem Monsignore gern helfen, weil sie nicht wissen, was du für einer bist.«

»Was für einer bin ich denn für dich? Habe ich nicht alles für dich getan? Wo wärst du ohne mich? In deiner Kaserne in Rom! Ein Soldat wie die anderen! Du kannst mich nicht verlassen, Fabio!«

»Ich kann. Ciao, *monsignorino piccolino*. Ich habe eine lange Strecke vor mir.«

»Und ich? Ich werde sterben! Wo bin ich hier? Ist das noch Frankreich?«

Der Schweizergardist lacht.

»Du stehst auf der Allée de Saint-Lubin à la Vicomte. Sei froh, dass ich dir den Weg eines Heiligen ausgesucht habe. Mach dich auf, sonst wird es dunkel, bevor du was zu essen findest.«

»Das kannst du mir nicht antun! Es geht mir nicht um mich, Fabio. Es geht mir um deine Seele. Du wirst vielleicht an mir schuldig werden, wenn ich in diesem Urwald elendiglich zu Grunde gehe. Bedenke! Du hast geschworen! *Giuro di servire fedelmente, lealmente eonorevolmente il Sommo Pontefice*. Du brichst deinen Eid! Du häufst Sünden auf dich! Wer soll dich retten?«

Der Schweizergardist schließt die hinteren Türen des Wagens.

»Ich rette mich selbst.«

Caprese hebt die Arme zum Himmel und betet:

»Herr, erlöse mein Schweizerbübchen von dem Wahn des Reichtums, von dem Glanz des Goldes, vom Übel der Habgier und führe ihn zurück in die Gnade der Demut, der Bescheidenheit, der Liebe!«

Fabio hört dem Vatikanbanker nicht mehr zu, er sitzt schon hinter dem Steuer und startet den Motor.

»Ich habe kein Geld. Kein Telefon. Ich habe nicht mal eine Kreditkarte«, schreit Caprese. »Man wird dich dein Leben lang verfolgen, dafür sorge ich!«

Fabio lacht, gibt Gas und fährt auf der kurvenlosen Allée de Coulanges davon.

Aus den Baumkronen flattern Vögel auf.

Der Außenbeauftragte des Istituto per le Opere di Religione steht ratlos in Gottes Natur und fürchtet sich.

Er kennt seine Heiligen und weiß, dass St. Lubin, der heilig gesprochene Leobinus, der *doppelte Löwe*, einem Mann, der seit acht Jahren blind war, durch ein Gebet das Augenlicht wiedergegeben hat.

Caprese hat den Heiligenlegenden nie große Bedeutung beigemessen. Jetzt hofft er auf ein Wunder. Er läuft auf dem Weg des St. Lubin nach Süden und betet um ein Gasthaus.

Der ungetreue *ragazzetto svizzero* fährt in der luxuriösen Limousine mit vatikanischem Diplomatenkennzeichen seine Beute von 4,9 Millionen Euro zunächst nach Poitiers, wo er den Wagen im Parking de la Gare-Toumaï abstellt.

Den fünf Meter achtundvierzig langen Stola S85 durch die Kurven der Auffahrt bis zur Ebene 5 zu steuern, ist schwierig, und Schlatter ist erleichtert, als er das Gefährt unbeschädigt auf dem freien Dach des Parkhauses in einen Randplatz lenken kann.

Nicht weit vom Bahnhof, am Boulevard Grand Cerf, mietet er in einem Autoverleih einen weißen Peugeot 508 SW, steuert ihn ebenfalls aufs Dach des Parkhauses, hält neben dem Stola und lädt unter freiem Himmel die 4,9 Millionen Euro in den Peugeot um – mit einer Seelenruhe, wie sie in solcher Lage wohl nur einem Schweizergardisten gegeben ist.

Seine Pistole lässt er im Handschuhfach des vatikanischen Dienstwagens liegen, den er verschließt und mit einem Klaps aufs Dach verabschiedet. Den Schlüssel mit Vatikananhänger wird er in einen Briefkasten am Bahnhof werfen.

Über Bordeaux wird Fabio Schlatter sein Weg nach Bayonne führen, wo er ein weiteres Mal sein Fahrzeug wechseln will, und hier wird er wohl unserem Blickfeld entschwinden.

Spanien kann sein Geld gut brauchen.

Auf den Dachschindeln, die Charme-des-Tilleuls decken, liegt das warme Licht des Nachmittags. Der Schiefer verliert sein Grau und glimmt silbern.

Pascal Thierry Chevrier hat den täglichen Gang durch sein Anwesen beendet und steht neben dem Taubenturm. Er betrachtet den Glanz auf dem Dach seines Schlosses, als sähe er ihn zum ersten Mal.

Seit Stunden steigt seine Unruhe. Aus dem Spiel in der Gesellschaft der Trinker ist Ernst geworden. Vor Breitsteins Fall schien alles noch sicher. Und jetzt schwankt der Boden der Gesellschaft. Innerhalb einer Woche hat sich das solide Modell als anfällig erwiesen. Er weiß, dass ihn allein für die organisierte Geldwäsche eine Gefängnisstrafe erwarten würde. Doch Gefängnis könnte er nicht aushalten. Nicht einen Monat! Andere Straftaten kann man ihm nicht nachweisen. Wenn Sjelo nicht auspackt … Wenn die anderen Mitglieder dicht halten … Wenn keiner einen Deal mit der Staatsanwaltschaft vorzieht … Irgendeiner wird es tun. Das Spiel ist aus.

Er muss Entscheidungen treffen.

Zwei Stunden zuvor hat ihn ein Commissaire aus Paris angerufen und sich als Georges Lecouteux vorgestellt. Police Judiciaire. Er arbeite eng mit der Division nationale d'investigations financieres et fiscales zusammen, wolle zunächst aber allein, oder, wenn Chevrier das gestatte, mit einer deutschen Kollegin des BKA zum Gespräch vorbeikommen. Auch sie kooperiere mit der deutschen Zentralstelle für Geldwäsche-Verdachtsanzeigen, würde aber vorerst allein eintreffen. Nein. Ein konkreter Verdacht gegen ihn bestehe nicht. Es gehe um Routinefragen, allerdings nicht allein in finanzieller Hinsicht.

»Was sonst?«, Chevrier klang überzeugend ahnungslos.
Lecouteux entschied sich für die Wahrheit.

»Es geht um die sogenannten *Schmetterlingsmorde.*«

»Was hat es damit auf sich? Nie gehört.«

»Eben das würden wir Ihnen gern erläutern«, hatte der
Commissaire in freundlichstem Ton erwidert.

Chevrier hatte seine Bereitschaft zu einem Gespräch erklärt und seine Anwälte in Paris angerufen. Sie hatten drin-
gend zum Abwarten geraten, zwei Mitglieder der Kanzlei
seien unterwegs zu ihm. Vor ihrem Eintreffen solle er keinerlei Fragen beantworten.

Er geht langsam auf das Schloss zu. Wie hatte alles begonnen? Mit einer Witzelei zwischen Hilde und ihm. Aus
schwarzem Geld weißes machen. Nicht, dass sie es brauchen würden, aber es wäre doch nett, mit durchaus achtba-
ren Summen die Steuer zu umgehen. Ein Spiel. Sie holte ihren Freund Perlmutter in Florida mit ins Boot. Er Silvestro
Dimacio. Die gleichen Clubs. Die gleiche Vertraulichkeit.
Die Summen wurden größer. Einige in der Gesellschaft
spielten aus Lust, andere wurden ehrgeizig.

Und dann bestraften sie Valerio Lulli. Er hatte noch weitere Wege, sein Geld zu waschen, die ihm ein Verfahren der
Guardia di Finanza eintrugen. Die schlug ihm ein Geschäft
vor, er wollte darauf eingehen. Chevrier fand es passend,
dass Sjelo den Hotelmilliardär im Collegio del Cambio
zum Schweigen brachte, wo die Banker Perugias im fünfzehnten Jahrhundert ihren Sitz hatten.

Er steigt auf der Wendeltreppe im Turm zu seinem Ar-
beitszimmer hinauf. *Wo ist der Gehilfe?* Er hat die Gesellschaft bisher vor jeder Gefahr beschützt. Vor Lulli,
Perlmutter, Breitstein und Hilde. Und jetzt? Hat er sich

abgesetzt? Was weiß dieser Monsieur le Commissaire von den Schmetterlingsmorden? Und wer ist der Erpresser, der zwei Millionen will und ihm das Bild mit den roten Handschuhen geschickt hat? Warum rührt er sich nicht mehr? Ist es Sjelo? Und wenn er es ist: Hat er kalte Füße bekommen und die Erpressung aufgegeben? Oder machten Wout de Wever und Vedran Sjelo gemeinsame Sache?

Vom Turmfenster aus überschaut Chevrier seinen Schlosshof und einen Teil des gegenüberliegenden Hainbuchenwaldes. Zwischen den Kronen schimmert Licht. Kaum etwas davon fällt auf den Waldboden, der in einem grünen Dunkel liegt. Von der Straße zwischen den hohen, gewundenen Bäumen und der Schlossmauer sind nur die drei Meter hinter der offenstehenden Einfahrt zu sehen. Dort werden sie herkommen, der Kommissar aus Paris und seine deutsche Kollegin. Was die weiß, ist nicht einzuschätzen.

Hat Breitstein Aufzeichnungen hinterlassen? Gegen die feste Absprache in der Gesellschaft, keine Hinweise zu notieren, keine Adressen, keine Beträge, keine Reiseunterlagen zum Schloss? Ist Hadinger unter Verdacht geraten und hat geredet? Wie ist man überhaupt auf ihn selbst gekommen? Er hat noch nie Schwierigkeiten mit dem Fiskus gehabt.

Die Fragen verknoten sich in seinem Kopf, wiederholen sich in Schleifen, führen zu Verdächtigungen, Spekulationen, gegen die er sich wehren will und es nicht kann.

Sein Atem wird flacher und schneller, und er spürt, dass er sich entgleitet. Sein Herz rast, er hält sich am Fensterrahmen fest, der Turm dreht sich um ihn, er muss sich Luft verschaffen, öffnet das Fenster. Die Hainbuchen scheinen sich in Wellen dem Schloss zu nähern, ihre Bewegung setzt sich in seinem Kopf fort. Ihm ist schwindlig. Er schließt die Augen, doch hinter den Lidern wird die Angst noch mächtiger und lässt ihm nur einen einzigen Weg zur Rettung offen.

Er reißt die Augen auf und flieht in die Luft.

WESTWIND

Ein Juli wie an der Côte d'Azur, ungewöhnlich warm für die Haute-Normandie. Lecouteux weiß nicht, dass ich neben ihm am Strand von Les Petites Dalles stehe. Wie auch vorhin schon, als er in Varengeville das Grab besuchte, das Catéline mir verschafft hat und das ich nicht brauche. Ich bin selten dort. Bald gar nicht mehr.

Mein schmutziger Engel hat mir freigestellt, mich noch ein paar Wochen hier im Relief aufzuhalten. Aber der Weg ins tiefe *Dort*, wie er es nennt, steht mir offen.

Er hat sich von mir verabschiedet, und als ich ihn fragte, was er jetzt tun wird, sagte er, er werde nicht mehr gebraucht.

»Ich verlasse dich hier.«

»Was heißt das? Kommst du nicht mit?«

»Nein, ich bin ja kein Ich. Ich bin nur jeder. Jeder ist hier, solange du hier bist. Und wenn du dort bist, brauchst du niemanden mehr, und ich höre auf.«

»Ist das dein Name?«

Er nickt.

»War auch Zeit, dass du es herausfindest. Ich heiße Jeder.«

Und nun stehe ich neben Lecouteux, der endlich wieder seine schwarzen Seidensocken und die für den Strand so ungeeigneten, blanken Straßenschuhe trägt wie ich damals, als Sjelo mich erschoss. Ich nehme Abschied von Georges. Ich werde ihn dann nicht mehr erreichen, der Auftrag ist erfüllt und keine Gemeinsamkeit mehr nötig.

Die Ebbe hat den Sand und die vorgelagerte Insel freigelegt, zu der ein paar Urlauber durch das Wasser waten, das ihnen an den tiefsten Stellen bis zu den Hüften reicht. Der Himmel ist von einer dunstigen Wolkenschicht überzogen.

Früher hätte ich das gemalt.

Lecouteux spricht zu mir, als wäre ich da. Das kenne ich auch von Catéline, dieses leise Vor-sich-Hinreden. Der Westwind trägt seine Wörter zu mir her:

»Ich frage mich, wie du uns geholfen hast, die Gesellschaft der Trinker hinter Schloss und Riegel zu bringen. Natürlich weiß ich, dass du tot bist, aber manchmal bin ich nicht sicher, was das für die Anwesenheit oder Abwesenheit eines Menschen bedeutet. Ich werde das Problem in unserem philosophischen Café diskutieren.«

Tu es nicht, ihr findet Bilder, aber keine Wahrheit. Unsere Fragen sind, wie ich jetzt weiß, falsch gestellt, doch die richtigen fallen uns nicht ein. Und wenn wir sie kennen würden, gäbe es keine verbindliche Antwort. Wie Klaus Leybundgut sagte: totale Subjektivität. Alles ist für jeden anders. Alles. Sogar die Freiheit, die mein Engel Jeder mir versprochen hat.

Bevor er mich verließ, hat er mir noch Chevrier gezeigt. Ich sah ihn nackt in einem hohen Stuhl sitzen, er biss sich vom eigenen Fleisch große Fetzen ab und zerkaute und verschlang sie. Schulter, Arm, Bein, er konnte alles errei-

chen, verrenkte sich und fraß sich durch Haut und Muskeln und trank sein Blut gegen den Durst. Das herausge-
rissene Fleisch wuchs sofort nach, und er biss, rasend vor
Hunger, erneut hinein.

»Wird er hier für sein Leben bestraft?«, fragte ich, und
Jeder antwortete: »Niemand straft hier. Seine Hölle hat er
sich selbst bereitet.«

Bald nach seinem Fenstersturz hattest du ihn überge-
setzt, und die Gier hatte sich seinen eigenen Körper zum
Ziel gewählt. Seine Gestalt erinnerte mich an die entstellten
Figuren von Francis Bacon.

Jeder sagte: »Er wird niemals satt werden.«

Könnten wir zu Lebzeiten aus Alpträumen lernen, wenn
wir sie nicht vergessen, sondern verstehen wollten? Aber
das sind eure Fragen, ich habe keine mehr.

Nun: Adieu, mein lieber Georges. Du kehrst zurück
nach Paris, wirst gewiss ab und zu mit Michaela sprechen,
vielleicht beruhigst du Martina, die sich noch immer nicht
damit abgefunden hat, dass ich mich nicht in Zungen beerdigen ließ. Ich finde den Ort hier auf den Klippen nun einmal so viel schöner.

Braque habe ich noch nicht getroffen.